三千騎の敵兵を突破し援軍を求めよ
城の命運は十三歳の少女に託された
『宛城《えんじょう》の少女』より

民を害する苛政者を斃《たお》す
豹に乗る美しき女の伝説
「黒道兇日《こくどうきょうじつ》の女」より

怪異をなす金華《きんか》猫は
千年にわたってその怨《うら》みを忘れない
「猫鬼《びょうき》」より

中国歴史奇譚集

黒《こく》竜《りゅう》潭《たん》異《い》聞《ぶん》

田中芳樹

祥伝社文庫

黒《こく》竜《りゅう》潭《たん》異《い》聞《ぶん》——目次

宛城《えんじょう》の少女　9
徽音殿《きおんでん》の井戸　37
蕭家《しょうけ》の兄弟　69
匹夫《ひっぷ》の勇《ゆう》　103
猫鬼《びょうき》　135
寒泉亭《かんせんちん》の殺人　161

黒道兇日《こくどうきょうじつ》の女　185
騎豹女俠《きひょうじょきょう》　213
風梢《ふうしょう》将軍　241
阿羅壬《アラジン》の鏡　261
黒竜潭《こくりゅうたん》異聞《いぶん》　287
蛇足《あとがき》　321
解説　加藤　徹　325

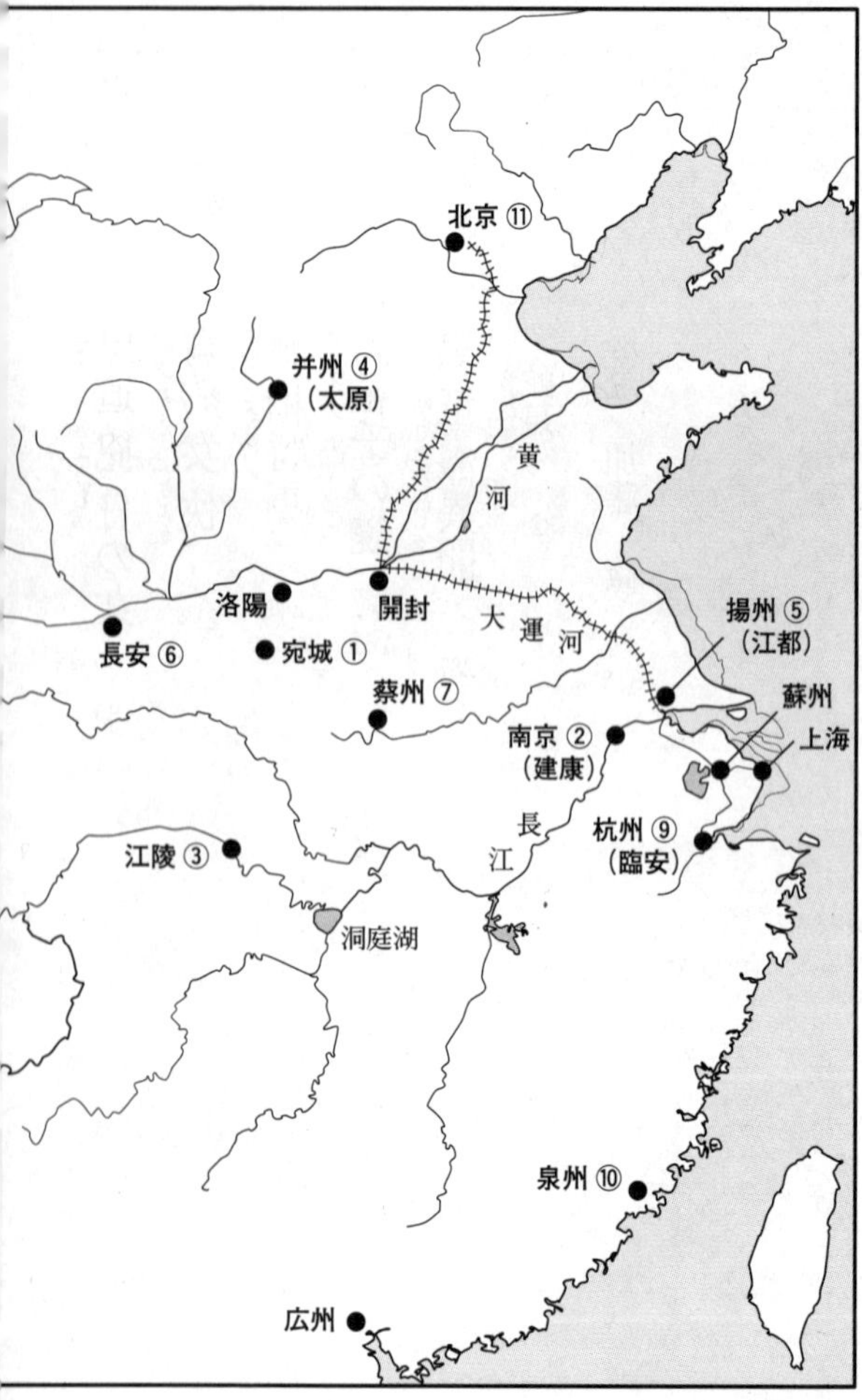
北京 ⑪
并州 ④
（太原）
黄
河
洛陽
開封
大
運
河
長安 ⑥
宛城 ①
揚州 ⑤
（江都）
蔡州 ⑦
蘇州
南京 ②
（建康）
上海
長
江
杭州 ⑨
（臨安）
江陵 ③
洞庭湖
泉州 ⑩
広州

物語の舞台

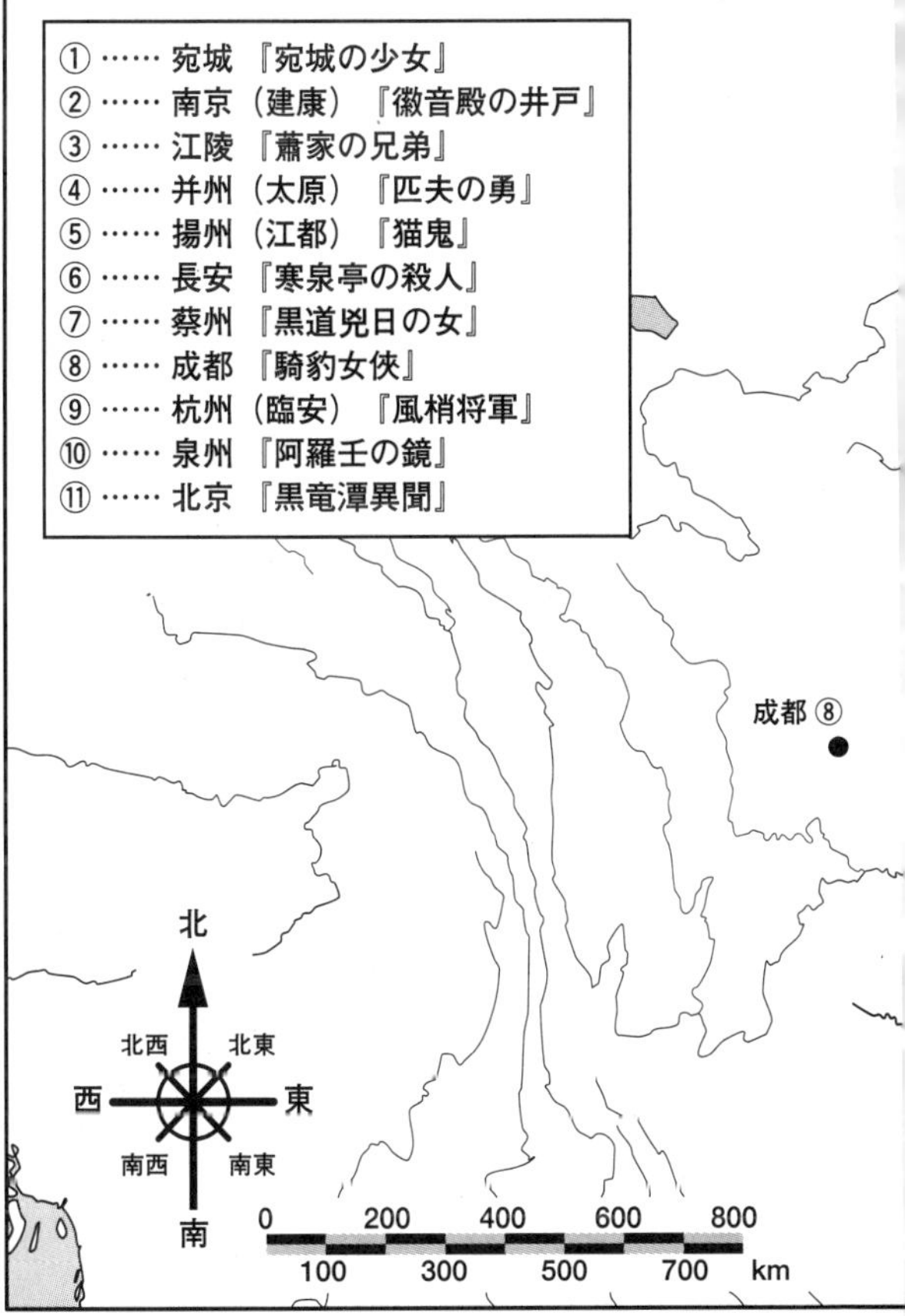
①…… 宛城 『宛城の少女』
②…… 南京（建康） 『徽音殿の井戸』
③…… 江陵 『蕭家の兄弟』
④…… 并州（太原） 『匹夫の勇』
⑤…… 揚州（江都） 『猫鬼』
⑥…… 長安 『寒泉亭の殺人』
⑦…… 蔡州 『黒道兇日の女』
⑧…… 成都 『騎豹女侠』
⑨…… 杭州（臨安） 『風梢将軍』
⑩…… 泉州 『阿羅壬の鏡』
⑪…… 北京 『黒竜潭異聞』
成都 ⑧
北
北西
北東
西
東
南西
南東
南
0
200
400
600
800
100
300
500
700
km

本文イラスト／伊藤　勢
地図作成／らいとすたっふ

宛城《えんじょう》の少女（西晋）

I

少女の夢は深紅《しんく》の色彩をおびていた。

炎上する巨大な城門が見える。晋《しん》の帝都洛陽《らくよう》が燃えているのだ。一万人の美女を擁《よう》した後宮《こうきゅう》が炎につつまれ、城楼《じょうろう》が火の柱と化し、巻きおこる黒煙の下で人々が倒れてゆく。乱入してきた匈奴の騎兵が、左腕に気を失った女をかかえ、右手に血染めの槍をかかげて狂奔《きょうほん》する。かろうじて洛陽を脱出した少女の家族一行は、炎上する南門を遠望《えんぼう》する地点で匈奴兵《きょうど》に追いつかれた。

矢を受けた父が馬上から転落する。悍馬《かんば》をあおって駆け寄った匈奴兵が、起きあがろうとする父の身体に槍を突きいれる。ふたたび倒れた父は、さらに二度、槍を受けて動かなくなった。槍先から血をしたたらせた匈奴兵たちが、哄笑《こうしょう》しながら馬車にむらがった。それは柩《ひつぎ》を運ぶための馬車であったが、匈奴兵たちは死者の霊など恐れないようであった。

柩の蓋《ふた》がはねのけられた。匈奴の兵たちが柩のなかに腕をいれ、遺体を引きずりだす。先日亡くなったばかりの祖母の遺体であった。匈奴の兵たちはなお笑声をあげながら、祖母の遺体を地上へ放りだした。彼らがねらったものは、死者が身に着けていた副葬品《ふくそうひん》であり、珠玉《しゅぎょく》をちりばめた高価な柩であり、上等な馬車であった。目的のものをすべて手にいれると、匈奴兵たちは血まみれの笑いを残して、洛陽へと駆け去った。

舞いあがる砂塵《さじん》は夕陽を受けて不吉な紅《あか》さに染まっている。視界すべてが人血《じんけつ》によって塗りこめられたかのようであった。少女は父に駆けよった。放置された人馬の屍体の蔭《かげ》に小さな身体をひそめていたので、匈奴兵に発見されずにすんだのである。父の身体にすがりつくと、掌《てのひら》にも袖《そで》にも塗料のように血が付着した。低い呻《うめ》き声がたって、少女は父がまだ生きていることを知った。そのときはじめて少女の目に涙があふれた。

……七年前のことだ。洛陽が炎上し、憎悪と恐怖が世をおおいはじめたとき、少女はさとったのである。世の中には自分たちと大きくかけはなれた価値観を持つ人々がいることと。彼らの暴虐から自分たちの尊厳を守るためには、自分たち自身が強くあらねばならないことを。

少女の姓名は荀 灌《じゅんかん》という。

晋の愍帝《びんてい》の建興《けんこう》三年（西暦三一五年）。中華帝国は空前の乱世をむかえていた。

晋の武帝司馬炎《ぶていしばえん》が呉《ご》を滅ぼして天下を統一し、三国の大分裂時代を終熄《しゅうそく》せしめたのは、つい三十五年前のことである。ようやく乱世が終わって平和と安寧《あんねい》がもたらされるかに見えたのだが、それは武帝一代のことにすぎなかった。武帝は英雄というより幸運児であり、父祖《ふそ》から譲られた権勢をもって魏《ぎ》を簒奪《さんだつ》し、衰微《すいび》した呉を討って天下をわがものとしたのである。天下統一と同時に、武帝は統治者としての目標と意欲とを失った。彼は武力を削減して北方騎馬民族への防備《そなえ》をおこたり、後宮に一万人の美女を集めてひたすら歓楽にふけった。

それでも武帝一代の間は平和が保たれた。彼には天下統一の実績があり、為人《ひととなり》は寛大かつ穏健で、人望があつかったのだ。そして何よりも、中華帝国の民は流血に倦《う》んでいた。武帝は滅ぼした王朝の君主を殺さず、貴族として遇した。魏、呉、蜀漢《しょくかん》、いずれの君主も生をまっとうすることができた。

だが流血に倦まない者たちがいたのである。

武帝が五十五歳で急死して皇太子が即位した。これが晋の恵帝《けいてい》である。宮廷の大臣たちは乱世の再来を予期して暗然《あんぜん》とした。恵帝は暴悪《ぼうあく》の人ではなかったが、暗愚《あんぐ》の人であった。彼が皇位継承者にさだまったとき、大臣のひとりが玉座を手でなでて歎息《たんそく》した。

「ああ、この座がもったいのうござる」

皇太子に大帝国を統治するだけの器量はない、と言い放ったのである。息子をそしられて武帝は激怒したであろうか。否、武帝は無言で下を向いただけであった。事実であったから反論できなかったのである。この挿話《そうわ》が同時にしめすものは、大臣の非礼をとがめて殺す、ということをしなかった武帝の穏健さである。

恵帝の即位後たちどころに世は乱れた。まず飢饉《ききん》がおこって民は飢えた。「米《こめ》がなくて民は飢えております」と報告を受けたときの恵帝の返答はあまりにも有名である。

「米がないなら肉を食べればよいだろう」

恵帝に悪意はなかった。それ以上に統治能力と、事態を認識する能力がなかったのだ。

かくして十六年におよぶ「八王《はちおう》の乱」がおこる。王の称号を持つ八人の皇族男子が兵をあげ、権力をめぐって殺しあったのである。楚《そ》王が重臣の楊《よう》一族を討ち、数千人を殺したあと自分も殺された。汝南《じょなん》王が皇后の陰謀によって殺された。趙《ちょう》王が皇后とその一族を殺し、恵帝から一時皇位をうばった。斉《せい》王がその趙王を殺した。このとき帝都洛陽をめぐる戦闘は六十日にわたり、死者は十万人におよんだ。

おそらくは毒殺されたのであろう、恵帝が急死して懐帝《かいてい》が即位し、「八王の乱」はようやく終わった。息をつく間もなく、今度は「永嘉《えいか》の乱」がはじまる。

もともと匈奴をはじめとする北方の騎馬民族たちは、「胡人《こじん》」と総称されている。彼らは数百年にわたって中華帝国の領土内に移住し、牧畜をおこなったり傭兵《ようへい》となったりして生活していた。「八王の乱」に際し、すみやかに兵力を増強する必要に駆られた王たちは、これら胡人の部隊を編成し、武器を与え、掠奪《りゃくだつ》を公認した。そして「八王の乱」が終わったとき、胡人のもとには武器と組織があり、戦闘と掠奪の経験が残されたのだ。いまや彼らは知っていた。自分たちは貧しいが強く、中華帝国は豊かだが弱くかつ乱れていることを。起兵《きへい》をためらう理由はどこにもなかった。

劉淵《りゅうえん》、石勒《せきろく》、劉聡《りゅうそう》らの族長にひきいられた胡人の大軍は中原《ちゅうげん》に乱入し、晋軍十万を撃滅した。いたるところ殺戮《さつりく》と破壊と掠奪をくりかえし、ついに帝都洛陽を陥落させ、市街を血と死体で埋めつくす。もっとも酷烈《こくれつ》な劉聡は、懐帝を玉座から引きずりおろして奴隷にした。豚小屋にとじこめ、残飯《ざんぱん》を食わせ、犬のように首輪をはめて引きずりまわし、鞭《むち》うって労働させた。そして、晋の旧臣《きゅうしん》たちを集め、懐帝のあわれな姿をさらしものにした。あまりのことに旧臣たちは顔をそむけ、涙を流した。劉聡は、涙を流した者を全員引きずりだして首を刎《は》ね、さらに懐帝自身も惨殺した。

「おれたち胡人を蛮族とさげすんだ漢人どもに思い知らせてやるのだ」

というのが劉聡の言分《いいぶん》であった。

洛陽だけでなく多くの城市《まち》が炎上し、中原すなわち黄河流域は完全に無政府状態となる。いわゆる「五胡十六国時代《ごこじゅうろっこく》」のはじまりである。貴族も民衆も、異民族による虐殺と破壊から逃《のが》れるために南をめざした。長江を渡り、江南《こうなん》の地へと向かったのである。そこは三国の呉の故地《こち》で、一国を建てるだけの広さと豊かさとを有していた。平和を求め、政治的秩序の再建と漢文化の維持を願う人々の列が南へ南へと延びていった。だが一方で、なお踏みとどまっている人々もいたのである。

Ⅱ

「……誰が敵中を突破して援軍を求めに行くのだ」

父の声がして、少女は自分がまどろみからさめたことを確認した。仔猫《こねこ》を追って邸第《やしき》のなかを駆けまわるうち、父の書院《しょいん》にはいりこみ、刺繍《ししゅう》つきの布をかけた大きな卓《テーブル》の下にもぐりこんだ。いつしかまどろみ、その間に父が卓について幕僚たちと会議をはじめたらしい。

少女の父は姓を荀《じゅん》、名を崧《しゅう》、字《あざな》を景猷《けいゆう》という。この年、五十四歳。官職は平南将軍《へいなんしょうぐん》、都督荊州江北諸軍事《ととくけいしゅうこうほくしょぐんじ》。爵位は曲陵公《きょくりょうこう》。晋王朝の臣として宛城《えんじょう》を守っていた。

宛城の位置は、帝都洛陽の南四百三十里（約百八十七キロ）、後世でいう河南省の最南部である。黄河の中流地区と長江の中流地区とをつなぐ要衝《ようしょう》で、古来、兵家必争《へいかひっそう》の地といわれた。北には伏牛《ふくぎゅう》山地がせまり、淯水《いくすい》という川を下るとやがて漢水《かんすい》に合流する。その合流点にあるのが、宛城よりさらに要衝とされる襄陽《じょうよう》である。北方から襄陽を攻撃しようとする者は、その前にかならず宛城を陥《おと》さねばならなかった。宛城の近くには良質の鉄を産する鉱山もあり、それもまた覇者たちにとっては魅力であった。

そしていま宛城は強力な敵に包囲されていた。敵将の名を杜曽《とそ》という。晋の皇族の幕僚で、南蛮司馬《なんばんしば》という官職にあった。これは南方の異民族によって編成された部隊の長という意味だが、官職名と実態とはかならずしも一致しない。要するに、実力ある実戦部隊長である。この男が、世の乱れを見て野心をおこしたのだ。

「晋王朝の命脈《めいみゃく》はすでにつきた。北方の胡人《こじん》どもが中原に乱入して王を自称しておる。おれが王になって悪いはずがなかろう。まず宛城を陥してそこに拠《よ》るとしようか」

杜曽の野心がだいそれたものであるとは、かならずしもいえない。春秋戦国《しゅんじゅうせんごく》といい三国といい、過去にも乱世はあった。だが、胡人が中華帝国の奥深く侵入して皇帝を殺し、帝都を焼くなど未曾有《みぞう》のことである。杜曽が風雲に乗《じょう》じて王となる可能性はたしかにあった。

杜曽は「万夫不当《ばんぷふとう》」とまで称される猛将で、一騎打《いっきうち》で敗れたことがなく、甲冑《かっちゅう》を着用したまま川を泳ぎ渡ることができた。その部下も歴戦《れきせん》の勇兵で、しばしば匈奴の軍を撃破している。掠奪や破壊の面においても匈奴に匹敵するといわれた。

杜曽は勇猛だが血を好む悪癖があった。かつて南郡《なんぐん》太守の地位にあった劉務《りゆうむ》という人がおり、彼の娘は美貌で知られていた。杜曽は彼女を妻にと望んだが拒絶された。怒った杜曽は兵をひきいて南郡を攻撃し、たちまち陥落させてしまう。劉務とその一族はすべて殺され、美貌の娘は姦《おか》された末に高楼《こうろう》から身を投げて死んだ。宛城が陥された後、城内の民衆がどのような目にあうか、予想しただけで人々は戦慄《せんりつ》させられたのである。

杜曽は自分でかってに南中郎将《なんちゆうろうしよう》と称した。彼のひきいる三千騎が、将軍陶侃《とうかん》のひきいる討伐部隊を撃破し、宛城に殺到してきたとき、城を守る荀崧は愕然としながらもすばやく対処した。城外の住民を収容し、城門を閉ざしてたてこもったのだ。

都督荊州江北諸軍事。後世の用語をもってすれば、荀崧の地位は湖北《こほく》方面軍総司令官である。数万人の軍隊をひきいるべき身でありながら、実際に彼が有する兵力は千に満たなかった。高く厚い城壁が、かろうじて賊軍の猛攻から住民を守っている。

籠城《ろうじよう》は唯一の策であった。とはいえ、城外の住民を収容したために城内の人口は二倍になり、当然ながら食糧は不足する。城外に援軍を求めなくてはならなかった。朝廷はもはや存在せぬも同様で、全軍を統一的に指揮する者はいない。どこに援軍を求めればよいのか。それが大きな問題であったが、さいわい荀崧にはあてがあった。

襄城《じょうじょう》である。

襄城は宛城の東北方、三百三十里（約百四十三キロ）の距離にある。そこの太守石覧《せきらん》は荀崧の親しい友人であった。かつて荀崧が襄城の太守であったとき、石覧はその幕僚としてもっとも信頼されていたのである。深く長い交際であったから、急を知れば救援に駆けつけてくれるであろう。だがどうやって急を知らせるか。この時代、敵中を突破して目的地へ駆けつける以外に方法はない。唐の張九齢《ちょうきゅうれい》が伝書鳩《でんしょばと》という方法を考案するのは、これより四百年も後のことである。

「誰を派遣すべきか」

何度めかの呻《うめ》きを荀崧はもらした。彼自身には城を守る責任があって動けぬ。また、洛陽を脱出するとき匈奴兵のために瀕死《ひんし》の重傷を負《お》い、四カ所の傷はいまなお季節の変わり目ごとに疼《うず》き、左腕は自由に動かない。苛烈《かれつ》な騎行《きこう》には耐えられない身であった。

「あまりにも危険だ。誰をやればよいのか」

「わたくしが！」

元気のよい叫びは、荀崧の足もとからおこった。布をはねあげ、卓の下から人影が躍りたったのだ。

「父上！　わたくしが使者となって襄城へ赴《ゆ》きまする！」

荀崧だけではない、幕僚の全員が唖然《あぜん》として闖入者《ちんにゅう》を凝視した。まさか卓の下に人がいるとは思わなかったのだ。荀崧が娘を叱るより早く、幕僚のひとりが笑いだした。

「いやはや、灌娘《かんじょう》が刺客《しかく》であったら、とてものこと、曲陵公のお生命《いのち》はなかったところですな」

灌娘とは「灌お嬢さん」というほどの意味である。聡明で活発で美しい十三歳の少女は、宛城の将兵や民衆に人気があった。荀崧の方針もあって、彼の家族は格式ばらず将兵や民衆に親しみ、それが信頼を生んで、宛城の雰囲気を和《なご》やかなものにしていた。この血臭《しゅう》ただよう乱世にあっては稀有《けう》のことであった。

一同の笑いのなかで、父娘《おやこ》だけが笑わない。やがて笑顔をつくったのは娘のほうだった。

「父上、わたくしたちは後漢《ごかん》の敬侯《けいこう》の子孫ですね？　だとしたらもっとも危険な任務は自分で果たさなくては」

後漢の敬侯とは、『三国志』にも登場する荀彧《じゅんいく》のことである。卓絶した知性と識見《しきけん》とをもって魏《ぎ》王曹操《そうそう》の軍師となり、生前も死後も令名《れいめい》高い士人《しじん》であった。たぐいまれな美男子であったが、荘重《そうちょう》でしかつめらしい態度であったので、反対派からは「あいつは葬儀屋でもやっていればいいのだ」などと悪口をいわれている。荀崧は荀彧の玄孫《げんそん》（孫の孫）にあたり、為人《ひととなり》は「志操《しそう》清純にして文学を雅好《がこう》す」とある。荀家は乱世にあって学術と志操とをかかげ伝える、誇り高い一門であった。

荀灌はまさしく三国志にあらわれる英傑の正嫡《せいちゃく》の子孫であったのだ。晋の時代、このような例を他に求めると、魏の曹植《そうしょく》の子孫である曹志《そうし》、魏の夏侯淵《かこうえん》の子孫である夏侯《かこう》湛《たん》、魏の諸葛誕《しょかつたん》の子孫である諸葛恢《しょかつかい》などが文人や官僚として名を残している。特筆すべきは呉《ご》の陸遜《りくそん》の孫である陸機《りくき》と陸雲《りくうん》の兄弟で、文人としての令名を天下に馳《は》せたが、ともに「八王の乱」に巻きこまれて殺された。なお蜀《しょく》の諸葛亮《しょかつりょう》の孫である諸葛京《しょかつけい》は晋王朝につかえて広州刺史《こうしゅうしし》となったが、さしたる治績もなく、その子の代には消息がとだえている。

「このようなときに戯《たわむ》れをいうまいぞ」

荀崧は娘をたしなめた。だが少女が本気であることを、誰よりも彼が最初に認めざるをえなかった。双眸《そうぼう》にきらめきが満ちて父を直視している。その表情が示すものを、父が誤《ご》認《にん》できようはずがなかった。

「わかっておるのか、容易ならぬことなのだぞ」

「はい、承知しております」

「多くの人の生命がかかっておるのだ。万が一にも敵に囚《とら》われたらいかに身を処《しょ》するか、覚悟があっての申しようか」

「ご心配なく。敬侯の子孫として、荀家の名を辱《は》ずかしめるようなことはいたしませぬ」

さわやかに言い放ったが、内容は重い。杜曽の軍に捕えられるようなことになれば、名を明かして敵将の前に立つ。姦《おか》されるかもしれない。だが隙を見て短剣で杜曽を刺殺する。みずからの勇猛を恃《たの》む粗暴な男には、かならず隙があるはずだ。

そこまで覚悟してはいたが、荀灌は本来、楽天的な生まれつきであるらしい。自分自身をそこまで追いこむことなく、勇気と機智をもって使命を成功させるつもりであった。失敗はできない。だとしたら失敗せぬよう最善をつくすだけのことである。

幕僚たちももはや笑声をたてず、声と息をのんで荀家の父娘を見守っている。ふいに荀崧は溜息《ためいき》をついた。

「ああ、お前が男であったら、荀家の将来に一点の不安もないものを」

心から荀崧は惜しんだ。彼には息子がいなかったのだ。彼は娘を愛し、その勇気と思慮を高く評価していたが、中世社会の儒教《じゅきょう》の徒であったから、女に家を継《つ》がせるという発想はまったくなかった。仮《かり》に彼がそう望んだとしても、社会的に認められるはずがない。

「よろしい、お前に宛城の運命を託そう。みごと敵中を突破して城を救うてみよ」

「はい、かならず」

父の許可をえた荀灌は、誇らしげなかがやきを顔じゅうに満たした。

十三歳の少女が敵中を突破して援軍を求めに行く。宛城の住民数万人の生命が少女の肩にかかるわけだが、おどろいたことに、反対する者はいなかった。それだけ荀崧には人望があり、荀灌自身にも人を信頼させるものがあったのだ。

荀灌を護衛する兵士は、騎兵のみ五十名。それ以上の人数を割《さ》くことはできなかった。だがせめてもの親心で、とくに勇敢で忠実な兵士たちを選びぬいた。

荀灌は甲冑《かっちゅう》を身につけた。十三歳の少女としては荀灌は背が高く、十五歳の少年ほどには見えたというから、甲冑を着た姿もおかしくはなかったであろう。それどころか、凜然《りんぜん》とした姿を見て、むしろ「灌娘であれば、みごと使命を果たしてくれるであろう」と期待する者が多かった。

さいわい新月の時期で、夜の闇は濃い。やりようによっては杜曽の包囲を突破することもできるだろう。

「擬兵《ぎへい》の計を使ってはいかがでしょうか」

十三歳の少女のくせに、荀灌は軍事用語を知っていた。貴族の令嬢などという枠《わく》を飛びこえて、書物を愛し、兵法に熱中し、武芸を好む少女だった。甘い父親は「女は女らしく」などと説教したことはなく、自由に闊達《かったつ》にふるまわせていたのだ。

夜半、酒をあおって眠っていた杜曽は、あわただしい報告でたたき起こされた。これまでひたすら守勢《しゆせい》に徹していた宛城の守備兵が、突如として西の城門を開き、出撃してきたというのだ。一瞬にして酔いも睡気《ねむけ》も追い出した杜曽は、甲冑を身につけると同時に馬にとびのっている。

三千の兵は有効に使わねばならぬ。杜曽は全兵力を西門に集中させた。出撃してくる敵兵をことごとく斬りすて、勢いを駆って城内へ突入し、一夜にして全城を血の海に沈めてくれよう、と、杜曽は思った。

「敬侯の子孫だか何だか知らぬが、無策な奴よ。泉下《あのよ》へ行って先祖に自分の無能をわびるがよい」

自信に満ちて杜曽は巨大な矛《ほこ》をしごいた。

ところがその自信も空転してしまう。城門を開いて突出してきた荀崧の軍は、ひとしきり揉《も》みあった後、さほどの執念も見せず後退していくのだ。突進していく杜曽の眼前で門《もん》扉《び》が閉ざされた。卑怯者、出てきて戦え、と怒号する杜曽のもとに、ふたたび急報がもたらされた。城の東門から四、五十騎の兵が走り出て、ひたすら東北方へと駆け去ったというのである。

Ⅲ

「さては城外に援軍を求めたか。おそらく襄城《じょうじょう》に向かったと見える。たしか襄城の太守は荀崧《じゅんしゅう》めの知己《ちき》であったはず」

　舌打ちした杜曽《とそ》は、あらためて宛城《えんじょう》を包囲する態勢をとると、一方で、脱出した敵を追跡するよう命じた。

　五十騎を追うのに、杜曽は五百騎を割《さ》いた。この事実は、彼がけっして無能でなかったことを意味する。一騎でも脱出に成功させれば、それは千騎にもなって還《かえ》ってくるであろうことを、杜曽は承知していた。

「よいか、ひとりも逃《のが》すなよ」

　主将の厳命を背に受けて、五百騎の追跡隊は東北方へ馬を走らせた。宛城から襄城へ到る道は起伏《きふく》と変化に富む。伏牛山《ふくぎゅうざん》の最奥部をつらぬき、丘をこえ、谷に沿い、森を縫《ぬ》って走る。しかも新月の夜である。騎行は容易ではなかった。

　一刻ほどで追跡者たちが目標に追いつくことができたのは、先行する荀灌《じゅんかん》たちがそれだけ早く、けわしい地形に直面したからである。追跡者たちは「殺《シャア》！」の叫びとともに馬を躍らせ、森を縫う道を走りぬけて襲いかかろうとした。その剽悍《ひょうかん》な動きがにわかに乱れ、悲鳴があがり、馬が倒れた。

　樹木の間に索《つな》が張りめぐらされていたのだ。しかもその索は黒く塗られていたから、突進してきた追跡者たちの目に見えようはずがなかった。馬はつんのめって地に倒れ、騎手はもんどりうって宙へ投げだされる。岩角にたたきつけられた兵は苦痛の叫びを発して動かなくなった。

　ようやく混乱が収拾《しゅうしゅう》され、索が切断されるまでに、十騎あまりが行動能力を失った。その間に、荀瓘たちは千歩ほども距離をかせぐことができた。

「追え！　ひとりも逃すな！」

　怒りくるった追跡者たちは、ふたたび馬を駆った。傾斜の急な坂道にかかると、こんどは上から石が落ちてきた。これで骨折した十騎ほどが脱落した。

　さらに山道を進むと渓谷沿《ぞ》いの道に出た。何かがくずれるような異様な音がした。闇をすかし見ると、渓谷にかかった木の橋が断《た》ち切られている。さては橋を渡った後に断ち切ったか、と見て、いったん渓谷に下り、苦労して渓谷を渡りはじめた。全隊の半ばが渡りきったとき、最後尾の兵が叫びを放った。荀瓘たちは橋を断ち切ってみせただけで渡ってはおらず、追跡隊の後尾をかすめて駆け去ったのである。

「かさねがさね小細工《こざいく》を！」

追跡部隊の指揮官が何という名であったか、史書には記載《きさい》がない。だがあきらめの悪い男であったことはたしかだ。何よりも、追跡に失敗したときの杜曽の反応が恐ろしかったにちがいない。彼らは苦労してふたたび上方の道へもどったのである。

三度、四度と巧妙な妨害になやまされながら、白河《はくが》という川で、彼らは荀灌たちに追いついた。騎馬で渡河《とか》するとき、荀灌たちもさすがに松明《たいまつ》を灯《とも》さざるをえなかったのだ。その灯火を目標として追跡者たちが殺到してくると、松明は河中に投じられた。いちだんと濃く闇がおりた。

河中の白兵戦となった。

水深は馬のひざのあたりであったという。激突する剣や槍から火花が飛散《ひさん》し、それが水面に反射してあざやかな色彩の飛沫《しぶき》となる。それ以外はすべての光景が、夜のひろげる黒一色に塗りこめられていた。刃が衣服と肉を斬り裂く音。絶叫と悲鳴。水音。激しい息づかい。それらが死闘の証《あかし》だった。

白昼の戦いであったら、まるで問題にならなかったであろう。夜と水とが荀灌たちに味方した。追跡者たちは荀灌たちを包囲することができず、数を確認することもできなかった。戦って武勲《ぶくん》をあげることが荀灌たちの目的ではない。敵の刀槍《とうそう》を払いのけ、振りきって対岸に上陸することをめざした。荀灌は剣をふるって三人まで河中に斬り落としたが、斬られた者の生死のほどは不明である。

対岸に上陸できた者は三十余騎。残りの兵は河中で死んだ。追跡者たちもほぼ同数を失ったが、なお四百騎以上が健在である。

白河を渡り、魯陽《ろよう》という土地にさしかかったとき、東の地平線上に一本の白刃《はくじん》が横たわったかと見えた。夜が明けはじめたのだ。地形も平坦《へいたん》になり、追跡者たちにとっては有利になるものと思われた。

見はるかすと、東へ一条の土煙が走っている。追跡者たちは喊声《かんせい》をあげ、血気にまかせてそれを急追《きゅうつい》していった。彼らが駆け去った後、街道に沿った森のなかから、荀灌たちが姿をあらわした。馬の口に枚《ばい》と呼ばれる木片をくわえさせ、息をひそめて隠れていたのだ。追跡者たちの土煙が完全に遠ざからぬうちに、荀灌たちは馬にとびのり、反対方向へと走り出した。四半刻(約三十分)後に、追跡者たちは最初の目標を捕捉《ほそく》した。尻尾《しっぽ》に木の枝を結びつけ、盛大に土煙をたてて走る二十頭の空馬《からうま》を。それは最初から荀灌が用意していたもので、本来は替え馬にするはずのものであった。

ついに追跡を振りきった。襄城は荀灌の前方に、点のような姿を見せていた。

　襄城の太守石覧《せきらん》は少女の前に駆けてきた。ここ数日、南西方向にあたる宛城の一帯で兵《へい》乱《らん》がおこっているという噂《うわさ》があった。だが真偽《しんぎ》のほどはさだかではなく、むやみに兵を動かすわけにいかなかった。城を無防備にすることもできず、困惑を深めていたところへ、宛城から援軍を求める使者が駆けつけたのである。

「灌娘《かんじょう》？　まことに灌娘か⁉」

　石覧は少女を凝視《ぎょうし》した。かつて家族ぐるみで親しく交際していたとはいえ、七年ぶりの再会である。頬を紅潮させて宛城の危険をうったえる少女のようすを、石覧は観察した。これは無意味な用心ではない。もしこの使者が偽物《にせもの》であれば、石覧とその部下たちは城外にさそいだされ、杜曽の待ち伏せにあって撃滅されるかもしれないのである。

「おう、たしかに灌娘だ、まちがいない」

　ようやく六歳のころのおもかげを確認して、石覧はうなずき、同時に感歎した。わずか十三歳の少女が敵中を突破し、休息もなしに三百三十里の道を馬で駆けぬけて来たというのである。

「よろしい、ただちに援兵を出そう」

　石覧は、ひざまずく少女を助けおこした。

「曲陵公《きょくりょうこう》は朝廷にとっても民にとってもたいせつな方だ。まして、この乱世、官にある者どうし力をあわせねば、流れる血が増えるだけ。できるだけのことはさせてもらおうぞ」

「かたじけなく存じます」

荀灌は深く深く一礼した。だが安堵《あんど》のあまりすわりこむ贅沢《ぜいたく》は、彼女には許されなかった。石覧の誠意と好意は疑うべくもない。だが彼はもともと文官であって実戦経験にはとぼしいのだ。杜曽に勝てるだろうか。

「どれほどの兵数を集めていただけますか」

「できるだけ多く。そうだな、二千人近くにはなるだろう」

それではたりぬ、と、荀灌は思った。杜曽の兵力は三千だが、将も兵も強猛《きょうもう》で、その戦闘力は一万の軍勢に匹敵《ひってき》するであろう。荀灌は短時間で判断を下した。より多くの援軍を宛城につれ帰らねばならない。

「筆と紙をお貸しいただけますか」

「かまわぬが、何を書く気だ」

「尋陽《じんよう》の周太守《しゅうたいしゅ》に救援の依頼状を」

「なるほど、それは名案だ」

文字どおり石覧はひざをたたいた。

荀灌が名をあげた人物は周訪《しゅうほう》といい、彼こそ朝廷から正式に叙任《じょにん》された南中郎将《なんちゅうろうしょう》であった。この時期、尋陽郡の太守を兼ね、襄城の東南五百七十里（約二百四十七キロ）の地点に本拠をおいている。そしてその兵力は、宛城と襄城とをあわせたよりも多いはずであった。襄城の兵力だけでは杜曽に対抗できず、結局は宛城も襄城も杜曽の手中に落ちてしまいかねない。そうなれば中原から南方への道が遮断《しゃだん》され、数百万の民衆が避難できなくなるであろう。事態はそれほど深刻であり、それは荀灌に深紅色の夢を思いださせた。死者の霊すらも畏《おそ》れぬ匈奴兵が、無力な民衆めがけて喊声《かんせい》とともにおそいかかる。そのような光景は二度と見たくなかった。

このとき荀灌がたてた作戦は、後世において「分進合撃《ぶんしんごうげき》」と呼ばれる戦術であった。石覧と周訪とがそれぞれ兵力をひきいて根拠地から進発し、宛城で合流して一挙に杜曽を挟撃《きょうげき》するというものである。ただこの計画を成功させるには、日時と場所についてよほど綿密《めんみつ》に打ちあわせておかねばならない。

「さすがに敬侯の嫡流《ちゃくりゅう》。深慮《しんりょ》のほど、われらごときのおよぶところではない」

石覧は舌を巻いた。荀灌の勇気と戦略的識見はとうてい十三歳の少女とは思えず、男たちとしては、その理由を偉大な先祖の血に求めるしかないのであった。

「ではわたくしは尋陽へ参ります。僭越《せんえつ》ではございますが、日時についてどうかおまちがえなきよう」

「うむ、くれぐれも気をつけてな」

休息していけ、といいたいところであったが、荀灌をとめてもむだであることを石覧は知っていた。気分の昂揚《こうよう》が少女に疲労を忘れさせ、その美しさをひときわ精彩《せいさい》あるものにしている。彼女は作戦の連係《れんけい》のため、十騎だけを石覧のもとに残し、あたらしい馬を借りると、尋陽郡へ五百七十里の道を走りだした。二十余騎がそれにしたがい、東南へと駆け去った。

Ⅳ

荀灌《じゅんかん》が宛城《えんじょう》から脱出して六日がすぎた。すでに城内の糧食は尽《つ》きかけて、将兵も民衆も一日二杯、薄い粥《かゆ》をすするだけの状態である。それをさとった杜曽《とそ》は、兵士たちを叱咤《しった》して苛烈《かれつ》な攻撃をかけた。援軍が来るまでに結着をつけようという気もあった。弩《おおゆみ》で城内へ矢を射こみ、破城槌《はじょうつい》で城門を破壊し、城壁に梯子《はしご》をかけて斬りこみをかける。必死の防戦も、三百人以上の死傷者を出し、しだいに押されぎみとなって、ついに攻防戦の結着がつくかと思われたとき。

「東北に砂煙が見えます！」

城壁上の荀崧《じゅんしゅう》も、城壁下の杜曽も、ほぼ同時にその報告を受けた。おりからの落日を受けて、騎馬のたてる砂煙は紅《あか》く、甲冑のきらめきがそのなかに点在している。

「襄城《じょうじょう》からの援軍が来たぞ！」

歓喜の声が城内を満たした。一方、城外にあっては杜曽が馬上で号令を発し、城への攻撃をやめさせていた。

「あのていどの兵数で、おれを討てるつもりか。笑止《しょうし》のかぎりよ」

杜曽は矛《ほこ》を高くかざすと、「殺《シャア》！」の喊声をとどろかせて馬腹を蹴《け》った。三千の兵がそれにつづいた。彼らは待機して敵を迎撃するということをせず、猛然とこちらから攻撃に出たのである。

それは明らかに石覧《せきらん》の意表をついた。もともと文官である石覧は、一千たらずの兵力で、猛将杜曽と正面から激突するはめになった。あわてて邀撃《ようげき》の命令を下したが、それより早く、杜曽は奔馬《ほんば》を駆りたてて敵陣にせまり、その自慢の矛をふるって、まさに人血の旋風を巻きおこそうとした。

その瞬間であった。地を踏みとどろかせ、東南方面の丘陵を躍りこえてきた一群の兵馬がある。先頭に立つ、若すぎる騎手の名を杜曽は知りようもない。とにかく数千の兵が、わきおこる積乱雲《せきらんうん》さながらの勢いで稜線《りょうせん》上にあらわれ、甲冑の波となって斜面を駆け下ってくる。杜曽軍は右の側面を衝《つ》かれ、にわかに乱れたった。

襄城、つまり東北方面からの援軍は、杜曽も予想していた。援軍の数もほぼ予測がついた。そのていどの兵力が相手なら、一戦して撃ち破る自信もあったのだ。だが東南方面から予想外の兵力が出現したとき、杜曽の闘志はくじけた。なお膨大《ぼうだい》な兵力が戦場にあらわれ、彼を包囲するのではないか、と恐れたのである。ひとたび恐怖をおぼえたとき、杜曽はもはや猛将ではなかった。喚《わめ》くように、彼は退却を命じた。

そのとき飛来《ひらい》した矢が、鈍い音をたてて杜曽の胸甲《きょうこう》に突き立った。弓勢《ゆんぜい》がやや弱く、胸甲をつらぬくことはできなかったが、杜曽を動転させるには充分だった。彼は一言も発せず、馬首をめぐらせると、部下を見すてて逃げだした。部下たちも戦意をうしない、つぎつぎと槍を引き、剣をおさめて走りだした。杜曽の後を追って逃げだしたのだ。

すべてを見ていた城壁上の兵士たちが狂喜の叫びをあげた。冑《かぶと》をぬいで宙に放りあげると、それらが落日に反射して、光の珠《たま》が黄昏《たそがれ》のなかを乱舞した。そのありさまを見あげた城内の人々も両手を振って歓呼《かんこ》する。

「信じられぬ、ようもやってのけた」

そうつぶやいた荀崧は、我に返ると、城門を開くよう命じた。門扉《もんぴ》に数人の兵士がとびつくと、それに百倍する民衆がむらがって手伝った。混乱のなかで門扉が開《あ》け放たれると、合計五千騎の先頭に立って荀灌が城内に走りこんでくる。一瞬の後、荀灌の姿は馬上から消えていた。

兵士と民衆とを問わず、人の波が地上にあふれている。荀灌も、彼女にしたがって敵中を突破した兵士たちも、人々の肩の上にいた。あびせられる歓呼と、握手を求める手の大海のなかで、城壁上を見あげた荀灌が激しく両手を振る。

「父上、やりましたよ、父上！」

ただただ荀崧はうなずくだけであった。

宛城を陥《おと》すことができず、部下の人望をも失った杜曽が、追いつめられてみじめな最期をとげたのは数日後のことである。彼の名は「十三歳の少女に敗れた男」として歴史に残ることになった。

この物語は「晋書《しんじょ》」の「荀崧伝《じゅんしゅうでん》」、「杜曽伝《とそでん》」および「列女伝《れつじょでん》」による。後世、明《みん》の時代に武林夷白主人《ぶりんいはくしゅじん》と称する人物が「東西両晋演義《とうざいりょうしんえんぎ》」という歴史小説を著《あらわ》した。その第十五回の題名は、「荀崧女灌娘突囲《じゅんしゅうのむすめかんじょうかこみをつく》」というのである。平和と統一とがもろくも失われ、殺戮と悲惨とが世をおおった時代に、十三歳の少女が示した勇気と智略とは、暗夜の灯火として人々に印象づけられたのだ。

荀灌の名は、これ以後、まったく歴史にあらわれない。だが、彼女の父荀崧は大乱のなかを生きのびた。晋の皇族である司馬睿《しばえい》が江南で王朝を再興し、東晋《とうしん》の元帝《げんてい》となると、荀崧はそのもとに駆けつけて重用《ちょうよう》された。官職は尚書僕射《しょうしょぼくや》となったが、これは宰相の一員である。さらに、蕤《ずい》、羨《せん》というふたりの男児をもうけたが、この母親は荀灌を産《う》んだ女《ひと》ではないであろう。ふたりの男児は長じて宮廷官僚となり、父につづいて「晋書」に伝をたてられるほどの活躍を示したが、それを述べると長くなりすぎる。

十三歳のとき宛城から襄城へと敵中を駆けぬけた少女は、その後、どのように動乱の世を駆けぬけたのであろうか。後世の人間は想像するしかないが、歴史の一隅に荀灌がきらめかせた光芒《こうぼう》のあざやかさを思えば、彼女が父を助けて長江《ちょうこう》を渡り、晋王朝の再興に力をつくし、好ましい男と恋をしてそれをつらぬき、人生を充実と満足のうちに送ったと信じてよさそうに思われる。

徽《き》音殿《おんでん》の井戸　（南北朝・宋）

I

「徽音殿《きおんでん》には幽霊が出る」

という、もっぱらの噂《うわさ》である。

徽音殿というのは皇宮の奥にあって、かつては皇后の住まいであったのだが、この十年ほどは閉鎖され、無人の廃屋《はいおく》となっている。というのも、ここに住んでいた皇后がなくなったからで、そのなくなりようというのが、「怨《えん》をふくんで」というものであったからだ。つまり徽音殿に出る幽霊というのは、皇后の幽霊なのであった。

この話をするとき、皇太子の劉 劭《りゅうしょう》は、異母弟《いぼてい》である始興王《しこうおう》・劉 濬《りゅうしゅん》に皮肉な目をむけていうのだった。

「そなたの母上も、罪なことをなさったものよのお」

すると始興王は身をちぢめ、

「まことにもって、申しわけもないしだいでございます」

と、小さな声で答える。皇太子は笑って話をそらせる。小心《しょうしん》な異母弟をからかってみただけで、深刻な憎しみがあるわけではない。

深刻な憎しみは、べつの方向にむけられている。

南北朝時代、宋《そう》の文帝《ぶんてい》の元嘉《げんか》二十七年（西暦四五〇年）のこと。

皇太子・劉劭は、父親である文帝を弑殺《しいさつ》しようと考えていた。


南北朝時代の宋は、劉裕《りゆうゆう》という人物によって建国されたので、皇室の姓を国名の上につけて「劉宋《りゆうそう》」ともよばれる。

劉裕は、ろくに食事もできないほど貧しい身分から、軍隊にはいって驚異的なまでの武《ぶ》勲《くん》をかさね、ついに中国大陸の南半を支配するにいたった。無教養な野人《やじん》であったが、政治家としても武将としても、才能のするどさは比類がなかった。

幕僚のひとりが、おべっかまじりに、つぎのようにすすめたことがある。

「閣下の姓は劉。これは往古《むかし》の漢王朝の姓でございます。あたらしい国をお建てになるときは、ご先祖の王業《おうぎよう》にちなんで、漢と名づけられませ」

すると劉裕は一笑《いつしよう》して答えた。

「おれは名もない貧民の出身だ。漢王朝の血など、引いているわけがなかろう」

そして国を建てると、国名を宋とした。このあたり、「漢王朝の子孫」を売り物としていた三国時代の劉備《りゆうび》より、はるかに覇者としての器量が大きいといえる。

宋の皇統《こうとう》は、初代の武帝《ぶてい》・劉裕から、二代めの少帝《しようてい》・劉義符《りゆうぎふ》へと受けつがれた。この二代めは不肖《ふしよう》の子で、公私《こうし》にわたって乱脈をきわめたため、絶望した重臣たちがひそかに計画をたてて廃立《はいりつ》してしまった。かわって即位したのが、少帝の弟である。これが三代めの文帝・劉義隆《りゆうぎりゆう》であった。

文帝は即位後ひとつの失敗をおかした。重臣の檀道済《だんどうさい》を粛清したことである。檀道済は「張飛《ちようひ》の再来」といわれるほどの勇猛と、柔軟巧妙な用兵とをかねそなえ、百戦不敗の名将といわれたが、文帝はその実力と人望をおそれうたがい、無実の罪をきせて処刑してしまったのだ。処刑の寸前、しばられた檀道済は文帝をにらみつけ、

「孺子《こぞう》！　みずからの手で万里の長城をこわすか」

と吐きすてた。

処刑の直後、檀道済の死を知った北方の魏《ぎ》が、「もはやおそれる者はなし」と、大軍をもって殺到してきたとき、うろたえた文帝は玉座《ぎよくざ》を立って、

「檀将軍はどこにいる?」

と叫ぶ醜態をさらしてしまう。

さいわい魏の後方で大乱がおこったため、魏軍は帰還して文帝は事無《ことな》きをえた。その

後、文帝は内政に力をそそぎ、経済の発展と社会の安定とを得ることに成功した。統治者としては有能だったのだ。彼の治世は、年号にちなんで、「元嘉《げんか》の治《ち》」とよばれる。文帝は父親の武帝・劉裕とちがって教養があり、学問や芸術を保護して名声を得た。

平和で豊かな年月がすぎて、元嘉十七年（西暦四四〇年）のこと。

文帝の正妻である袁《えん》皇后は、夫に対する不満をつのらせていた。理由は、夫の文帝が吝《け》嗇《ち》だったことである。

皇后の実家である袁家は、晋《しん》以来百年以上つづく名門であった。名門だからといって、財力が豊かだとはかぎらない。皇后は実家からたのまれ、文帝に対して金銭的な援助をねがうことが何回かあった。

「またか」

と舌打ちして、文帝は援助金を出してはくれるのだが、たいした金額ではない。銅貨で五万銭《せん》、帛《きぬ》なら五十匹《ぴき》というのが上限であった。しかも、かならずお説教かいやみがつくのである。

「そなたの実家も、名門ということに甘えていないで、すこしは努力とか苦労とかいうことをしてみたらどうだ。りっぱすぎる邸第《やしき》を売るという策《て》もあるだろう。このまま朕《ちん》の援助をあてにするばかりでは、没落《ぼつらく》してしまうだけだぞ」

恐縮して、皇后は文帝の前からしりぞくのだが、自分の住まいである徽音殿にもどると、おつきの宮女《きゅうじょ》たちにぐちをこぼさずにいられなかった。

「万歳爺《おかみ》はけっして、むだづかいというものをなさらない。そりゃあ公人としてはごりっぱなことだけど、妾《わらわ》としても必要があるときだけ最小限のおねがいをしているにすぎない。もうすこしこころよく援助してくださるといいのだけどねえ」

いつもだと宮女たちはひたすら皇后をなぐさめるしかないのだが、ある日、ちがう反応があった。宮女たちの楽しみといえば後宮《こうきゅう》の噂話であるのは、いつの時代もかわりないが、ひとりの宮女が、聞きずてならぬ話を聞きこんできていたのである。

「皇后さま、ご存じでしょうか、潘淑妃《はんしゅくひ》のことを」

潘が姓で、淑妃とは皇后以外の「おきさき」にあたえられる称号のひとつである。潘淑妃はこの数年にわたって文帝の寵愛《ちょうあい》あつい美女で、袁皇后にとっては目ざわりな存在であった。

「潘淑妃がどうしたのかえ?」

「いえ、潘淑妃というお方は、万歳爺におねだりなさるのがとてもおじょうずで、ほしいものは何でも手にはいる、という噂でございます。いっそのこと、皇后さま、潘淑妃のおねだりじょうずを利用なさってはいかがでしょうか」

潘淑妃にたのんで、文帝に、実家への援助金を出してもらえばよい、というのである。

宮女は冗談のつもりだったかもしれないが、袁皇后はまじめな表情で考えこんでしまった。

「……まさかあのケチな万歳爺が、いくら潘淑妃のおねだりだからといって、ほいほい大金を出すとは思えないけど……それとも、万歳爺は妾に対してだけケチなのだろうか」

翌日、袁皇后は思いきって黴音殿に潘淑妃を呼びつけた。緊張した表情であらわれた潘淑妃に、笑顔をつくって話しかける。

「じつはあなたにおねがいがありますの」

「皇后さまが妾に？　いったい何ごとでございましょう」

「妾の実家が裕福でないことはご存じですね。いつも万歳爺に援助をおねがいしているのだけど、また三十万銭ほど必要になってしまったのですよ。でも先日も万歳爺におねがいしたばかりなので、気がひけるのです」

「まあ、それはそれは……」

「そこで、あなたをみこんでおねがいするのですけど、あなたご自身がご入用《いりよう》ということにして、万歳爺から三十万銭、出していただけないものかしら。ずうずうしいかぎりで申しわけないのですけど、そうしていただければ恩に着ますよ」

潘淑妃にとっては意外な話である。だが彼女はことさら意地悪な性格ではなかったし、自分が産《う》んだ皇子の将来を考えると、皇后との関係をよくしておいたほうがいい。このさい皇后の役に立って好意を得たほうがよさそうだ。そう考えた。

「かしこまりました。皇后さまのお役に立てれば、妾もうれしゅうございます」

このような会話がおこなわれて二、三日後のこと。潘淑妃のおつきの宦官《かんがん》が徽音殿に参上して、一枚の公文書を提出した。これを持参した者に三十万銭を支払うように、という少府《しょうふ》（皇室会計局）への命令書である。何があったかは明らかであった。

「そなたもご苦労でした。潘淑妃に、妾が心から感謝していると伝えてくれるように」

袁皇后は声のふるえをおさえてそういい、宦官に多少の白銀《はくぎん》をあたえて帰したが、その夜から発熱して床についた。

皇后が病気だというので、文帝は徽音殿にみまいにきたが、病室の扉はとざされ、面会は謝絶されている。何十日もそのような状態がつづいたので、文帝は不審に思い、宮女や宦官たちに事情を問いただして、とうとう真相を知った。

文帝としては、ばつも悪いし、皇后があわれでもある。何とか会ってわびようとしたが、皇后はかたくなに夫に会うのを拒否しつづけ、その年の七月ついに衰弱して息をひきとってしまった。享年三十六である。文帝はようやく臨終の妻に会うことができたが、

「すまない、朕が悪かった」ということばに対して、返事は永久になかった。

皇后の死後、すっかり感傷的になった文帝は、徽音殿を閉鎖してしまった。潘淑妃には何の罪もないはずだが、会いづらい気分になって、しだいに彼女からも足が遠のいた。無人の徽音殿はしだいに荒廃していき、昼間でも近づく者はいなくなった。近づく者は、薄命《はくめい》の袁皇后の亡霊が悲しげにたたずむのを見て、悲鳴とともに逃げ出す。そういわれるようになった。

袁皇后の死から、ちょうど十年。

袁皇后の産んだ皇太子・劉劭は二十五歳。潘淑妃の産んだ始興王・劉濬は二十四歳になっている。父の文帝は四十五歳である。

Ⅱ

皇太子が父親を殺そうと考えたのは、べつに母親の復讐《ふくしゅう》のためではない。

彼は生まれたときから皇太子だった。幼児のときも、少年のときもそうだった。二十五年もおなじ地位にいて、飽《あ》きてしまったのである。

「そろそろ予《よ》も皇帝になって、望むような政治をおこなってみたいものだ。父皇《ちちぎみ》も即位して二十七年。これ以上、為政者《いせいしゃ》としてやるべきこともないだろう」

息子の抱負《ほうふ》が野心に変質しつつあったとき、父親の文帝も変貌《へんぼう》しつつあった。それまで内政に力をそそぎ、対外的には守りの姿勢をくずさなかったのに、この年になって積極的な軍事行動をはじめたのである。

この年、というのは宋の元嘉二十七年で、これは魏の太平真君《たいへいしんくん》十一年にあたる。太平真君というのは奇妙な年号だが、魏の皇帝である太武帝《たいぶてい》が道教《どうきょう》の熱心な信者だったので、いかにも道教くさい年号をたてたのだ。

太武帝は、黄河流域に乱立していた大小十数の国をほろぼし、三十二歳にして中国大陸の北半を統一した英雄児である。道教の信者として、歴史にのこる仏教弾圧をおこなったことでも知られる。

この太武帝がみずから大軍をひきいて宋の領土に侵入してきた。春三月のことだ。兵数は号して百万。これは慣用語のようなもので、実数は二十万ていどであったが、大軍にはちがいない。しかも太武帝は、天子でありながら、「つねに陣頭に立って勇戦《ゆうせん》し、大軍を手足のごとく動かす」といわれる雄将《ゆうしょう》である。

魏軍はたちまち国境を突破し、宋の北方防衛の要地である懸瓠《けんこ》城を包囲した。この方面の軍事責任者は、武陵王《ぶりょうおう》・劉駿《りゅうしゅん》である。文帝の三男で、皇太子や始興王の弟にあたり、二十二歳になったばかりの貴公子であった。

武陵王は懸瓠城をすくうために策をねった。いそいで民間から千五百頭の馬をあつめ、軽騎兵隊を編成すると、劉泰之《りゅうたいし》という武将に命じたのである。

「急行して魏軍の後方にまわりこみ、北から奇襲せよ」

宋軍、というより南朝の伝統だが、軍の主力は水軍と歩兵であって、騎兵は弱体であった。魏軍の総攻撃に際し、武陵王の麾下《きか》には正式の騎兵隊も存在しなかったのだ。

だが、このにわかづくり、よせあつめの騎兵隊が、劇的な効果をあげた。武陵王の戦略眼もただしかったし、劉泰之の指揮能力もすぐれていたのであろう。

懸瓠城に猛攻をくわえていた魏軍は、忽然《こつぜん》と後方から出現した宋軍軽騎兵のため、一瞬でくずれたった。城への攻撃を中断したばかりか、突進してくる敵をむかえうつこともできず、斬《き》りたてられ、追いまくられて潰走《かいそう》したのだ。魏軍の陣営には火が放たれ、炎が舞いくるい、黒煙がうずまき、その下に魏兵の死屍《しし》がおりかさなった。

太武帝でさえ馬に笞《むち》をあてて逃げた。

この北方の覇王は、歴戦《れきせん》の武人であるだけに、かえってそうなったのだ。常識からいって、宋軍が少数の騎兵だけを単独行動させることなどありえない。宋が魏をうわまわる大軍を動員し、水軍や歩兵と連係したうえで大反撃に出てきた、と、太武帝は判断した。奇襲によって機先《きせん》を制されたからには、くずれたった味方をその場でたてなおすことなど不可能である。いったん逃げて、全軍の陣容を再編するしかない。そう考えたのであった。

　こうして、千人の兵しかいない懸瓠城はすくわれた。

　殊勲の宋軍軽騎兵隊は、その後、太武帝の統師《とうすい》によってすばやくたちなおった魏軍のために逆撃《ぎゃくげき》され、千五百騎のうち六百騎までをうしなった。だが太武帝も、うかつに宋への攻撃をつづけて予想外の事態が生《しょう》じることをおそれた。これ以上の軍事行動を断念して、首都平城《へいじょう》（後世の山西省《さんせい》大同市《だいどう》）へと帰っていったのである。

　宋にとって、当面の危機は回避されたかに見えた。ところが、かえってやっかいな事態となった。対外消極主義者であったはずの文帝が、

「北伐《ほくばつ》の軍をおこして魏をほろぼし、武力による天下統一をはたす」

といいだしたのである。

　廷臣《ていしん》たちは愕然《がくぜん》とし、口々に反対した。

「おそれながら、あれほど武人として偉大であらせられた高祖《こうそ》（武帝・劉裕）陛下でさえ、天下統一を断念なさったのです。ご無理をなされば、わが国の存亡《そんぼう》にかかわります」

「わが国の財政は豊かと申しましても、それは現状を維持するに充分というにとどまります。大軍を動員するだけならまだしも、占領した土地を確保するためには、莫大《ばくだい》な経費が

必要でございます」

「その経費をととのえるためには、大幅な増税をしなくてはなりませぬ。古来、征戦《せいせん》のために増税して、民がよろこんだ例がございましょうか」

「国境の守りをかため、攻撃をふせぐだけで充分でございます。何とぞ無益な北伐などおやめくださいますよう」

それに対して、江湛《こうたん》という重臣が、文帝にこびたわけでもなかろうが、北伐に賛成した。

「諸君がおそれるほど魏軍は強くない。現《げん》に懸瓠城の戦いでは、わが軍のよせあつめの軽騎兵隊に蹴散《けち》らされてしまったではないか。そもそも魏は北方を統一してまだ十年ほどしかたっておらず、国内は安定していないのだ。わが国が緻密《ちみつ》な戦略と万全の補給にもとづき、大軍をもって侵攻すれば、魏の国内いたるところで叛乱《はんらん》がおこり、すくなくとも黄河の南はわが国の支配するところとなろう」

こうして文帝は江湛の意見を採用するという形で、北伐を決定してしまった。

このとき皇太子・劉劭《りゅうしょう》は北伐に反対し、江湛と激論したが、文帝の決定が下ると、もう何もいわなかった。

「失敗するに決まっている。そのときは当然、父皇《ちちぎみ》にも江湛にも責任はとってもらうぞ」

異母弟の始興王《しこうおう》・劉濬《りゅうしゅん》に会うと、皇太子はそう吐きすてた。始興王は気弱げに溜息をついた。

「あれほどいくさぎらいの父皇が、いったいどうなさったのでしょうなあ」

「人は変わるものさ」

皇太子は口もとをゆがめた。

「だからこそ、父皇のご寵愛《ちょうあい》も、おれの母からそなたの母へとうつったのだ。そしていまでは、さらにべつの妃嬪《ひひん》へとうつっているではないか」

始興王はうつむいた。たがいの母親のことを、皇太子が口に出すと、気の弱い始興王はうつむくしかないのである。不思議なことに、どれほど皮肉やいやみをいわれても、始興王は、異母兄《いぼけい》である皇太子に反発できないのであった。

「思うに、父皇は、平時《へいじ》の名君とよばれることに飽《あ》かれたのだ。二十七年間にわたって、そういう役を演じてこられた。今度は、武力によって天下を統一した蓋世《がいせい》の英雄、という役を演じてみたいとお思いになったのさ」

皇太子の推測には、証拠があるわけではない。だが、自分自身の心情とかさねあわせて、皇太子は推測の正しさを信じた。

「人は変わるし、ものごとにも飽きるものだ」

皇太子が失敗を期待しているとも知らず、文帝は北伐を強行した。そして皇太子の期待どおりに失敗した。

まことにみじめな失敗であった。

宋軍二十万が国境をこえたことを知ると、遠く平城にいたはずの太武帝は、みずから十万の騎兵をひきいて南下した。あとは、太武帝の作戦行動の迅速さに、宋軍は引きずりまわされるだけであった。

秋までに、長江より北の城市は、ことごとく太武帝の手中に落ちた。太武帝は長江の北岸に腰をすえると、渡河して反撃する宋軍をそのたびに大破した。魏軍は水軍を欠いていたので、長江を渡ることはできない。まさに長江は百万の大軍にもまさる水の城壁であった。だが、宋の国都建康《けんこう》（後世の江蘇《こうそ》省南京《ナンキン》市）では、目に見えぬ対岸に布陣《ふじん》した魏軍が、いつ流れをこえて進攻してくるか、平和になれた人々は不安な日夜をすごすことになった。

年があけて宋の元嘉二十八年、魏では太平真君十二年だが、ようやく太武帝は長江の北岸から動き、全軍こぞって北へ帰りはじめた。北方の人である太武帝が、気候風土のちがいから健康を害したためといわれる。

占領した広大な土地を確保するだけの力は魏にもなかったので、長江より北の城市をすべて放棄して太武帝は帰っていった。ただ、占領地の住民十万人以上を連行した。魏は国土が広く人口がすくないので、彼らを開拓に従事させようというのである。魏軍の北帰《ほっき》を知って、宋軍が長江北岸に上陸してみると、豊かな田園は荒野と化し、無人の家々がならんでいるだけであった。

かろうじて宋は亡国《ぼうこく》をまぬがれたが、朝廷ではこのみじめな敗戦の責任をめぐって議論がたたかわされた。

「江湛斬るべし！」

皇太子はそう主張し、父親である文帝につめよった。彼の主張はむしろ当然のもので、多くの廷臣たちは皇太子に同意した。だが、文帝は頑《がん》としてきかなかった。

「北伐は朕《ちん》の決定によるもので、すべての責任は朕にある。江湛の罪を問うわけにはいかぬ」

文帝の態度は、君主としてそれなりにりっぱなものではあったが、江湛に対する廷臣たちの反感を消すことはできなかった。ことに、皇太子は事あるごとに江湛の罪を鳴らし、非難をくりかえしたため、文帝の不興《ふきょう》と江湛の憎しみを買うことになったのである。

Ⅲ

元嘉二十九年になると、北伐のみじめな失敗による傷は、ようやく癒《いや》されたかに見えた。

その間にも、朝廷では皇太子・劉劭《りゅうしょう》と吏部尚書《りぶしょうしょ》・江湛《こうたん》との対立が深刻さをましていた。文帝は、自分の後継者と有力な廷臣とを和解させようとして、江湛の娘を皇太子の妃《きさき》にしようとしたが、皇太子はすげなく拒絶した。

江湛としては、自分の将来の安全について考えないわけにいかなくなった。これほど皇太子との仲が悪化しては、文帝の死後が思いやられる。皇太子が即位して新皇帝となったら、まっさきに江湛は粛清されてしまうであろう。

江湛には年のはなれた妹がおり、文帝の四男である南平王《なんぺいおう》・劉鑠《りゅうしゃく》の正妃《せいひ》となっている。ここは南平王をつぎの皇帝とすることで、将来の安全と権威を確保するとしよう。江湛はそう決意した。

江湛は皇太子の廃立《はいりつ》にむけてひそかに動きはじめた。

江湛が同志にひきずりこんだのは、尚書僕射《しょうしょぼくや》、つまり副宰相の徐湛之《じょたんし》である。宋の皇室と縁の深い大貴族で、しかも大富豪であった。学問もあり風流人《ふうりゅうじん》でもあって、千人の美少年に絹の服を着せて舞いをまわせるような趣味があった。文帝は贅沢《ぜいたく》を好まない人だから、徐湛之が豪遊するのをきらったが、政治家としては信用していたようである。

だが徐湛之も、度のすぎた贅沢を皇太子ににらまれ、将来に不安をいだいていた。こうして、皇太子を共通の敵とする、江湛と徐湛之の同盟がひそかに成立した。

この時代、「同床異夢《どうしょういむ》」という四字熟語はまだ存在しないが、江湛と徐湛之の同盟こそ、そのよい見本であったろう。徐湛之は皇太子を廃したあと、その地位に、文帝の六男である隋郡王《ずいぐんのう》・劉誕《りゅうたん》をつけるつもりだった。隋郡王の王妃が徐湛之の娘だったからである。

江湛も徐湛之も、もともとそれほど悪辣《あくらつ》な人物ではない。江湛は吏部尚書として朝廷の文官の人事権をにぎっていたが、公正無私《むし》という評判だった。徐湛之も南兗州《なんえんしゅう》の刺史《しし》であったころ、善政をしいて民衆からしたわれた。その彼らが手をむすんで、皇太子廃立の計画をめぐらせるようになってしまったのである。

皇太子がこのことを知ったら、口もとをまげて、

「人とは変わるものさ」

といったかもしれない。もしかしたら、皇太子の悪意と毒気が、江湛や徐湛之を変えて

しまったのかもしれないのだが、そのような自覚は皇太子にはなかった。

表面的に、国都建康の平和と繁栄はゆらぐ色もなかったが、皇太子と江湛・徐湛之の両陣営の暗闘《あんとう》は、どちらが先に手を出すか、という段階にまでなっていた。

そのころ建康で奇妙な事件がおこった。

文帝の長女で皇太子の姉にあたる東陽公主《とうようこうしゅ》という女性がいた。元嘉二十九年の四月に病気でなくなったのだが、夫も子もいないので、広大な邸第《やしき》も財産も使用人もすべて皇室に返されることになった。そこで少府が公主の財産などを整理したのだが、使用人のなかに行方不明の者がいることがわかった。厳道育《げんどういく》という女である。

「厳道育？　はて、どこかで聞いたような名だぞ。何者だったかな」

役人のなかに首をかしげた者がいた。建康府庁が調査してみると、意外なことがわかった。厳道育は数年前、巫蠱《ふこ》の術をもって人をたぶらかし、世をさわがせた罪で投獄《とうごく》された女だったのだ。巫蠱というのは、西洋でいう黒魔術のことで、人を呪殺《じゅさつ》するのに使われる。歴代の王朝がかたく禁じていたものだ。

さらに調査した結果、厳道育は東陽公主によって獄から出され、公主の広大な邸第にかくまわれていたことが判明した。というのも、厳道育が「死者の霊を呼び出せる」と称して、東陽公主の母である袁《えん》皇后の霊を呼び出してみせたので、公主はすっかり感激してしまい、厳道育を豪華な部屋に住まわせ、金品《きんぴん》を贈り、贅沢な生活をさせていたのである。

こうして何年も厳道育は安楽にすごしていたが、気前のいい保護者であった東陽公主がなくなると、少府の調査によって正体を知られることをおそれ、行方《ゆくえ》をくらましたのであった。

このこと自体はたいした事件とも思われなかったが、皇族が巫蠱とかかわっていたのはかんばしくない事実なので、いちおう朝廷に報告された。これに徐湛之が目をつけたのである。

「東陽公主は皇太子の同母姉《どうぼし》で、ふたりは仲がよかった。皇太子はしばしば公主の邸第に遊びにいっている。もしかしたらそこで厳道育の巫蠱の術とかかわったかもしれぬ。こいつは使えそうだ」

徐湛之は御史中丞《ぎょしちゅうじょう》（高等検察官）の王曇生《おうどんせい》に命じ、徹底的に捜査させることにした。王曇生は厳道育の行方をさがしまわったが、いっこうに見つからない。そこで方針をかえ、そもそも東陽公主がなぜ厳道育のようなあやしげな女と知りあったのかをしらべた。すると、公主の邸第の使用人から証言が得られた。東陽公主の侍女のひとりが、もとから厳道育の信奉者で、彼女が公主と厳道育とをひきあわせ、公主を巫蠱の道にひきずりこんだ、というのである。

その侍女はすでに東陽公主の邸第にはおらず、とある貴族の愛妾《あいしょう》になっているということであった。

その年の末、王曇生は五十人の兵士をひきいてその貴族の邸第に踏みこみ、東陽公主の侍女だった王鸚鵡《おうおうむ》という女をとらえた。屋内をしらべてみると、呪殺に使うための人形が数十体、さらに儀式の際の願文《がんもん》だの、呪文をならべた書物だの、歴然たる証拠品が発見された。

王曇生からの報告をうけた徐湛之は、すぐに江湛に知らせ、何やらふたりで密談した。翌日、文帝は信頼する重臣ふたりから、おどろくべきことを告げられた。皇太子と始興《しこう》王《おう》が、姉の東陽公主の邸第で巫蠱の術とかかわり、文帝を呪殺しようとしていた、というのである。証拠品として提出されたのは、署名いりの願文と、白玉《はくぎょく》でつくられた呪殺用の人形であった。

文帝は茫然《ぼうぜん》としていたが、ようやく我に返ると、苦渋《くじゅう》のうめきをもらした。

「巫蠱の術は、かつて漢帝国をほろぼそうとしたという。以後、歴代の王朝で死罪をもって禁じるものとなったが、じつのところ朕《ちん》は半信半疑であった。人を呪殺することなどできるはずがないと思ったからだ。だが、まさか朕の子らがこのような禁忌《きんき》をおかすとは……！」

呼吸をととのえた文帝は、神妙な表情でたたずむ江湛と徐湛之に申しわたした。

「事は重大だから慎重にしたいが、事実と決まればこのままにはしておけぬ。年が明けたら卿《けい》らと相談するゆえ、けっして他にもらしてはならぬぞ」

こうして年が明け、元嘉三十年（西暦四五三年）となった。すでに文帝はすべての証拠と証言を確認し、皇太子と始興王の有罪をさだめていた。それなのに、すぐ皇太子廃立がおこなわれなかったのは、つぎの皇太子をだれにするか、いつまでも意見がまとまらなかったからである。

「朕は七男の建平王《けんぺいおう》を皇太子としたい」

「おそれながら、臣《しん》は南平王さまを推薦させていただきたく存じます」

「いえいえ、隋郡王さまこそ、皇太子の地位にふさわしいと臣は信じております」

文帝、江湛、徐湛之の三人がいつまでも議論をつづけているのを見て、あきれたのは侍《じ》中《ちゅう》（皇帝秘書官長）の王僧綽《おうそうしゃく》である。彼は二十代の若さでこの要職についた俊才《しゅんさい》であったが、たまりかねて意見をのべた。

「僭越《せんえつ》ながら申しあげます。ご長男の皇太子、ご次男の始興王、おふたりが廃されるとあれば、つぎの皇太子にはご三男の武陵王《ぶりょうおう》さまがおつきになるべきではございませんか？」

文帝が眉をしかめた。

「なに、武陵王？　あいつはだめだ」

「なぜでございます。武陵王さまは先年、懸瓠《けんこ》城の戦いで魏軍を破る功績をおたてになりました。才器《さいき》そなわったお方と存じますが……」

「あいつは目つきが悪いし、強情《ごうじょう》で可愛げがない。その点、建平王は……。父親の朕に好かれぬくらいだから、廷臣や庶民に好かれるはずがない。」

「いえ南平王さまこそ」

「いえいえ、隋郡王さまが」

王僧綽は溜息をついた。

「ではあたらしい皇太子をどなたになさるかはひとまずおいて、いまの皇太子をはやく廃されるべきです。このような状態がいつまでもつづけば、皇太子が危険を察して暴発なさるおそれがございます。皇太子は一万の手兵《しゅへい》をかかえておられるのですぞ。一日もはやく決行なさいませ」

貴重な忠告であったが、すでにおそかった。

二月二十二日の未明である。

灯火の下で、文帝は筆を動かしていた。文才にも学識にも自信のある彼は、みずからの手で、皇太子廃立の詔《みことのり》を書いているのだった。

ふいに書斎の外で音がした。何人もの足音、甲冑《かっちゅう》のひびく音、そして恐怖にみちた叫び声。

「陛下、陛下、謀反《むほん》でございます。皇太子の……」

すさまじい悲鳴が、意味のあることばを断《た》ちきり、扉が開いた。血にまみれた人体が室内にころがりこんできて、すでに生命をうしなった双瞳《そうどう》で文帝を見あげた。徐湛之であった。

椅子《いす》から立ちあがった文帝は、自分にむけて振りおろされる白刃を見た。白刃の主の、緊張と殺意にひきつった顔は、文帝の記憶の裡《うち》にあった。

「汝《なんじ》は張超之《ちょうちょうし》だな……！」

皇太子の護衛官の名を口にした直後、文帝の視界が深紅《しんく》にそまった。

Ⅳ

……払暁《ふつぎょう》のことで、草は露にぬれていた。

荒れはてた徽音殿《きおんでん》の庭に、皇太子・劉劭《りゅうしょう》はへたりこんだ。何かの虫が飛びたつような音がしたが、皇太子の耳には聞えても、意識にはとどかなかった。

「弑殺《しいさつ》までは完全にうまくいったのに……」

　皇太子はつぶやいた。

　父親である文帝の弑殺には成功したのに、そのあとの簒奪《さんだつ》にはぶざまに失敗してしまった。文帝から七十日ほどおくれて、皇太子にも非業《ひごう》の最期が近づいている。

　二月十九日のこと。異母弟の始興王《しこうおう》が泣きながら皇太子のもとへ駆けこんできた。

「もうだめです、兄上、わたしたちは父皇に殺されます」

　始興王は、逃亡者である厳道育《げんどういく》を自邸にかくまっていたのが露見して、激怒した文帝から最終通告を受けたのだった。直接の通告ではない。文帝はその前夜、ずいぶんひさしぶりに潘淑妃《はんしゅくひ》のもとをおとずれて告げたのである。

「そなたの子である始興王を、朕《ちん》はずいぶんとかわいがってきたつもりだ。それなのに、あのおろか者め！　皇太子や巫蠱《ふこ》の術師と組んで、何と朕を呪殺しようとしおったのだ」

「万歳爺《おかみ》、まさかそんな……」

「気の弱いやつゆえ、首謀者ではあるまい。だが、巫蠱とかかわったからには、最悪の場合、死罪もやむをえぬ。そなたはあわれと思うが、息子のことはあきらめろ」

　あきらめろといわれても、母親としてはそうはいかない。半狂乱になった潘淑妃は、始興王を呼びつけて両手でぶちながら、

「万歳爺におわび申しあげなさい。何でそなたが皇太子の巻きぞえにならなくてはいけないのです」

と泣き叫んだ。

目がくらむ思いで、始興王は異母兄のもとへ走った。

「よし、わかった。予《よ》にまかせておけ」

落ちつきはらって皇太子は答えた。

どのようにして父親である文帝を弑殺するか、何年もかけて完璧《かんぺき》に計画をねりあげてあったのだ。それを実行にうつす機会が来ただけのことであった。

皇太子は一万の手兵を持っている。文帝を警護する羽林《うりん》（近衛《このえ》）の士官たちは日ごろからてなずけてあり、皇宮内にも内通している者がいる。彼らを味方につけるため、皇太子は金品や将来の地位の約束を惜しまなかった。

一万の兵のうち二千で皇宮の万春門《ばんしゅんもん》の周囲をかためる。皇太子自身が、武勇すぐれた張超之《ちょうちょうし》および選《え》りすぐりの強兵五十名とともに、車で門前に乗りつける。

「宮中での陰謀が発覚した。勅命《ちょくめい》により皇太子が宮中を戒厳《かいげん》する。開門せよ！」

ほんものの皇太子の命令だから、万春門は開門される。そこから進入し、最短距離をとおって宮中の東中華門《とうちゅうかもん》をぬけ、一直線に文帝の書斎をめざし、短時間ですべてを終わらせるのだ。

計画は成功した。まず徐湛之《じょたんし》が斬られ、ついで文帝が殺された。騒ぎを知って尚書省《しょうしょ》の「傍小屋中《ちかくのこやのなか》」にかくれていた江湛《こうたん》もさがし出され、引きずり出されて斬られた。斬られる寸前、蒼白《そうはく》になりながらも生命《いのち》ごいはせず、

「子にして父を殺し、臣にして君を弑《しい》す。かならず報いがあるぞ」

と叫んだという。

江湛の息子五人もすべて殺された。徐湛之の息子三人のうちふたりは殺されたが、ひとりはかろうじて逃げた。侍中の王僧綽《おうそうしゃく》は、江湛や徐湛之のように皇太子に憎まれていたわけではなかったが、文帝に忠告したり相談を受けたりしていたことが判明したので、とらえられて斬られた。三十一歳の若さだったので、惜しむ者が多かった。さらに、混乱のなかで潘淑妃までもが殺されてしまった。

流血の一夜が明けると、皇太子・劉劭はただちに即位を宣言し、事態をいいつくろった。江湛と徐湛之が謀反をおこして文帝を殺害したので、皇太子が義兵《ぎへい》をあげて謀反人を打倒したのだ、と。

だが、信じる者はいなかった。反対に、

「皇太子こそが弑殺の首謀者、共犯は始興王」

との報が八方に飛んだ。

これから先の事態は、まったく皇太子の計画にはなかった。

長江中流の要地、江州《こうしゅう》に駐屯していた文帝の三男・武陵王《ぶりょうおう》が、

「弑殺者にして簒奪《さんだつ》者たる劉劭を討つ」

と宣言した。もはや皇太子とも兄とも認めていないので、呼びすてである。

「あんなやつに、だれがついてくるものか」

と、皇太子はせせら笑った。だが、最初一万ていどだった武陵王の軍は、進撃の途上《とじょう》、一日ごとにふくれあがった。四月にはいると十万をこえ、宋軍のおもだった武将はことごとく武陵王を盟主とあおいで皇太子に敵対した。

四月二十二日。文帝の死からちょうど二カ月後であったが、新亭《しんてい》の地で両軍が決戦した。皇太子はみずから陣頭に立ち、矛《ほこ》をとって指揮したが、麾下《きか》の将軍・魯秀《ろしゅう》は五千の兵をひきいて武陵王に投降し、そのまま敵の先鋒《せんぽう》となって皇太子を攻撃するにいたった。

大敗して、皇太子は建康に逃げ帰った。

武陵王はすぐにはそれを追わず、そのまま新亭にとどまって即位し、文帝の正統の後継者であることを宣言した。これが宋の世祖《せいそ》・孝武帝《こうぶてい》である。

彼は「目つきが悪い」という理由で父からも兄からもきらわれていた。だが、堂々と即

位したいま、その両眼はするどく、威厳にみちて廷臣や武将たちを圧倒しているように見えた。

皇太子は建康にたてこもって最後の一戦をいどむつもりだったが、兵の大半は逃亡しており、したがう者はなかった。

唯一の味方であるはずの始興王まで姿を消してしまった。彼は、生母の潘淑妃が殺されたことを知っても、「しかたありません」といって兄にしたがいつづけていた。だが自分の目で敵軍を至近《しきん》に見るに至《いた》って、長江に舟を浮かべ、海上への脱出をはかったのである。この期《ご》におよんでもまだ厳道育を信用しており、お告げにしたがって逃げ出したのだが、長江のただなかで舟ごと孝武帝の水軍にとらえられてしまった。舟に積《つ》みこんでいた金銀珠玉《しゅぎょく》も、ことごとく押収《おうしゅう》された。

五月四日、ついに孝武帝の軍が建康城に突入を開始した。ほとんど無抵抗で城門は開かれ、兵士たちが城内に乱入する。

したがう者とてなく、ふらふらと皇太子は皇宮の奥深くへさまよいこんだ。気がつくと、そこは徽音殿であった。生母の袁《えん》皇后がなくなって以来、なかにはいるのははじめてである。

「母上……」

敗北し、孤独な身になってはじめて、皇太子は母のさびしさの一端を想像することができた。

逃げおくれた宦官のひとりが、庭園のなかの竹林に身をひそめ、そのような皇太子の姿をおそるおそる見守っていた。ふいに皇太子が草の上から立ちあがった。宙を見すえ、かるく両手をひろげた。まるで、目に見えない何者かの声を聞いているかのようであった。

「ああ、母上、かわいそうなわたしを助けてくださるのですね。はい、はい、おおせにしたがいます。井戸のなかに隠れて敵をやりすごすのですね……はい、そういたします……」

宦官は悪寒《おかん》をおぼえた。むろん後宮の人間として、この宦官は徽音殿の幽霊のことを知っていた。

酔ったような足どりで、皇太子は井戸の方角へ歩いていく。宦官は竹林を飛び出し、ころがるように後宮の外へと走った。だが門を出ようとして、血刀をさげた敵の将兵が駆けこんでくるのに出くわした。

高禽《こうきん》という将軍が、宦官の襟首《えりくび》をつかんで詰問した。

「おい、弑殺の謀反人はどこにいるか⁉」

宦官はまだ皇太子に対する忠誠心をうしなってはいなかった。だから夢中で叫んだ。

「皇太子殿下は、徽音殿の井戸には隠れておられません！」

皇太子・劉劭は二十八歳、始興王・劉濬は二十七歳。母親がちがいながら仲のよかった兄弟は、ならんで首を斬られた。巫蠱《ふこ》の術師である厳道育は、建康の市場で、死にいたるまで鞭《むち》うたれた。

父親の文帝が健在であったら、けっして皇帝にはなれなかったであろう孝武帝の治世は、その後、十一年にわたってつづいた。彼はふたりの兄を「二凶《にきょう》」とよび、すべての公式記録にそう書かせた。だから正史の「宋書《そうじょ》」には「皇太子劉劭伝」はなく、「二凶伝」が存在するのみである。

蕭家《しょうけ》の兄弟（南北朝・梁）

I

蕭家《しょうけ》の七男と八男とは、たいそう仲が悪かった。いつからそうなったのか、当人たちも周囲の人々もまったく憶《おぼ》えていない。あるいは七男のほうは、一歳ちがいの弟が生まれたときから気に入らなかったのかもしれない。

蕭家は梁《りょう》という国の皇族である。南北朝時代のことで、人界に戦乱は絶えなかったが、梁は南朝《なんちょう》にあってしばしば北朝《ほくちょう》の侵攻をしりぞけ、国は豊かに、仏教文化は栄え、四十年以上の泰平と栄華を誇っていた。これをあえてひとりの功績に帰《き》するとするなら、やはり皇帝である武帝《ぶてい》・蕭衍《しょうえん》が賞賛されるべきであろう。在位あしかけ四十八年。あつく仏教を信じ、菜食を守り、世に「皇帝大菩薩《ぼさつ》」と称された。

梁の国土は中国大陸の南半部を占め、長江の流域がすべて含まれる。国都たる建康《けんこう》はすなわち後世の南京《ナンキン》であるが、長江の下流に位置しており、東西四千里（約二千百キロ）にもおよぶ国土全体から見ると、東に偏《へん》している。そこで長江中流の江陵《こうりょう》、上流の成都《せいと》という二大都市にそれぞれ有力な皇族を配置し、民政と軍事を担当させることになった。

梁の大同《だいどう》三年（西暦五三七年）、武帝の七男たる湘東《しょうとう》王・蕭繹《しょうえき》は三十歳にして鎮西《ちんぜい》将軍と荊州刺史《けいしゅうしし》を兼ね、江陵に赴任《ふにん》することとなった。同時に、二十九歳の八男、武陵王《ぶりょう》・蕭紀《しょうき》は益州刺史《えきしゅう》となり、成都におもむく。

「これでよい。一生、奴とは顔をあわせずにすむ」

たがいにそう思ったかどうか。江陵と成都とでは千六百里（約八百五十キロ）をへだてており、たとえ会いたくともすぐにというわけにはいかない。しらじらしく礼儀を守って、彼らは別離のあいさつをした。

湘東王は隻眼《せきがん》である。おさないころ眼病でそうなったのだが、左右どちらの眼が見えなかったのかについては史書に記述がない。ただ、弟を見る眼にひややかな光が満ちていたことはまちがいないようである。

そして十一年が経過した。


太清《たいせい》二年（西暦五四八年）に生《しょう》じた侯景《こうけい》の大乱は、梁の全土を揺るがした。

侯景は北朝からの亡命者である。南北朝といっても、この当時、天下は三分されていた。南朝は梁だけだが、北朝は東魏《とうぎ》と西魏《せいぎ》とに分裂している。侯景は東魏での権力闘争に敗れ、家族をすてて梁に亡命してきたのだ。梁のほうでも当初、侯景の亡命を受けいれるつもりだったが、方針を変更して侯景を見すてることにした。追いつめられた侯景は、魔術のごとく十万の大軍を編成して梁の国都建康を包囲、陥落せしめ、老《お》いた武帝を幽閉して衰弱死させたのである。

一時的にもせよ侯景が大乱を成功させることができたのは、梁の有力な皇族や将軍たちが一致協力して侯景を討とうとしなかったからであった。たがいに牽制《けんせい》しあって兵を動かさず、その消極性を利用して、侯景は梁軍を各個撃破することができたのだ。それでも江陵にある湘東王は、父帝《ふてい》の仇を討とうと、成都にある武陵王に呼びかけたが、冷笑をもって報われただけであった。

「七官《しちかん》は惰弱《だじゃく》な文人だ。叛乱《はんらん》の平定などできるものか」

「七官」とは「七番めの兄」というほどの意味になる。湘東王のことを、武陵王はそう呼んでいた。

たしかに湘東王は文人であった。文章を愛し書物を愛し文才ある者を愛した。江陵城内の自分の宮殿に東西古今の書物を集め、その数は十四万巻におよんだ。印刷術というものが存在しない時代のことである。一方で、武人としての名となると、すくなくとも武陵王は聞いていない。

武陵王は事実上、広大にして富強なる蜀《しょく》の王者であった。遠く天竺《インド》とも交易し、十万の大軍を擁《よう》して北朝とにらみあい、一歩もひかぬだけの実力がある。父帝の危機を救おうとせず、兄王に協力しようともせず、形勢を傍観《ぼうかん》しているのは、野心あってのことであろうと万人《ばんにん》が思った。おそらく、蜀帝として自立するつもりだろうと思われたのだが、武陵王の野心はそれにとどまらなかった。大宝《たいほう》三年（西暦五五二年）四月、武陵王は、「父にかわって梁の天子《てんし》たる者は予《よ》をおいて他にない」と宣言したのである。

こうして武陵王は成都城において即位した。年号を天正《てんせい》とさだめ、積極的に武陵王に自立をすすめた長男の円照《えんしょう》を皇太子とし、以下の子らを王に封《ほう》じた。円正《えんせい》が西陽《せいよう》王、円満《えんまん》が竟陵《きょうりょう》王、円譜《えんぷ》が譙《しょう》王、円粛《えんしゅく》が宜都《ぎと》王。また一族の蕭翻《しょうほん》を秦郡王《しんぐんのう》に封じ、征西大将軍・益州刺史に叙任した。

めでたいことだらけのようだが、武陵王府の司馬《しば》（参謀長）である王僧略《おうそうりゃく》と、直兵参《ちょくへいさん》軍《ぐん》（護衛隊長）の徐怦《じょひょう》とが即位に反対した。

「ご兄弟お力をあわせて逆賊《ぎゃくぞく》侯景を討つべきでございます。いま自立なさっては、ただ群臣《ぐんしん》の支持を得られないだけでなく、父帝を見殺しにし兄王の危難につけこむ卑劣漢として、悪名を後世に残しましょうぞ」

激怒した武陵王は、ただちにふたりを斬殺させ、成都の城門に首をさらした。

秦郡王となったばかりの蕭翻は、王僧略らの処刑を制止しようとしてはたせず、ひそかに溜息をついた。

「王事《おうじ》、成らざるなり。善人は国の基《もとい》なるに、今まずこれを殺すとは。亡《ほろ》びざるを得ず」

武陵王の敗死《はいし》を予見《よけん》しながら、蕭翻は見すてようとはしない。軍を編成し、糧食と武器をととのえ、黙々として自分の責務をはたそうとした。

蕭翻は武陵王の成都入城以来、そのもとで蜀の内政を担当してきた。農業と西方交易とを二本の柱として、蜀を豊かにし、十万の兵を養ってきたのは彼の功績である。その功を認めたからこそ、武陵王は彼を事実上の宰相としたのであったが、同時にいささか煙たくもあったらしい。

即位と同時に武陵王は兵をおこす。長江を下って江陵をおそい、兄たる湘東王を討とうというのである。宜都王・円粛と秦郡王・蕭翻とに三万の兵を与えて成都を守らせ、残りの全兵力をもって「親征《しんせい》」することとなった。これらの手配をおこなったのは「皇太子」円照で、彼はすっかり天下とりの軍師気どりであった。

蜀軍七万は大小千五百艘《そう》の軍船に乗って三峡《さんきょう》を下った。西から東へ、瞿塘《くとう》峡、巫《ふ》峡、そして西陵峡《せいりょうきょう》である。長さは三百里（約百六十キロ）、長江の流れはいちじるしくせばまり、しかも速くなる。両岸には絶壁がそびえ、上空には雲がかさなり、その間を霧が渦巻き流れる。古来、水運の難処《なんしょ》であるが、いかに流れがせまくともなお三艘の軍船が並んで水上を走ることができる。それほどに長江は雄大な水の世界なのであった。

ひときわ壮麗な軍船に武陵王は乗りこみ、陣中にともなった美姫《びき》たちに舞い歌わせながら酒杯をかかげ、三峡の絶景をたたえて詩をつくった。

「文においても七官などに負けるものか」

と、武陵王は思う。彼らの父であった武帝は、武力によって帝位を得たのではあるが、愛好したのは武より文であった。武帝の長男、つまり湘東王や武陵王の長兄にあたる人が昭明太子《しょうめいたいし》・蕭統《しょうとう》であり、「文選《もんぜん》」の編者として不滅の名を残している。この人は父に先立ち、すでに二十年前に死去した。梁の皇室には、「文」の血がいちじるしく濃い。

峡谷を吹きぬける風がひときわ強まって、激しく帆を鳴らした。兵士たちがざわめいた。ひとかたまりの黒い霧が風に運ばれて武陵王の乗船をつつんだ。それはあたかも、黒い竜が乗船を背に乗せて水上を泳ぐかのように見えた。

「おお、吉兆《きっちょう》じゃ。勝利は疑いないぞ！」

叫んだのは「皇太子」円照である。歓声がわきおこり、千五百艘の軍船は霧を衝《つ》き波を蹴って三峡を走り下った。

天下は鳴動《めいどう》している。南朝の危機を知りながら、北朝はにわかにつけこむことができなかった。東魏では侯景を追放した後、政変がくりかえされて、丞相《じょうしょう》・高洋《こうよう》が二十二歳の若さで王朝を簒奪《さんだつ》し、北斉《ほくせい》国を建てた。高洋は政治にも軍事にも有能であったが、ひとたび酒を飲むと兇暴になり、みずから剣をふるって人を殺した。東魏の皇族二千余人はことごとく殺害され、宮廷の内外には恐怖が満ち、人々は息をひそめて嵐の通過を待っていた。高洋自身も、むしろ北方に目を向け、騎馬遊牧民族の掃滅《そうめつ》をもくろんでいる状況であった。

このようななかで、武陵王の標的となった湘東王は、武陵王の起兵《きへい》を知ると、軽蔑の念もあらわに吐きすてた。

「父を見殺しにし、兄を討ってまで帝位がほしいか。いや、ほしいのだろうな。おさないころからそういう奴だった。蜀だけでさえ奴の分にすぎるものを、つけあがるにもほどがある」

江陵の宮殿の楼閣《ろうかく》から、満々たる長江の流れを見わたしつつ、湘東王は思案をめぐらせる。

いまや湘東王は東で侯景を追いつめつつ、西で弟を迎撃しなくてはならなかった。東西から挟撃されるような形だが、侯景と武陵王とはべつに連係しているわけではなく、それぞれかってに兵を動かしているにすぎない。

「各個撃破できる。いま一歩で侯景を討ち滅ぼすことができることだしな。弟めの起兵が半年早かったらあやういところであった」

湘東王はそう思った。だが、武陵王の動きが早まれば、万事、不利になる。とりあえず時間をかせぐためにも、湘東王は弟に親書《しんしょ》を送った。

「我々は血を分けた兄弟ではないか。予はいま父の仇である逆賊侯景を討とうとしている。さいわいに戦況は有利で、侯景の滅亡は目前にある。そなたの力を借りろまでもない。そなたは封地《ほうち》である蜀に帰り、北方の敵である西魏にそなえてくれ」

その親書を受けとった武陵王は鼻先で笑ったが、三峡の東の出入口に全軍をとどめた。一気に江陵を衝かず、しばらく東方の情況をうかがおうとしたのである。これは致命的な誤断《ごだん》であった。

Ⅱ

梁の大宝三年四月末、侯景《こうけい》の乱はようやく終わった。南朝の貴族社会を根こそぎ亡《ほろ》ぼしたといわれる大乱であった。

侯景は、陳覇先《ちんはせん》、王僧弁《おうそうべん》らがひきいる湘東王麾下《しょうとうおうきか》の正規軍のために敗北をかさね、ついに陸上から追い落とされた。わずか数艘の帆船に乗って海上へ逃れたが、なお再起をはかっていたといわれる。だが海上で、梁の名将とうたわれた故羊侃《ようがん》の子、羊鵾《ようこん》、字《あざな》を子鵬《しほう》という人物に斬られて生涯を終えた。

侯景の死体は王僧弁に渡された。王僧弁はまず首を斬って、江陵にいる湘東王のもとに送りとどけた。つぎに両手を切断して、北斉の天子・高洋《こうよう》に送った。侯景はもともと高洋の兄と争って亡命したという男であったからだ。

王僧弁は武陵王によって殺された王僧略《おうそうりやく》の兄にあたる。湘東王は王僧弁の大功をたたえ、近いうちに弟の仇を討ってやることを約束した。

このとき侯景の首とともに王偉《おうい》という人物が江陵に送られてきた。彼は侯景の軍師をつとめた男で、文才に富んでいる。湘東王は王偉を無罪放免《ほうめん》して自分につかえさせようとした。

　群臣は口々に反対した。

「王偉は侯景をそそのかして叛乱をおこさせた者でございますぞ。大逆《たいぎゃく》の首謀者を無罪放免して、道理が立ちましょうか」

「予は人材を惜しむ」

　それが湘東王の返答であった。

「王偉の文才は今日、衆《しゅう》にすぐれておる。文こそ貴《とうと》ぶべきものの第一だ。たしかに王偉の罪は重いが、それを赦《ゆる》すのも帝王の度量というものではないか」

　群臣は顔を見あわせたが、やがてひとりがうやうやしく進み出て一冊の書物を湘東王にささげた。王偉がこの三年間に作製した詩文の類をまとめたものだという。それを受けとった湘東王は、ひもとくうちに表情を一変《いっぺん》させた。

「湘東一目《しょうとういちもく》」という文章を見たのである。

　湘東王が隻眼であることを揶揄《やゆ》した一文であったのだ。

　湘東王は書物を床にたたきつけ、王偉を御前に引きたててくるよう命じた。助命《じょめい》されるものと信じこんで笑顔でつれてこられた王偉は、湘東王から憎悪の視線を向けられて立ちすくんだ。弁明しようとして開いた口に、兵士が短剣を突きこんだ。舌が切断され、血が口からあふれ出る。声も出せなくなり、苦痛にもだえる王偉の姿を見やってひとしきり冷笑すると、湘東王は彼の首を刎《は》ねさせた。

「大逆の罪人は赦せても、自分の悪口をいった者は赦せない。それが帝王の態度だろうか」

群臣は眉をひそめた。だが誰も口に出して諫《いさ》めようとはしない。彼ら一同の目前で、王偉は舌を切断された。そのような殺されかたを、誰も望みはしなかった。

侯景の乱が鎮定《ちんてい》されたことは、三峡の東端部に布陣《ふじん》をつづける武陵王のもとにも伝わった。それが虚報でも誤報でもないことを確認すると、武陵王は手にした酒杯を船上から長江の流れになげうった。侯景が東方で荒れくるっているうちに、急進して江陵を攻撃していれば、事態はどうころんだかわからない。

そして、武陵王が後悔と不安に苦しみ、決断を下しかねているとき、

「蜀を北朝にくれてやろう」

湘東王は決断を下した。おそろしい決断であった。蜀は梁の全土の西三分の一を占める広大な地域である。

「まだ各地に侯景の残党が勢力をたもっておるし、このまま弟めの暴挙を座視《ざし》していたら、結局のところすべてを失うことになりかねぬ。どうせ蜀が空《から》と知られれば、北朝が兵

を出して彼《か》の地を奪いにかかるだろう。この際、蜀を餌として北朝に弟めの本拠地を攻撃させてやるほうが、まだましだ」

湘東王から決断を聞かされた群臣は、とっさに声を失うほどおどろいた。武陵王に対抗するために北朝の兵力を頼る。狼を退治するために虎を呼びこむようなものではないか。

反対の声は、だが、湘東王によって無視された。湘東王はただちに親書をしたため、北朝のうち西魏の朝廷に対してそれを送った。使者は江陵を発し、舟に乗って漢水《かんすい》をさかのぼり、秦嶺《しんれい》を迂回《うかい》して、西魏の京師《みやこ》である長安《ちょうあん》に到着した。

西魏の皇帝は無力である。実権は相国《しょうこく》たる宇文泰《うぶんたい》の手中にあった。彼の年齢はこのとき四十八歳である。

宇文泰は後世、「功業《こうぎょう》においては曹操《そうそう》に匹敵《ひってき》し、容姿は劉備《りゅうび》に肖《に》る」といわれるようになる人物である。たしかに容姿は、丈《たけ》高く耳大きく腕が長い。ただ曹操ほど人物のおもしろみはなく、逸話《いつわ》にとぼしい。それは隙がないということでもある。彼が支配している領域は、中国大陸の西北部で、つまりもっとも生産力の低い地方と思われているが、西方世界との内陸交易路をにぎり、波斯《ペルシア》や大秦《ローマ》との交流すらあって、財政は豊かだった。何よりも宇文泰は私生活が質素で、官吏《かんり》も将兵も綱紀が正しく、公人の不正に対する刑罰が厳しく、民衆の生活と心理が安定していた。

宇文泰が質素だというのは、とくに意識しているわけではない。彼が持っている絹の服といえば宮中で用《もち》いる相国の礼服だけであり、自宅ではつぎのあたった木綿《もめん》の服を十年間も平気で着ていた。酒も好まなかった。たまに美女の歌舞《かぶ》に接しても退屈そうだった。何よりも彼は政治と軍事を好み、国をつくるということに熱情のすべてをかたむけていた。

長安の宮中で湘東王からの親書を読むと、宇文泰は長すぎる腕を組んで考えこみ、やがて苦笑とともにつぶやいた。

「南朝はこの期《ご》におよんで兄弟げんかか……」

湘東王にも武陵王にも梁の国内しか見えていない。北方で牙《きば》をみがいている強敵の存在を忘却《ぼうきやく》しさり、ただ兄弟に帝位を渡さぬことのみ念頭《ねんとう》にあるとは、何という狭隘《きようあい》な視野であろうか。その愚かさが哀れでもあるが、この機会を利用しないのは、彼らをしのぐ愚かさということになろう。

「一気に蜀を奪《と》る。彼の地は空《から》だ」

宇文泰の決断は速い。彼は相国府の腹心の文官武将を集め、湘東王の親書を示して意見を求めた。慎重論が多かった。北斉との抗争が激化しているなか、南朝の内紛《ないふん》に巻きこまれるのはいかがなものか、というのだ。

ただひとり、積極論を述べたのは尉遅迥《うっちけい》であった。

　尉遅迥は宇文泰の姉の子である。武略にすぐれ、叔父の信頼が厚く、二十代の若さで大将軍に叙任《じょにん》されていた。彼の死後、孫娘が隋《ずい》の文帝《ぶんてい》に寵愛《ちょうあい》され、独孤《どっこ》皇后の嫉妬によって惨殺されたという歴史上の挿話《そうわ》は有名だが、この時点ではるか将来の話だ。

「蜀と中国とは隔絶《かくぜつ》されて百余年になります」

　尉遅迥のいう「中国」とは、この場合、北朝のことである。

「蜀人は彼らの土地が天然の要害であることを過信し、守りをおろそかにしております。少数精鋭の鉄騎《てっき》をもって急襲すれば、かならず勝利をおさめられましょう。ぜひとも私に進攻の指揮をおまかせくださいますよう」

　宇文泰は会心《かいしん》の表情でうなずいた。

「薄居羅《はくきょら》の言《げん》やよし」

　薄居羅とは尉遅迥の字《あざな》で、かなり風変わりな印象を与える。北朝の皇族や貴族が北方の騎馬遊牧民族の出身であることを示す例のひとつであろう。

Ⅲ

　宇文泰《うぶんたい》は信頼する甥《おい》に、最精鋭の騎兵一万二千を与えた。尉遅迥《うっちけい》はそれを六隊に分け、ただちに長安を発して南下した。先鋒をひきいる将は侯呂《こうりょ》陵始《りょうし》という。やはり騎馬遊牧民族の出身で、侯呂陵が姓、始が名である。

一挙に北の国境を突破して、尉遅迥は蜀に進攻した。彼の用兵もあざやかではあったが、蜀が空白状態であるとわかっていたからこその軍事行動である。散発的な抵抗を黙殺し、ほとんど無人の野を駆けぬけて、尉遅迥はわずか十日で成都に到達してしまった。

城外で本格的な戦闘がおこなわれたが、尉遅迥ひきいる西魏騎兵隊の強さは圧倒的で、蜀軍は文字どおり蹴散らされ、景欣《けいきん》、趙抜扈《ちょうばつこ》の二将軍が討ちとられた。三万の兵のうち、一万たらずがかろうじて成都城内に逃げこみ、城門を閉ざして守りをかためる。

蜀漢《しょくかん》や成漢《せいかん》の王城として知られる成都の城壁はさすがに堅く、容易に陥《おと》せない。攻囲《こうい》五十日におよび、その間、八度にわたって蜀軍は出戦したが、ことごとく敗れた。西魏軍の進撃があまりに急であったため、城内の食糧もとぼしく、成都を守る宜都王《ぎとおう》・円粛《えんしゅく》と秦郡王《しんぐんのう》・蕭翻《しょうほん》はついに気力がつきた。住民を害さないという条件のみをつけて、降伏開城を申し出る。戦意さかんな西魏軍の諸将は、降伏を受けいれずあくまでも攻撃することを主張したが、尉遅迥は頭《かぶり》を振った。

「勝利は確定した。これ以上、無用な血を流してどうする。蜀を永《なが》く統治するためには、後日に怨みを残すべきではない」

尉遅迥は円粛の降伏を受けいれた。開城した円粛が門前で平伏《へいふく》すると、尉遅迥はその手をとって立たせ、ただ助命するだけでなく、西魏の貴族として厚遇することを約束した。部下に対しては、掠奪《りゃくだつ》や暴行を厳禁したが、武陵王《ぶりょうおう》の財宝だけは没収して兵士たちに分配した。民衆の血は一滴も流れず、ただ一日で成都は平穏をとりもどした。

尉遅迥は円粛と蕭翻とをそれぞれの住居で保護し、使者を出して、長安の叔父に成都占領を報告した。

「どうやら薄居羅《はくきょら》は真の名将になれたようだ」

宇文泰はそう語り、甥の武勲と戦後処理の正しさに満足の意をあらわした。円粛と蕭翻とをともに開府儀同三司《かいふぎどうさんし》として長安に住まわせることとし、尉遅迥には益州刺史《えきしゅうしし》を加えて、そのまま成都を守らせた。

蜀を併合したことで、西魏の農業生産力と人口とは飛躍的に増大した。それはすなわち軍事力と宰相たる宇文泰の権勢とがいちじるしく増強されたことを意味する。

大分裂から再統一へと、歴史はうねりつつ進んでいる。やがて西魏は宇文一族に簒奪《さんだつ》されて北周《ほくしゅう》となり、北周は楊《よう》一族に簒奪されて隋《ずい》となり——空前の繁栄が大陸をおおいつくすであろう。だが、それに先立って、なお膨大な量の血が流れなくてはならなかった。

三峡に布陣していた武陵王は、六月になって成都陥落の報を受け、色を失った。

「こうなることを、そなたは予測していなかったのか。手ぬかりにもほどがある。七官めの喜ぶ顔を思うと胸が煮えるわ」

武陵王は「皇太子」円照《えんしょう》を責めたてた。軍師気どりの円照も、蒼《あお》ざめて声が出ない。円照の腹心である劉孝勝《りゅうこうしょう》が武陵王をなだめ、七万の兵が健在であることを力説《りきせつ》すると、ようやく武陵王はうなずいた。動くに動けず、武陵王は七万の兵を三峡にとどめたまま、むなしく日をすごすはめになった。

十一月に至り、湘東《しょうとう》王は江陵において即位し、梁の皇帝となった。これが歴史上、元《げん》帝《てい》と呼ばれる人である。改元して承聖《しょうせい》元年と称した。

「いよいよ蜀賊《しょくぞく》の首をとる時が来た」

弟たる武陵王のことを、元帝は「蜀賊」と呼び、群臣に向かって厳命した。

「蜀賊が生きて地上に在《あ》るかぎり、汝《なんじ》らの功は認めぬぞ。かならず奴を殺せ。今年のうちにだ」

元帝はひとりの画人《がじん》を宮中に呼び、武陵王の等身大の肖像画を描かせた。そしてみずから鎚《つち》をにぎり、肖像画に描かれた武陵王の顔面に太い釘《くぎ》を打ちこんだ。それを群臣の前でおこなったので、一同は悪寒《おかん》におそわれた。

鎚をすてると、元帝は、湘州《しょうしゅう》刺史・王琳《おうりん》を牢獄から出すよう命じた。

王琳はこのとき二十八歳でしかなかったが、歴戦の闘将で兵士にも民衆にも人望が厚い。後に梁が陳覇先《ちんはせん》によって簒奪されると、皇族を奉《ほう》じて北朝に亡命し、梁を再興するため二十年にわたって戦いつづけるという異色の人物である。

その王琳が獄中にあったのは、上官である王僧弁《おうそうべん》におとしいれられたためであった。王僧弁は侯景《こうけい》を討ち、国都建康を奪回するという大功をたてたが、その際、彼のひきいる兵士たちは建康城内に乱入し、掠奪、暴行、放火、殺人と戦場心理のおもむくままに暴虐のかぎりをつくしたものである。正規軍の声望《せいぼう》は地に墜《お》ち、王僧弁は責任をとらされることを恐れた。

いまひとつ彼が恐れたのは、彼の麾下《きか》でもっとも勇戦《ゆうせん》して敵味方を驚歎させた王琳に、地位をおびやかされることであった。一石二鳥をねらった王僧弁は、王琳に掠奪殺人の責任を押しつけて捕縛《ほばく》し、「死刑になさいますよう」との意見をつけて江陵に送ったのである。

元帝は王琳を処刑するのをためらった。王琳が無実を主張したからでもあり、王琳の姉たちが宮廷につかえていて、弟の助命を歎願《たんがん》したからでもあった。結局、元帝は王琳に武陵王の討伐に参加することを命じ、その功によって罪をあがなわせることにしたのである。王琳としては、無実を認めてもらえなかったのが不本意ではあったが、勅命《ちょくめい》を受けてただちに出陣した。

王琳のひきいる八千の精兵《せいへい》は、西から三峡へと進入した。陸路をとり、長江の流れを見おろしつつ絶壁の上を東へ進む。武陵王の軍を後方からおびやかすための作戦行動であった。

すでに蜀は西魏軍に占領されているから、彼らに知られぬよう行動する必要がある。王琳でなければ、完璧な作戦指揮は望めないことであった。

長いあいだ迷いつづけた武陵王は、ついに度支尚書《たくししょうしょ》(財政大臣)の楽奉業《がくほうぎょう》を江陵へ派遣し、元帝に謁見《えっけん》させた。この期《こ》におよんで和を請わせたのである。

「兄の即位を認める。兵もひく。だからこれまでどおり蜀の支配権を認めてほしい」

というもので、

「虫がよいとはこのことだな」

元帝が冷笑するのも当然であった。御前に平伏した楽奉業は、その表情をうかがいながら口を開いた。

「蜀軍の糧食はすでに尽《つ》き、死者も多く、生存者は戦意を失っております。全軍の瓦壊《がかい》は目前でございます。いまここで和睦《わぼく》などなさってはなりませぬ」

「汝などにいわれるまでもない」

元帝は吐きすて、隻眼を光らせて楽奉業をにらみつけた。

「蜀賊《しょくぞく》の悪事に加担し、尚書の地位を得ながら、この期におよんで主君を裏切り、さかしら口をたたくか。目ざわりだ、出てうせよ」

慄《ふる》えあがった楽奉業は、すぐに江陵から逃げ出した。ひとたび元帝に憎まれれば、どのように悲惨な死が待ち受けているか、つい先日の王偉の例がある。むろん楽奉業は武陵王のもとに帰るわけにもいかず、そのまま江陵からも歴史からも姿を消してしまった。

楽奉業の帰還を待ちつづける武陵王のもとに兇報がはいった。蜀の東部に進入した王琳は、三峡の西の出入口である峡口《きょうこう》城を攻撃して一日でこれを陥《おと》し、守将《しゅしょう》の公孫晃《こうそんこう》を斬った。そしてそのまま西から三峡へはいり、武陵王の背後にせまっている、というのである。

狼狽《ろうばい》した武陵王は、部将の侯叡《こうえい》に七千の兵を与えて西へもどらせた。侯叡は百艘の軍船に兵を分乗《ぶんじょう》させて進軍したが、三峡を下流から上流へと進むのだから、当然のこと速度は落ちる。二日前進しただけで、絶壁ぞいの狭い道を急進してくる王琳の部隊と遭遇してしまった。

思わぬ遭遇に王琳もおどろいたが、ただちに絶壁上から蜀軍めがけて火矢を射こむよう命じた。

蜀軍の頭上に、火矢が雨となって降りそそいだ。侯叡は声をはげまし、火を消すよう命じる一方で絶壁上の敵に対して矢を応射《おうしゃ》させた。だが絶壁の上と下とでは、矢戦の結果は目に見えている。短時間のうちに、長江の峡谷は、炎上する軍船の火と煙に満たされた。おりしも黄昏《たそがれ》であったので、炎につつまれた帆が風に乗って舞いあがり、あたかも鳳凰《ほうおう》の群が乱舞するかのように見えたという。

百艘の軍船は焼きつくされ、三千余の蜀兵が死んだ。侯叡は炎上する軍船から脱出しようとして敵の矢を受け、そのまま船もろとも炎につつまれて沈んでいった。

三峡の上流から下流へ、大量の煙が流れ、多くの死体が流されて、蜀軍に事態を知らせた。いまや蜀軍は腹背《ふくはい》に敵をかかえることになったのである。

武陵王は陣中に膨大な財宝を持ちこんでいた。黄金一斤《きん》(六百グラム弱)を一枚の餅《のべいた》にし、百枚をひとつの箱におさめ、それが百箱あった。同じようにして白銀《はくぎん》は五百箱におよんだという。

どういうつもりであったのか、武陵王は自分がそれだけの金銀を持っていることを全軍に知らせながら、いっこうに兵士たちに分け与えようとしなかった。故郷を西魏軍に占領され、前進も後退もできぬ蜀軍の兵士たちの間には、不安と同時に不満が高まっていった。

「これだけの黄金と白銀があれば、十万人の兵士を集めることができます。ただ箱にしまっておくだけで、何の役に立ちましょうか。何とぞ有効にお使いください」

そう武陵王に進言《しんげん》したのは、寧州《ねいしゆう》刺史・陳智祖《ちんちそ》という人物である。不機嫌そうに顔をそむけて武陵王は答えた。

「これは江陵を陥した後に使途《しと》を考えてあるのだ。よけいなことを申すな」

なお涙を流して陳智祖は説《と》いたが、武陵王はついに容《い》れようとせず、叱咤《しった》して陳智祖をさがらせた。

このような事実は、かならず全軍に知れわたるものだ。武陵王の守銭奴《しゆせんど》ぶり、器量の小ささに将兵はあきれかえり、いちじるしく戦意を喪失した。

その間にも、侯景の大乱を鎮定した梁の正規軍は、全力をもって西に転じ、武陵王を討ちはたすべく集結を終えようとしていた。

Ⅳ

王琳《おうりん》のひきいる梁軍の別働隊は、侯叡《こうえい》を討ちとった余勢《よせい》を駆ってそのまま三峡を東進していた。

その報を受けた武陵王《ぶりょうおう》は、「皇太子」円照《えんしょう》の意見をいれ、陳智祖に三千の兵を与えて王琳を迎撃させた。黙然として命を受けた陳智祖は、ただちに出陣し、わずか半日後に王琳の隊と激突した。

陳智祖は兵士たちの先頭に立って斬りこんできた。その姿を見た王琳は陳智祖の人物を惜しみ、槍を引いて呼びかけた。

「陳寧州《ちんねいしゅう》（寧州刺史・陳智祖）、剣をすてて投降せよ。蜀賊が卿《けい》の忠誠に値《あたい》するとは思えぬ」

王琳の厚意を知りつつ、陳智祖は怒号して剣を突き出した。

「忠誠に値をつける気か、孺子《こぞう》！」

やむをえず王琳は槍を持ちなおして応戦した。二十余合の撃ちあいの末、陳智祖の剣を宙天《ちゅうてん》へはねあげ、つづく一閃《いっせん》で右肩を刺す。血の噴き出る傷口をおさえて、陳智祖は地にひざをついた。

「もうよかろう、投降せよ」

かさねてすすめる王琳に悽愴《せいそう》な笑みを向けると、陳智祖はにわかに背を向け、絶壁の上から長江の水面へと身を躍らせた。

陳智祖を悼《いた》む間もなく、王琳はそのまま さらに三峡の北岸を東へ奔《はし》った。

陳智祖の死と部隊の解体とは、逃れた兵士によって武陵王に報じられた。愕然とする武陵王に、「皇太子」円照と劉孝勝《りゅうこうしょう》とがこもごもすすめる。

「王琳がいかに驍勇《ぎょうゆう》でも、その兵は万に満たず、全軍のなかでは一本の枝にすぎませぬ。江陵を陥し、根を枯らせば、枝はひとりでに落ちましょう。総力をあげて東進し、江陵を陥すべきでございます」

武陵王はうなずき、あわただしく進発を命じた。千四百艘の軍船が三峡を出ると、長江の水面が左右に大きくひろがった。そしてそこに梁軍の軍船が待ちかまえていたのだ。

蜀軍の兵士たちから見れば、軍船などというものではない。それは水上の城塞であった。全長は二十丈（約五十九メートル）、幅は四丈にもなるであろう。船体の両側に直径二丈ほどの巨大な外輪《がいりん》がついており、それが勢いよく回転して多量の水をはねとばしつつ、蜀軍に接近してくる。その速度は、さながら平原を馬が疾《はし》るかのようであった。

外輪を動かして航行するため、帆も帆柱もない。船上の楼《ろう》は四層もあり、弩《おおゆみ》や石弩《いしゆみ》をそなえつけ、各層には武装した兵士たちがひしめいている。船首には大きく口を開いた獅《し》子《し》の頭部が彫刻され、朱色に塗られたその両眼は炎が燃えさかるようであった。

五十年近く前、梁の水軍は北朝八十万の大軍を淮河《わいが》に邀撃《ようげき》し、水と火の荒れくるうなかに覆没《ふくぼつ》せしめた。「鍾離《しょうり》の戦い」である。その実力はなお衰えておらず、この時代、はるか西方まで訪ねても、おそらく人界で最強の水上部隊であったと思われる。

　ただ船が大きいだけに、三峡をさかのぼって蜀へ進入することはできない。蜀軍の船団を三峡の東へ引きずり出し、広大な水面上で一戦に撃滅するというのが、水軍を指揮する遊撃《ゆうげき》将軍・樊猛《はんもう》の作戦であった。蜀軍はそれに乗せられてしまった。西から王琳の精鋭に肉薄《にくはく》され、東進せざるをえなかったのだが、結局のところ、すべてが梁軍の主導で運ばれたのである。

「何を恐れる。敵はわずか二十艘ていどではないか。包囲して火矢を射こめ。さいわいにしてこちらが風上だ」

　劉孝勝は兵士たちを叱咤し、千四百艘の味方を水上に展開させた。重厚な水上陣を完成させた、そのはずであったが、武陵王が気づくと、後方や左右両翼に配置した軍船がつぎつぎに逃げ出しているではないか。

「逃亡を阻止《そし》せよ」

　武陵王の悲鳴が聞えたかのように、二十艘の外輪船が蜀軍の水上陣に突入してきた。その船首が衝突しただけで、蜀の軍船は大波とともにくつがえり、兵士たちが水中に投げ出される。船楼の弩からは矢が銀色の雨となって降りそそぎ、蜀の軍船は一艘また一艘と死体運搬船に変わっていく。さらに外輪船の強力な弩が遠距離から火矢をあびせ、蜀の軍船

をつぎつぎと火につつんだ。

「もうだめだ」と叫んで甲冑《かっちゅう》をぬぎすてる兵士に向かい、武陵王は怒声《どせい》をあびせかけた。

「戦え、汝ら、なぜ生命《いのち》をすてて予のために戦わぬ⁉」

兵士は武陵王の手を乱暴に振りはらって冷笑した。

「大王は人よりも金銀をだいじになさる。あの金銀で兵士を造《つく》って敵と戦わせたらいかがでござるか」

武陵王は憤怒《ふんぬ》の叫びをあげ、剣を抜こうとしたが、兵士はすばやく舷側《げんそく》から長江に飛びこみ、泳ぎ去ってしまった。

この一戦で蜀軍は崩壊した。戦死および水死した者八千人。梁軍の捕虜となった者三万人。その他の者は逃亡四散《しさん》した。軍船は五百艘が沈み、三百艘が焼かれ、長江の水面をでるように煙がただよい流れた。

武陵王の乗船だけが、かろうじて包囲の環《わ》から脱し、下流、江陵方面へと奔《はし》った。むろん梁軍が追ってくる。ほどなく武陵王の乗船は長江の本流をはずれ、分流《ぶんりゅう》にはいった。湿地帯や浅瀬《あさせ》が混在しており、大型の外輪船は乗りいれることができないはずであった。

だが梁軍は百艘以上の軽舟《けいしゅう》に乗りかえ、執拗《しつよう》に追撃してくる。「蜀賊」の首をとらないかぎり、功を認めてもらえないのだ。ほどなく武陵王の軍船は軽舟の群に追いつかれてしまった。

　武陵王は黄金の箱を開かせた。みずからの手で金餅《きんのへい》をつかむと、つぎつぎに放り出す。浅い水面に飛沫《しぶき》がたつ。武陵王は声を張りあげて、敵将樊猛に呼びかけた。

「黄金が一万斤、白銀が五万斤ある。これをもって卿《けい》を雇おうではないか。予を七官《しちかん》のもとへ護送してくれ」

「七官とは誰のことだ」

「江陵にいる湘東王のことだ」

「湘東王はもはやおられぬ。すでに即位なさって天子とおなりあそばした。汝が生命乞《ご》いする気なら、陛下とお呼び申しあげよ」

「陛下……」

　武陵王はうめき、身を慄《ふる》わせた。

「七官が陛下だと。あ、あんな奴を陛下と呼べというのか！」

　重い衝撃が軍船を揺るがした。

　軍船の底が河底に接触したのだ。

　浸水をはじめた軍船から、人々は飛びおりた。浅瀬から葦《あし》の生《お》いしげる湿地にかけて逃げまどう。水に濡《ぬ》れ、泥にまみれた人々めがけて矢が放たれ、軽舟から飛びおりた兵士たちが剣や槍をつかんでおそいかかる。血が飛び散り、悲鳴が噴きあがり、首を失った胴体が泥のなかに倒れこむ。

武陵王の末子である円満《えんまん》は、泥に足をとられて倒れた。追跡者が彼の襟首《えりくび》をつかんで引きおこす。

「父上、父上……!」

悲痛きわまる声がひときわ高まってとだえた。「竟陵王《きょうりょうおう》」円満は十歳にみたずして生命を失ったのである。

父親である武陵王に、その声はとどいたであろうか。彼は冠をどこかへ飛ばし、髪を振り乱して葦の間へ逃げこもうとした。兵士のひとりが槍を投げつけると、その穂先が武陵王の腰に突き刺さった。よろめき、前のめりになったところへ、樊猛が大剣を振りおろした。

「蜀賊は死んだ。国の害は除かれたぞ」

血と泥に汚れた首をかかげて、樊猛は声高く宣言した。

放心状態にあった「皇太子」円照は、陸法和《りくほうわ》という人物に捕縛された。彼は父や弟の首とともに江陵に送られ、これによって「武陵王の乱」は終わった。梁の元帝の承聖《しょうせい》二年(西暦五五三年)七月。武陵王が帝を僭称《せんしょう》してより一年三カ月後のことである。

江陵では元帝が戦後処理をおこなった。武陵王と円満との首を城門にさらし、武陵王の姓を剝奪《はくだつ》して存在そのものを公式記録から抹殺する。

劉孝勝はとらえられ、殺されると思って慄えていたが、元帝は彼を無罪放免した。劉孝勝の文才を惜しんだからである。王偉と異《こと》なり、劉孝勝は元帝への個人攻撃をおこなったことがなかったので、ついに助かった。

武陵王の息子のひとり円正《えんせい》は、一時は逃れたが結局つかまって江陵に送られた。元帝は、この不幸な甥《おい》に剣と絹布と毒酒を贈った。このうちどれでも使って自殺せよ、という意味である。だが円正は泣くばかりで自殺しようとはしなかった。

報告を聞いて舌打ちした元帝は、円正を江陵城内の牢獄に送りこんだ。兵士たちに引きたてられた円正は、その途中、同じく牢獄に送りこまれようとする兄の円照に出会った。円正は泣きながら兄に呼びかけた。

「ああ、兄上、なぜ父王をそそのかして兵乱《へいらん》などおこさせたのですか。おかげで今日このようなありさまではありませんか！」

蒼《あお》ざめた顔を背《そむ》けて、円照は短く答えた。

「計誤《あやま》てり」

円照と円正はそれぞれ地下の独房《どくぼう》に閉じこめられた。食事も水もまったく与えられず、ふたりは飢餓《きが》に苦しみ、自分の腕を嚙《か》んで血をすするほどの惨状に追いこまれた。入獄して十三日後、ほとんど同時に武陵王の息子ふたりは衰弱のはてに死んでいった。

遠く長安にあって、宇文泰《うぶんたい》は、武陵王の乱が平定されたことを知った。元帝がふたりの甥を餓死《がし》させ、その一方で首謀者のひとりである劉孝勝を無罪放免したとの報告も受けた。しばし沈黙した後、宇文泰は口を開いた。

「梁主《りょうしゅ》(元帝)は法を用うるに節度《せつど》なく、人命をもてあそぶ。これではとうてい国を保つことはできまい」

元帝は寛大さと厳格さとをたくみに使いわけているつもりだった。だがじつは、過度の甘さと不必要な残忍さとをほしいままに濫用《らんよう》しているだけのことだ。それを宇文泰は正確に見ぬいたのである。

侯景《こうけい》の乱と武陵王の乱とによって、梁の国礎《こくそ》は揺らぎ、何十万人もの生命が失われ、これまで蓄積されていた富は底をついた。公正な戦後処理によって人心を安定させねばならぬのに、梁主は競争者たる兄弟を亡ぼして勝利に酔っているように見える。

宇文泰は部下たちを見まわして命じた。

「来年、大軍をもって江陵を攻め、梁を亡ぼす。それまでゆっくり休養するよう薄居羅《はくきょら》に伝えよ」

　すでに宇文泰の脳裏《のうり》には明確な戦略案が完成されている。

　江陵に在る元帝が西魏の大軍に包囲され、みずから火を放って十四万巻の書物を焼きつくした後に殺害されたのは、弟たる武陵王の死から一年五カ月後、承聖三年（西暦五五四年）十二月のことであった。

　このとき、江陵城内の牢獄には数千人の囚人がおり、元帝は、微罪《びざい》の者もふくめて全員を殺すよう命じていた。大量処刑の直前に城が陥《お》ちたため、囚人たちは助かったのだが、降りしきる雪のなか、炎上する宮殿を眺めやって彼らが何を思ったか、史書は黙《もく》して語らない。

匹夫《ひっぷ》の勇《ゆう》（南北朝・陳）

I

ついにこの土地が好きになれなかった。

蕭摩訶《しょうまか》は苦々《にがにが》しい思いをこめて、十五年をすごした幷州《へいしゅう》（後の山西省太原《さんせいしょうたいげん》）の周囲を見わたした。黄河《こうが》の北方、万里の長城に近い黄土の大地である。風も大地も冷たく乾き、砂塵は舞いあがって天に沖《ちゅう》する。十七歳の初陣《ういじん》以来、五十六年の歳月を戦塵《せんじん》のなかで過ごした蕭摩訶であった。そのうち四十一年は、緑と水が豊かな江南の地にいたのだ。

陳《ちん》国の猛将としてかずしれぬ武勲を誇った蕭摩訶は、陳が滅亡すると、天下を統一した隋《ずい》につかえることになった。そしていま、故郷を二千里も離れた土地で、隋の煬帝《ようだい》に対する叛乱《はんらん》軍の将となっている。煬帝の弟である漢王《かんおう》・楊諒《ようりょう》の部下としてである。

時に隋の仁寿《じんじゅ》四年（西暦六〇四年）、蕭摩訶、字《あざな》は元胤《げんいん》、年齢は七十三であった。

蕭摩訶が生まれたのは梁《りょう》という国である。父は梁の将軍であったが、蕭摩訶がおさないころ死去した。時代は南北朝、天下が分かれて戦火の絶えぬ乱世であったが、南朝の梁の武帝《ぶてい》の御宇《みよ》は対外的に幾度もの戦争を強《し》いられながらも、国内は平和で、繁栄をきわめるとともに文化もさかえていた。

それが一挙に破れたのが「侯景《こうけい》の乱」で、北朝から亡命してきた剽悍《ひょうかん》な野心家は、平和に慣れた梁の社会を、あらあらしい暴力で引っくりかえしてしまった。その暴虐に対して各地で勤王《きんのう》の軍がおこり、侯景と戦った。十七歳の蕭摩訶は養父にしたがって出陣し、実戦を経験した。そして最初の闘いで、十人以上の敵を討ちとったのである。

自分が強いとは思わない。むしろ他人が弱いことに、十七歳の少年はおどろいた。その後、梁が滅びて陳王朝がはじまると、重臣の侯安都《こうあんと》という人が蕭摩訶の上官となり、彼を厚遇してくれた。

北朝の北斉《ほくせい》国の軍と、鐘山《しょうざん》という土地で戦ったときのことである。

侯安都が声をかけてきた。

「卿驍勇有名千聞不如一見」

卿《けい》の驍勇《ぎょうゆう》は有名なれど、千聞《せんぶん》は一見《いっけん》に如《し》かず。普通は「百聞は一見に如かず」というものだが、侯安都は誇張してみせたのである。蕭摩訶は一礼して答えた。

「今日、公《こう》をして一見せしむ」

戦闘が開始されると、たちまち激戦となった。もともと北斉の軍は強く、これまで南朝と戦って敗れたことがない。気づいたとき、侯安都の身辺には刀槍《とうそう》のきらめきと血煙が渦まき、味方の兵はつぎつぎと地上に死屍《しし》をつみかさねていく。

数本の戟《ほこ》が同時に侯安都の甲《よろい》を突き、彼は鞍上《あんじょう》から転落した。地に転がりながら剣をふるって戟を斬《き》り払ったが、もはや助かる術《すべ》はなさそうに思われた。

観念しかかった侯安都は、不意に異様な叫びを耳にした。血の飛沫《しぶき》が熱く降りかかり、敵兵の首がいくつも彼の左右に転がった。見あげると、人と馬とが入り乱れ、逆光を受けて黒影《こくえい》が躍りくるっている。黒影のひとつが蕭摩訶であった。

「殺《シャア》！」

喊声《かんせい》とともに巨大な偃月刀《えんげつとう》が陽光をはじくと、鮮血の暴風が巻きおこる。首が飛び、腕が舞い、人馬もろとも斬り倒されて、乾いていたはずの地表は赤黒い泥濘《でいねい》と化した。やがて北斉の兵士たちは恐怖と敗北感の叫びをあげ、馬首をめぐらして逃げ去った。

ようやく立ちあがった侯安都は、全身、朱《あけ》に染まっていた。彼自身はほとんど負傷しておらず、ことごとく敵の血であった。無事を問う蕭摩訶の声に、半ば呆然《ぼうぜん》としつつ侯安都は答えた。

「たしかに見た、よくわかったぞ」

京《みやこ》の建康《けんこう》に帰ると、侯安都は朝廷に蕭摩訶の武勲を報告した。二十代の若さで、蕭摩訶は巴山《はざん》太守となった。

その後、侯安都にかわって呉明徹《ごめいてつ》が蕭摩訶の上官となった。歴代の武門に生まれ、陳きっての宿将である。秦郡《しんぐん》という土地で北斉の軍と戦ったとき、敵には西域《せいいき》出身の胡人《こじん》がいた。弓の名人で、幾人も陳の将兵が射殺された。呉明徹は陣頭に蕭摩訶を呼んだ。

「君に関張《かんちょう》の名有《あ》り、顔良《がんりょう》を斬るべし」

おぬしには三国時代の関羽《かんう》や張飛《ちょうひ》に匹敵《ひってき》する勇名がある、関羽が顔良を斬ったように、あの胡人をみごと斬ってみよ。そう呉明徹はいった。けしかけたのである。それと承知しつつ蕭摩訶は答えた。

「まさに公のために之《これ》を取らん」

このとき蕭摩訶は銑鋧《せんけん》と呼ばれる武器を使った。後世それは鏢《ひょう》と呼ばれる。長い丈夫《じょうぶ》な紐《ひも》の先に、鋭く尖《とが》った鉄の錐《きり》がついたものだ。

蕭摩訶はただ一騎、馬を躍らせて敵陣へ近づいた。右手で銑鋧を振りまわす。それは風車のごとく回転し、大気を切り裂いて、不吉な笛のごとく鳴りひびいた。敵も味方も馬を並べて息をのみながら見守る。胡人は甲冑《かっちゅう》の上に毛皮をはおり、樺《かば》の樹皮《じゅひ》を張った強弓をつかんで馬を走らせてきた。両者は砂煙をあげて接近する。胡人が弓に矢をつがえ、まさに射放そうとした瞬間、蕭摩訶の手から流星のごとく銑鋧が飛んだ。

鋭い錐は胡人の眉間《みけん》に突き刺さった。皮膚を破り、頭蓋《ずがい》をつらぬいて、その尖端《せんたん》は脳に達した。声もなく胡人の身体は馬上から転落する。大地にたたきつけられたときには、すでに死んでいたであろう。

一瞬、落馬する胡人には目もくれず、蕭摩訶はそのまま馬を疾走《しっそう》させて敵陣へと突入した。呆然としていた北斉軍は、我に返ったように左右から槍《やり》先をそろえて蕭摩訶におそいかかる。数本の槍が銀色にきらめきながら宙を乱舞したのは、偃月刀の一閃《いっせん》で斬り飛ばされたのであった。蕭摩訶が乗馬を躍らせるところ、北斉の将兵は血と絶鳴《ぜつめい》をはねあげて地に転がる。

五十数騎を斬殺して、偃月刀の血を袖でぬぐったとき、蕭摩訶は、北斉軍の小将軍《わかむしゃ》が一騎、彼の近くにいるのに気づいた。みごとな銀色の甲冑が、身分の高さを示している。手にした長槍にも宝飾《ほうしょく》がきらめいている。まっすぐ蕭摩訶を見つめる顔は白く秀麗だが、両眼には恐れの色もなかった。

「匹夫《ひっぷ》の勇《ゆう》よな」

苦笑する小将軍に向かって、蕭摩訶は躍りかかった。おそらく北斉の皇族、と見たのである。

ただ一撃に両断するつもりで撃ちおろした偃月刀は、だが、澄んだ金属音をたててはじ

き返された。あっと思ったとき、小将軍の長槍が唸《うな》りをたてて突きこまれ、蕭摩訶の冑《かぶと》に当たった。蕭摩訶はおどろいた。相手の武勇におどろいたのは生まれてはじめてのことである。

三十合あまりを撃ちあった。蕭摩訶はついに小将軍の防御を破ることができなかった。戦闘全体は陳軍の一方的な勝利で、北斉軍は多大な損害を出して退却していった。小将軍も槍を引き、馬首をめぐらして去った。戦い終わって、蕭摩訶が捕虜に小将軍の名を問うたところ、答えて、「蘭陵王殿下《らんりようおう》なり」という。

「あれが蘭陵王であったか」

蕭摩訶は納得した。北斉の蘭陵王は、姓は高《こう》、名は長恭《ちようきよう》。ただ皇族の身分というだけでなく、卓絶《たくぜつ》した驍勇《ぎようゆう》と武略《ぶりやく》によってしばしば北斉軍の総帥《そうすい》をつとめた。あまりに典雅《てんが》な美貌をみずから嫌い、仮面をかぶって出陣した、という伝説がある。もし蕭摩訶が蘭陵王を討ちとっていれば、柱石《ちゆうせき》を失った北斉軍は瓦解《がかい》し、歴史は変わっていたかもしれない。

「つぎに会ったときには、かならずや蘭陵王の首を」

このときの武勲《ぶくん》によって明毅将軍《めいきしようぐん》の称号を得た蕭摩訶はそう心に誓ったが、それは果たされなかった。直後、蘭陵王は彼の武勲と人望を嫉《ねた》んだ北斉の皇帝によって毒殺されたのである。

蘭陵王を失った北斉軍は弱体化した。北斉と華北の覇《は》を争っていた北周《ほくしゅう》の軍が大挙して攻勢をかけ、北斉は滅亡してしまった。北周は北斉の広大な領土を実力で占領していったが、それを陳も指をくわえて傍観《ぼうかん》してはいなかった。

陳の宿将呉明徹《ごめいてつ》は大軍をひきいて北上し、国境地帯の諸城を攻略した。むろん蕭摩訶もそれに従軍し、進撃するところ敵を破り、敵将を討ちとった。彼が「無敵将軍《むてきしょうぐん》」と呼ばれるようになったのはそのころであるようだ。

徐州《じょしゅう》という土地で戦いに臨むとき、蕭摩訶は主将の呉明徹に作戦案を具申《ぐしん》した。北周の軍は陸戦は強いが、水上戦には知識も経験もない。水路を利用して急襲し、敵が兵力を集結させないうちにその中枢を撃つべきだ、と。しかし、その意見は容《い》れられなかった。

「敵軍に突入して敵将を斬るのがおぬしの任務だ。だが、長筭遠略《ちょうさんえんりゃく》は老夫《わし》の任である」

と、「鬚《ひげ》を奮《ふる》って」呉明徹はそう答えたという。

呉明徹は蕭摩訶に戦略立案など期待していない。「よけいなことを考えるな、お前はわしのいうとおりに闘ってさえおればよいのだ」というわけであった。蕭摩訶にとっては衝撃であったのだろう、「色を失って退く」と「陳書《ちんしょ》」にある。蕭摩訶には政治権力に対する野心はなかったが、こと戦いに関するかぎり、大将軍として大兵力の総指揮をとりたい、との思いはあった。陳国随一の名将をもって任じる呉明徹にしてみれば、笑止《しょうし》であったにちがいない。

　蕭摩訶はその後わずか十二騎をひきいて敵陣に斬りこみ、あたるをさいわい薙《な》ぎ倒して文字どおりの屍山血河《しざんけつが》をきずいた。呉明徹に対する怒りと不満を、北周軍にたたきつけたのである。数万の北周軍は蕭摩訶らわずか十三騎のために崩れたち、十里も退いてようやく陣形を再編することができた。「無敵将軍」の名は北周軍の脳裏《のうり》に深くきざみこまれた。

　北周軍は各地の兵力を徐州に集結させ、陳軍を大きく包囲しようとした。呉明徹は退却を決意したが、蕭摩訶の作戦案を拒否したことを後悔したかどうかはわからない。蕭摩訶は八十騎をひきいて敵の包囲網を突破し、後続の味方を脱出させ、功によって右衛《うえい》将軍に叙任《じょにん》された。

　ひとたび戦場を離れると、蕭摩訶は口数もすくなく、他人に対する態度はおだやかで、「恂々《じゅんじゅん》として長者のごとし」といわれた。自分に門地《もんち》も学問もないことを知っていたから、部下の意見をよく聞いたし、兵士たちに対しても優しかった。

　蕭摩訶の部将として歴史に名を残すのは「二陳《にちん》」である。陳智深《ちんちしん》と陳禹《ちんう》。同姓だが血縁関係はない。陳智深は武芸と膂力《りょりょく》にすぐれ、陣頭《じんとう》の勇者であった。陳禹は騎射の名人であったが、それ以上に兵学や諸学問に通じ、蕭摩訶の秘書と参謀を兼ねたようである。このふたりはつねに蕭摩訶とともに行動し、ともに老《お》いていった。

蕭摩訶はしばしば刺史《しし》となって地方の行政をつかさどったが、大過《たいか》なく任を務《つと》めたようである。強欲な為人《ひととなり》ではなく、弱い者を慈《いつく》しむことができたし、彼のもとで、おそらく陳禹が行政の実務にあたったのであろうと思われる。

Ⅱ

蕭摩訶《しょうまか》は戦いつづけた。三十歳のときも四十歳のときも五十歳のときも、彼は戦っていた。刺史として大過なく務めたとはいえ、それは彼の本領ではなかった。泰平の世であれば、武勲なき蕭摩訶が刺史などになれるはずもない。悍馬《かんば》を駆って敵陣に突入し、右に左に敵兵を薙《な》ぎ倒すのが、蕭摩訶の人生であった。妻子があったことは正史に見えているが、恋愛に関してはまったく逸話《いつわ》が残されていない。

この間、侯安都《こうあんと》は功を誇って驕慢《きょうまん》になり、それを憎んだ皇帝によって誅殺《ちゅうさつ》された。呉《ご》明徹《めいてつ》も毎年のように北朝の軍と戦い、武名をとどろかせたが、ついに勝利のとだえる日が来た。

北朝の北周《ほくしゅう》は名将王軌《おうき》を起用して、彭城《ほうじょう》の地で呉明徹と決戦させた。王軌は呉明徹の水軍が自由に行動できぬよう、周辺の水路に木材を流して軍船の航行を不可能にした上で、包囲攻撃をおこなった。陣中で体調をくずしていた呉明徹は、気力が保《も》たず、全軍を後退させたが、水路をふさがれたために脱出できず、ついに捕虜となって北周の京《みやこ》長安《ちょうあん》に護送され、そこで病死した。陳《ちん》の太建《たいけん》十年（西暦五七八年）、呉明徹は六十七歳であった。

呉明徹がいなくなると、蕭摩訶の上に立つ者は存在しなくなった。それで喜ぶほど蕭摩訶は人が悪くはなかったが、自分が陳の全軍をひきいて立つのだ、という自負《じふ》はいだいたであろう。事実、呉明徹の敗北による失地を回復するため、陳はしばしば軍を北上させ、蕭摩訶を総帥として戦ったが、「功《こう》無《な》くして還《かえ》る」、つまりはかばかしい戦果《せんか》をあげることはできなかった。

蕭摩訶に大軍を統率する将器《しょうき》がなかった、と評するのは酷であろう。北周の国力が陳を圧倒し、最初から勝負にならなくなっていたのである。

ところが北周王朝は重臣の楊堅《ようけん》によって簒奪《さんだつ》され、隋《ずい》王朝となった。その混乱で、北が南を攻撃できずにいる間、陳では宣帝《せんてい》が死去して後主《こうしゅ》が即位した。

後主は宣帝の長男で本名を陳叔宝《ちんしゅくほう》というが、次男が始興王《しこうおう》という人で、名を叔陵《しゅくりょう》という。宣帝には四十二人もの男児がおり、全員の名に「叔」という文字がついている。この始興王が、帝位についたばかりの兄を、宮中で殺害しようとしたのだ。

皇帝の身辺《しんぺん》に、武器を持つ者は近づけない。ただ、各種の薬材《やくざい》を削《けず》ったり刻《きざ》んだりするために、侍医《じい》は薬刀《やくとう》を用意している。その薬刀を、始興王は隠し持って後主に近づいた。弟に対して、後主はまるで警戒しない。何気なさそうに兄の後方にまわると、始興王は薬刀を振りかざし、兄の項《くび》に斬りつけた。

悲鳴を放って、後主は床に転倒する。血が飛び散り、帝冠《ていかん》が宙に舞って、凄惨《せいさん》な姿であった。

「な、何をするのじゃ、弟よ」

後主はまだ信じられないのであろう、あえぐような声には恐怖というより呆《ほう》けた調子があった。だが、さらに斬りつけられたとき、恐怖の絶叫《ぜっきょう》が宮殿じゅうにひびきわたった。

女性たちのほうが勇敢だった。柳太后《りゅうたいこう》は宣帝の正妻であり、後主の生母《せいぼ》である。わが子あやうし、と看《み》てとるや、この老貴婦人は駆けつけて始興王に飛びかかり、激しくひっかいた。始興王は彭妃《ほうひ》という寵妃《ちょうひ》の子で、太后の子ではない。

「じゃまするな、婆《ばば》あ！」

罵倒《ばとう》して太后を床にねじ伏せると、始興王は薬刀をふるって数回、斬りつけた。だが太后は激しく抵抗し、しかも着衣をかさねているので、軽い傷を負っただけであった。

さらにそのとき、後主の乳媼《うば》である呉氏《ごし》が駆け寄り、後ろから始興王の右腕にしがみついた。

始興王は振り払おうとしたが、呉氏は必死でしがみつき、離れようとしない。始興王は姿勢を変え、太后の身体を乗りこえて左腕を伸ばし、後主の服をつかんだ。髪も乱れ血まみれになった後主は、なお悲鳴をあげながら床の上を転がり、かろうじて致命傷《ちめいしょう》をまぬがれた。

そこへようやく男があらわれた。宣帝の四男で、後主と始興王の異母弟《いぼてい》にあたる長沙王《ちょうさおう》の叔堅《しゅくけん》である。長沙王は始興王に組みつき、激しい格闘の末、薬刀を奪いとった。そして自分の上衣《うわぎ》をぬぎ、それを丸めて縄《なわ》がわりとし、始興王を縛《しば》りあげたのである。

縛りあげて、さて後主の指示をあおごうとすると、姿が見えぬ。後主は苦痛と恐怖で泣きながら寝室へ逃げこみ、蒲団《ふとん》をかぶって慄《ふる》えていたのだ。

しかたなく長沙王は兄の寝室へ行って問いかけた。

「逆賊《ぎゃくぞく》は縛りあげました。いますぐ殺しますか、それとも投獄《とうごく》して処刑は後日《ごじつ》のことにいたしますか？」

だが後主は答えることができず、蒲団のなかで慄えているばかりである。

その間に、始興王は全身でもがきまわり、長沙王の縛めを脱《いまし》してしまった。彼は馬に飛び乗って皇宮から脱出し、自分の居城《きょじょう》である東府《とうふ》に逃げ帰った。そして財宝をばらまき、布告《ふこく》を発して、武装した将兵をかき集めた。三万人ほど集めるつもりだったが、千人しか集まらなかった。

その場で長沙王が始興王を殺してしまえばすんだことであろうが、長沙王としては独断で異母兄《いぼけい》を殺すわけにもいかなかったのである。朝廷では兵を出して始興王を討伐することになった。

ところがなかなかそれに応じる者がいない。自暴自棄《じぼうじき》になった始興王が、どのように過激な反抗に出るかわからないのだ。長沙王にも断わられたので、後主は、司馬申《しばしん》という廷臣《ていしん》の意見を容《い》れ、蕭摩訶に勅命《ちょくめい》を下した。

蕭摩訶は二陳《にちん》とともに兵をひきいて東府へ進撃した。始興王は慄えあがり、二度まで使者を出して蕭摩訶を説得しようとした。

「味方になってくれたら宰相にしてやるぞ」

というのだが、むろん蕭摩訶は耳を貸さない。使者を斬って東府の城門へと殺到《さっとう》する。逆上した始興王は内《ない》（奥宮殿）へ駆けこんだ。そこには王妃の他に六人の愛妾《あいしょう》がいる。

「殉死《じゅんし》しろ」

そう叫んで、始興王はまず王妃を内院《なかにわ》に引きずり出し、井戸へ放りこんだ。つづいて、泣き叫ぶ愛妾たちをつかまえては井戸へ放りこむ。

七人の不幸な女性を、深く暗い井戸の底に突き落としてしまうと、始興王は右手に剣を抜き、左手で酒瓶《さかびん》をつかんでよろめき出た。前方にあらわれる兵士を二名まで斬ってすてたが、それは敵ではなく、逃げまどう味方の兵であった。

血と酒に酔い痴《し》れた始興王が、宮殿の外へ出て地上にすわりこんでいると、いつしか周囲には敵兵の環《わ》ができている。返り血と酒とで朱《しゅ》に染まった顔をあげ、始興王は喚《わめ》いた。

「予《よ》は先帝の次男なるぞ。汝《なんじ》ら卑臣《ひしん》の身をもって皇族を害するか⁉」

この叫びにためらって、陳智深《ちんちしん》が蕭摩訶をかえりみた。

「いかがいたします？　生かして京《みやこ》につれ帰りますか」

「無用」

ひややかに、蕭摩訶は頭を振った。

「逆賊のたわごとだ。生かしておけばまた逃げる。すみやかに禍根《かこん》を絶て」

厳命《げんめい》された陳智深は、無言で矛《ほこ》をかざし、突きおろした。地上から抗議と苦痛の絶叫がおこり、すぐにとだえた。

始興王の首は建康《けんこう》に送られた。後主は安堵《あんど》の吐息をつき、功労者を賞した。蕭摩訶は車騎大将軍《きだいしょうぐん》となり、陳智深は巴陵《はりょう》内史《ないし》となり、長沙王は司空《しくう》となって国政をあずかった。

後に長沙王は、兄である後主に嫉《ねた》まれて失脚した。専横《せんおう》と叛逆謀議《ぼうぎ》の罪を着せられて宮廷を追われ、庶民となって妃とふたりで酒屋を営《いとな》んでいたが、隋の世になって遂寧《すいねい》郡の太守に任じられたという。この人の生涯も、一篇の説話の素材となりえるであろう。

Ⅲ

後主《こうしゅ》の治世は七年しかつづかなかった。長江の北では隋《ずい》王朝が興《おこ》り、天下の大半を支配するに至った。あとは陳《ちん》を滅ぼせば、晋《しん》の滅亡以来、ほぼ二百七十年ぶりに天下は統一される。

後主は典型的な亡国《ぼうこく》の君主で、民に重税を課しては豪奢《ごうしゃ》な生活を楽しみ、政治にも軍事にもまったく興味がなかった。かくして禎明《ていめい》三年（西暦五八九年）、隋は六十万の大軍をおこし、北と西から長江を渡って陳へ攻めこんだのである。

幾度となく蕭摩訶《しょうまか》は後主に作戦案を上申《じょうしん》した。長江を渡河する隋軍に横撃《おうげき》を加えるべきである、と主張した。あるいは、渡河を終えた隋軍を内陸部に引きずりこみ、その後方を遮断《しゃだん》するという作戦もたてた。どちらかが実行されていれば、隋の天下統一は数カ月おくれたであろうが、後主は蕭摩訶の作戦案を認めなかった。

後主は簾《みす》のなかに姿を隠して、蕭摩訶の必死の意見を聞いていたが、やがて声を発した。簾の前にひかえていた袁憲《えんけん》という大臣に向かっていったのだ。

「放っておけ。あやつら武官どもは、自分が武勲をたてて大きな面《つら》をしたいだけなのじゃ。朕《ちん》のことを思うてのことではない。かってにさせておくがよいぞ」

それにつづいて女のやわらかな笑声がした。後主は寵愛《ちょうあい》する張貴妃《ちょうきひ》をひざの上に抱いて、蕭摩訶の血を吐くような上申を聞き流しているのだった。蕭摩訶は絶望に目がくらみ、簾の前に平伏したまま起《た》ちあがることができなかった……。

楽昌公主《がくしょうこうしゅ》という女性がいる。公主とは皇帝の女《むすめ》のことで、彼女は宣帝の女であり後主の妹であった。彼女は廷臣の徐徳言《じょとくげん》という若者と結婚し、夫婦の仲はむつまじかった。

徐徳言は朝廷につかえていて、後主の無能と周辺の腐敗ぶりを見せつけられ、国の前途《ぜんと》に絶望した。徐徳言には、後主をきびしく諫《いさ》めるような勇気もなかったが、敵に寝返るようなあくどさもない。ひたすら心を痛めるばかりで、とくに妻のことが心配であった。

徐徳言は妻の愛用の鏡を二つに割り、その一片《いっぺん》を妻に手渡した。

「もう一片は私が持っている。国が亡びて離散《りさん》するようなことになったら、たがいにこの鏡をなくさぬようにしよう。もしお前が落ち着いた生活を送れるようになったら、鏡を市《いち》で売っておくれ。私のほうも生きてそれを発見したら再会できるだろうから」

ふたりは抱きあって泣いた。そんなことをしている間に手を取りあってさっさと逃げ出せばよかったのかもしれないが、長江の渡河作戦をほぼ三百年ぶりに成功させた隋軍の進撃はすさまじい速度だった。

後主からの命令もないまま、陳の将軍たちは個々に軍をひきいて隋軍に立ち向かったが、つぎつぎと撃破され、敗走した。わずかに魯広達《ろこうたつ》という人が善戦して隋軍の一部をくいとめたが、文字どおり一部にすぎず、六十万の隋軍将兵は甲冑《かっちゅう》の濁流となって陳の国都建康《けんこう》を呑《の》みこんでいった。

蕭摩訶は隋の宿将賀若弼《がじゃくひつ》によって捕えられた。「力を用いる所無く」と「陳書」にある。兵士たちがことごとく逃げ散ってしまい、戦うこともできなかったのだ。偃月刀《えんげつとう》を投げすて、腕を組んで地に立つ蕭摩訶に、隋の兵士たちがむらがり寄って縄をかけた。

蕭摩訶は建康に連行された。後主も捕虜となっていた。後主と対面した蕭摩訶は、後ろ手に縛られたまま床にひざまずき、声を放って泣いた。陳の旧臣《きゅうしん》たちも隋の将軍たちも、蕭摩訶の心中を思いやって無言だった。

ただひとり、隋の行軍副元帥《こうぐんふくげんすい》たる楊素《ようそ》が冷然としていった。

「泣く前に戦えばよかろう。他に能もない者が、戦うことをやめてどうするのだ」

だが賀若弼は蕭摩訶に同情し、縄を解き、彼を客人として遇した。何しろ後主は、隋軍が皇宮に侵入してくると、寵妃《ちょうひ》ふたりとともに井戸のなかに隠れていたのだ。このような君主のために死戦《しせん》する気になれないのは当然だ、と思った。

隋の文帝《ぶんてい》は、賀若弼の報告を受けたが、やはり蕭摩訶に好意的であった。

「壮士《そうし》というべきだな。そのような男、用《もち》いる価値がありそうだ」

亡国の捕虜である蕭摩訶に、文帝は開府儀同三司《かいふぎどうさんし》の地位を与えた。要するに重臣待遇の将軍、ということであるが、南朝百七十年の歴史で最強の猛将を、文帝は礼遇《れいぐう》したのである。

文帝は末っ子の諒《りょう》をかわいがり、漢王《かんおう》の称号を与えていた。大隋帝国の北西五十二郡を統治させ、北方国境を防衛させていたのだ。北方にはまさに強大な騎馬遊牧帝国「突厥《とっけつ》」が出現しつつあったから、漢王の責任は重大であった。

実戦経験のない若い皇子《こうし》には老練《ろうれん》な補佐役が必要である。文帝が選んだのは蕭摩訶であった。

漢王は部下を引きつれ、治所《ちしょ》である并州《へいしゅう》に赴任した。蕭摩訶はそれに随《したが》った。このとき陳智深と陳禹は随行《ずいこう》を願ったがそれは認められず、妻子も京《みやこ》に残して、蕭摩訶はひとり北方へ旅立ったのである。

Ⅳ

ほぼ平穏のうちに十五年が経過した。北方の騎馬民族突厥《とっけつ》は強大であったが、隋《ずい》はさらに強大であり、常に突厥を圧倒して、国境を侵《おか》されることはなかった。

変動は国内に生じた。

仁寿《じんじゅ》四年七月、文帝《ぶんてい》が崩御《ほうぎょ》して皇太子楊広《ようこう》が即位した。これが煬帝《ようだい》であるが、文帝の死があまりに急で、不審な点が多かったので、「帝は皇太子によって弑逆《しいぎゃく》されたのだ」という噂《うわさ》が流れた。しかも即位に前後して、煬帝の兄である前太子《ぜんたいし》が罪なくして殺害されたため、噂は真実であるとほとんどの者が信じた。漢王《かんおう》も信じた。

「父も兄も新帝によって殺された。おそらく、つぎは自分であろう」

恐怖に駆られた漢王に、叛逆をそそのかした者がいる。側近の王頍《おうき》である。「このまま手をつかねていては、座して死を待つだけ」と説《と》かれ、漢王は叛乱を決意した。蕭摩訶《しょうまか》もそれをとめなかった。

王頍も、もともと南朝の人である。梁《りょう》の武帝《ぶてい》および元帝《げんてい》につかえた勇将王僧弁《おうそうべん》の子であった。

王僧弁は競争者であった陳覇先《ちんはせん》に殺害され、王頒は北朝に亡命して隋につかえた。蕭摩訶のほうは、陳覇先とその子や孫につかえたのだから、南朝の歴史だけを考えれば、仇敵《きゅうてき》どうしといってよい。それが現在、ともに隋朝の臣下として、隋朝に叛逆の旗をひるがえそうとしている。

ただ、王頒と異《こと》なり、蕭摩訶はこの起兵《きへい》が成功するとは思わなかった。漢王は悪い主人ではないが、両親に溺愛《できあい》され、苦労知らずに育っている。今回もただ追いつめられて反抗する気をおこしただけで、ほんとうに兄を殺して天下を奪うほどの覚悟があるとは思えなかった。

生涯最後の闘いは負けいくさになるであろう。そう思っている蕭摩訶に、漢王が声をかけた。事が成ったときには、どのような報賞《ほうしょう》がほしいか、というのである。

蕭摩訶は一礼して答えた。

「殿下が大志を成就《じょうじゅ》なさったあかつきには、老夫《それがし》を江南《こうなん》へ帰していただけますよう」

「それだけでよいのか」

「老夫の望みは、故郷で死ぬこと、ただそれだけでござる」

「欲のないことよの」

漢王はわざとらしく笑声をたてた。彼は部下たちに気前のよいところを見せたかったのである。報賞によって部下を釣《つ》る、という気もあったにちがいない。老《お》いた蕭摩訶の反応は、漢王には可愛げのないものに映《うつ》ったであろう。

蕭摩訶の見たとおり漢王は不覚悟であった。起兵の名目《めいもく》を、「専横《せんおう》の奸臣《かんしん》を除く」として、煬帝ではなく重臣楊素《ようそ》を標的としたのである。これに対し、煬帝はその楊素を討伐軍の総帥とした。

楊素は陰謀を好み、権力をもてあそび、目的のためには手段を選ばぬ傾向があった。歴史上、奸臣として知られるが、宰相としても大将軍としても文人としても、才能は卓越《たくえつ》している。ことに、事に臨《のぞ》んでの決断力と行動力とは、漢王にまさること千倍であった。漢王十万の大軍に対し、楊素はわずか五千騎をもって出征《しゅっせい》したのである。

むろんこの五千騎は全隋軍中の最精鋭であった。さらに楊素は戦闘指揮官としてふたりの猛将を選んだ。麦鉄杖《ばくてつじょう》と楊玄感《ようげんかん》である。楊玄感は楊素の長男であり、「項羽《こうう》の再来」とまでいわれた男だった。

「漢王は、おれを討つことが起兵の目的だそうな。では、おれが漢王の前に出ていってやろう」

息子に向かって、楊素はそういった。楊玄感は楽しげにうなずいた。

「この手で漢王を討ちとってよろしゅうござるか、父上」

「まず生かしておけ、処置は陛下がなされる」

「かしこまった。ところで、漢王の麾下《きか》には無敵将軍・蕭摩訶なる者がおりましたな。かの者の武略《ぶりゃく》はいかがでござろう」

楊素は事もなげに答えた。

「江南で人となった者は、長江の水を飲まぬと干《ひ》あがってしまうらしい。無敵将軍とて例外ではなかろう。そもそもあの男は匹夫《ひっぷ》の勇《ゆう》というだけだが、今年幾歳《いくつ》であったかな」

「七十三歳と聞きおよんでおります」

「ふむ、では、いまさら生を惜しむ年齢でもあるまい」

出征の直前、楊素は自邸に住まわせている寵姫《ちょうき》たちと惜別《せきべつ》の宴を張った。彼の私生活は豪奢《ごうしゃ》をきわめ、一時は寵姫の数は千人にも達し、その全員に贅沢《ぜいたく》な生活を送らせていた。酒と音曲《おんぎょく》と歌舞《かぶ》に心地《ここち》よく酔い、詩をつくって楽しんでいた楊素は、ふと、寵姫のひとりが姿を見せぬことに気づいた。彼女の名は楽昌公主《がくしょうこうしゅ》という。楊素が行軍副元帥《こうぐんふくげんすい》として陳を滅ぼしたとき、報賞として文帝から賜《たま》わった美女であった。滅ぼした国の宮廷にいる女たちは、勝者の戦利品と目《もく》された時代である。

楊素の命令を受けた家臣たちは、宏壮《こうそう》をきわめる邸宅のなかを、手分けして捜しまわった。一隊が楽昌公主を発見したのは、厨房《ちゅうぼう》の裏であった。彼女は、貧しい服装の男と手をつないで、楊素邸から逃げ出そうとしていたのだ。不義密通《ふぎみっつう》の現行犯である。たちまちふたりは捕えられ、楊素の前に引き出された。

　この男は楽昌公主の夫であった徐徳言《じょとくげん》であった。陳が亡びてより十五年、放浪の旅をつづけて、徐徳言は長安へとやって来た。そして市《いち》を歩いていると、割れた鏡の半分だけが露店で売られているのに気づいたのだ。自分が十五年間持ちつづけていた割れた鏡の半分と、それはぴたりとあった。楽昌公主は楊素邸に出入りする商人に頼んで、割れた鏡を市で売ってもらったのである。徐徳言は決死の覚悟で楊素邸に忍びこみ、妻に再会したのだった。

「……なるほど、そういうことであったか」

　話を聞いてうなずいた楊素は、すこしの間、考えこんでいたが、両眼を鋭く光らせた。

「けしからん女だ。これまで養って安楽な生活を送らせてやったおれの恩を忘れ、昔の夫と密会しようとは。その面《つら》、二度と見とうない。とっとと出ていけ」

　楊素はそうどなり、楽昌公主と徐徳言を邸第《やしき》の外へ押し出すよう、家臣たちに命じた。さらに侍女に命じ、楽昌公主の部屋から、これまで彼女に与えた金銀珠玉《しゅぎょく》をすべてひとまとめにして持って来させた。

　楽昌公主と徐徳言は門から外へ追い出された。抱きあって、十五年ぶりの再会にあらためて涙していると、門扉《もんぴ》が開いて、楊素が姿を見せた。手にした大きな綿布《めんぷ》の袋を、乱暴に路上に投げ出す。

「けがらわしい、密通した女の持物など、この邸第に置いておけぬわ。どこの誰なりと拾うがよい」

そういって、ふたたび門を閉ざしてしまった。

顔を見あわせた楽昌公主と徐徳言が、おそるおそる袋を拾いあげてみると、おどろくほど重い。開いてみると、これまで楽昌公主が楊素から与えられていた金銀珠玉が、袋の口からこぼれ出すほどに詰《つ》まっている。これを売れば、一生、生活には困らないであろう。

楽昌公主と徐徳言は、楊素の真意をさとった。ふたりは楊素邸の門に向かって何度も拝《はい》謝《しゃ》した後、手を取りあって京《みやこ》を去った。

割れた鏡によって十五年ぶりに夫婦が再会できたのだ。その後ふたりは故郷の江南に帰って、おだやかに生涯を終えたが、毎日、遠方の楊素に対する拝礼《はいれい》を欠かさなかったという。

「破鏡合一《はきょうごういつ》」の故事《こじ》である。

かつて蕭摩訶の祖国である陳を亡ぼし、いままた蕭摩訶のつかえる漢王を討滅《とうめつ》しようとする楊素は、このような男であった。

V

きらびやかな甲冑《かっちゅう》をまとって、漢王は出陣したが、出陣した後もまだ迷っていた。根本的な戦略すらさだまらず、十万の兵をどう動かすかも決めていないのだ。

蕭摩訶《しょうまか》は若い主君に進言《しんげん》した。

「もし天下をお望みであれば、全軍を西へ向け、京《みやこ》を直撃すべきでございます。もし天下の一部に割拠《かっきょ》することをお望みであれば、全軍を東へ向け、山東《さんとう》から河南《かなん》の一帯を確保すべきでございます。いずれをお選びあるも御意《ぎょい》のままでございますが、兵力を分散させることだけはお避けくださいい」

漢王はうなずいたが、表情は好意的ではなかった。もっと劇的な作戦案を聞かせてほしかったのであろう。他の側近たちが、漢王を満足させた。兵力を六方向に向け、軍事上の要地を同時に攻略しようというのである。

諜者《ちょうじゃ》によってそれを知った楊素《ようそ》は冷笑した。六方向に分かれた兵力は、一方向で最大二万にすぎない。各個撃破《かっこげきは》してくれといわんばかりではないか。

楊素は全軍に急進を命じた。

まず好餌《こうじ》となったのは漢王の部将紇単貴《きつたんき》の軍で、強烈な側面攻撃を受けてほとんど一瞬で潰滅《かいめつ》した。紇単貴は楊玄感《ようげんかん》に討ちとられた。ついで漢王の部将趙子開《ちようしかい》も撃破され、麦鉄杖《ばくてつじよう》に首をとられた。

あわて恐れた漢王は、分散させていた兵力をかき集めたが、楊素と正面から戦う気力がなく、全軍をつれて并州城《へいしゆうじよう》へ逃げこもうとした。

急進をかさねて、楊素はそれを清源《せいげん》の地で捕捉《ほそく》した。蕭摩訶が陣頭に立ってながめると、肉薄《にくはく》してくる敵の先頭に、戟《ほこ》をかまえた楊玄感の姿が見える。

あれはおれだ。蕭摩訶はそう思った。四十年前の若く精悍《せいかん》な彼自身の姿が、楊玄感の雄姿《ゆうし》にかさなった。

戦いがはじまると同時に、楊玄感は黒馬をあおって漢王の陣に突入し、戟を縦横《じゆうおう》にふるって敵兵を撃ち倒した。広い戦場で、彼のいる場所には鮮血の渦が巻きおこり、すぐにそれと知れるほどであった。

それほど懸命に勇猛をふるい、敵兵を殺傷してどうしようというのだ。利用されるだけだぞ。兵を叱咤《しつた》し、崩れるのをかろうじてふせぎながら、蕭摩訶は胸中《きようちゆう》でそう語りかけた。自分の実《みの》りない人生をも、老いた蕭摩訶は若い楊玄感にかさねたのだ。

蕭摩訶の最後の努力も、恐怖に駆られた漢王が本営から逃げ出すにおよんで、ついに潰《つい》えた。

　自分が三十年若ければ。むなしく兵を叱咤しつつ、さらにむなしく蕭摩訶は思った。自分が三十年若ければ、楊玄感を相手に、千年の後までとどろく一騎打《いっきうち》を演じ、天下の耳目《じもく》を集めたであろうに。

　漢王の軍は敗れた。惨敗であった。戦死者は一万八千におよび、生き残った者はほとんど四散《しさん》した。

　蕭摩訶は捕えられた。彼は兵の逃亡をふせぐことができぬと悟ると、何かに憑《つ》かれたように敵に向かって前進していった。楊玄感に向かって一騎打を呼びかけようとしたとき、数騎の敵が駆け寄り、槍で殴りつけて、この老将を馬上からたたき落としたのである。無名の敵兵に蕭摩訶はたたき落とされ、しかも甲冑の重さで起きあがることができなかった。

　漢王は味方を見すてて逃げたが、ついにあきらめて降伏した。楊素は漢王を陣中に監禁し、その処置を煬帝《ようだい》に問い合わせた。

「漢王は殺すにおよばず。京《みやこ》に連行して幽閉《ゆうへい》すべし」

　煬帝にしてみれば、殺す価値もなかったのであろう。だが、漢王の側近たちは赦《ゆる》されなかった。

まず王頍《おうき》が斬られた。ついで蕭摩訶の番になった。彼は後ろ手に縛られて楊素の前に引き出された。両者が顔をあわせるのはこれが二度めである。二度とも楊素は勝者として、縛られた蕭摩訶を冷然と見下す役まわりであった。

その場に麦鉄杖もいたが、こちらは気の毒そうに顔を背《そむ》けている。麦鉄杖はもともと陳《ちん》の盗賊で、亡国《ぼうこく》後、楊素に武勇を認められて隋の将軍となった。蕭摩訶の名声を知っており、いまの姿を見るに忍びなかったのであろう。

疲れきったかに見える老残《ろうざん》の敗将《はいしょう》を見やって、楊素は声をかけた。

「卿《けい》は十五年前に、陳の忠臣として死んでいたほうがよかったな」

無言で蕭摩訶は楊素を見返したが、その眼光には力が欠けており、楊素の言葉が同情であるのか揶揄《やゆ》であるのか、判断もできないようであった。地に両膝《りょうひざ》をついて、蕭摩訶は何かつぶやいたが、その声は誰の耳にもとどかず、刑吏《けいり》の刀が一閃《いっせん》して、白髪の頭は地に落ちた。

処刑が終わり、楊素が煬帝への報告書を認《したた》めていると、楊玄感が父の本営にやって来て、訪客《ほうきゃく》があることを告げた。

「陳智深《ちんちしん》と名乗っております。蕭摩訶の旧《ふる》い部下で、ぜひ彼の屍《しかばね》を引きとって手厚く葬《ほうむ》りたい旨《むね》、申し出てまいったのですが」

蕭摩訶は逆賊として処刑されたのだから、屍を葬られる権利さえない。あえて礼をもって葬ろうとする者は、罰さえ受ける覚悟が必要であった。だが楊素は、話を聞き終わると、あっさり答えた。

「屍を渡してやれ。蕭摩訶にはよい部下がいたようだな」

「主君には恵まれなかったようでございますが」

息子の声に楊素は答えず、ふたたび報告書の筆を動かしはじめた。彼が煬帝の忌避《きひ》を買い、無念の死に追いこまれるのは、これより二年後のことである。

……蕭摩訶について、「陳書《ちんしょ》」はつぎのように評している。

「蕭摩訶の気は三軍《さんぐん》に冠《かん》す。当時の良将《りょうしょう》にして、智略《ちりゃく》無しと雖《いえど》も、一代、匹夫《ひっぷ》の勇《ゆう》なり。李広《りこう》の徒《と》というべきか」

李広は前漢《ぜんかん》の勇将。「石に立つ矢」の故事で有名だが、武帝《ぶてい》にうとまれて自殺した。蕭摩訶は、生前《せいぜん》、関羽や張飛に喩《たと》えられていた。李広を含め、いずれも稀世《きせい》の勇者であったが、生をまっとうした者がひとりもいないことは、何やら暗示的であるように思われる。

猫鬼《びょうき》（隋）

隋《ずい》の沈光《しんこう》は字《あざな》を総持《そうじ》といい、呉興《ごこう》の産である。彼の年齢が二十六、官職は折衝郎将《せっしょうろうしょう》のときというから、煬帝《ようだい》の大業《たいぎょう》十二年（西暦六一六年）のことだ。

当時、天下は文字どおり麻《あさ》のごとく乱れ、諸方に群雄がおこって朝廷の権威をおびやかしていた。討伐の官軍はしばしば敗れ、ただ河南討捕大使《かなんとうほたいし》の張須陀《ちょうすだ》が孤軍《こぐん》よく賊軍を圧倒するのみであった。数年来、統治者としての責任を放棄して遊楽に逃避していた煬帝は、この年七月、ついに京師《みやこ》をすて、江都《こうと》の地に玉座を遷《うつ》した。行幸《みゆき》という形だが、二度と京師に帰る気はなかった。

江都は後世、揚州《ようしゅう》と呼ばれる城市《まち》で、長江の北岸に位置し、大運河との結節点をなす。港には大小無数の船が群れつどい、市場には米と魚があふれ、風光も気候も北方に比べて明るく温和である。

他の地方は戦乱のただなかにあったが、江都の内外には十万の精兵《せいへい》がおり、賊軍が近づきようもなかった。暗夜の灯火さながらに、江都は治安のよさと繁栄をかがやかせていた。

陰暦《いんれき》八月の後半、江都は涼秋《りょうしゅう》のただなかにある。

この月、沈光は非番であった。宮廷にいると心楽しまぬことが多いので、妓楼《ぎろう》に足をむける夜が、沈光には増えている。その夜も深更《しんこう》まで酒と歌舞《かぶ》にひたり、妓女《ぎじょ》たちになごりを惜しまれながら妓楼を出た。夜風に酔いをさましつつ街路を歩む。あとは家で寝るだけのことだが、単なる安寧《あんねい》と悦楽《えつらく》とは彼にはものたりなかった。満たされぬ想《おも》いで夜空を見はるかしたとき、ふいに何者かの悲鳴が耳に弾《はじ》けた。

悲鳴は高く鋭かった。人間のものではない。猫《ねこ》の声でもあろうかと思われた。

この夜、雲の流れが速く、月光はしばしばさえぎられて地上の明るさが一定しない。常ならば猫の悲鳴など気にしないのだが、ふと沈光は興味をそそられた。

長剣をふるい、騎馬隊の先頭に立って賊軍を撃ちしりぞけることこそ武人の本懐《ほんかい》、と、彼は思っている。だがなまじ皇上《こうじょう》（皇帝陛下）の近臣となったばかりに、退廃しきった宮廷にとどめおかれて、戦場へ赴《ゆ》くことを許されぬ身であった。むしろ危険を求めて、沈光は悲鳴の方角へと足を動かした。

雲の影に追われて、一匹の猫が沈光の前方によろめき出た。それ自体が夜の一部を切りとったかのような黒い猫である。力つきたか、身体が揺れて路上に倒れこむと、起きあがることができない。歩みよって、沈光は猫の傍《そば》に片ひざをついた。

「おや、傷ついているな。心ない酔漢《よっぱらい》にでも斬りつけられたか」

人間に対するように、猫に語りかけた。猫はただ翡翠《ひすい》色の瞳を光らせて沈光を見つめている。

沈光が手を伸ばすと、猫は弱々しいが鋭い鳴声をあげ、前肢《まえあし》をひらめかせて沈光の手をはらった。爪《つめ》が皮膚を切り裂いて、沈光の指から手の甲にかけて赤い紐《ひも》が浮きあがった。沈光は怒らなかった。猫の後方に、点々と血の滴《しずく》が落ちて連珠《れんじゅ》を描いている。出血はなおつづき、傷は明らかに刀剣によるものだ。人に殺されかけたとあっては、敵意をいだくのは当然であろう。

沈光は袖口から絹の手巾《ハンカチ》を何枚か取りだし、すばやく猫の傷口をふさいだ。妓女たちから贈られたばかりのものだが、惜しんではいられない。

もがく猫を抱きあげたとき、夜気が動いた。不吉な動きが殺到してきた。月光の細片《さいへん》が地上に落ちたかと思われたのは、白刃のきらめきである。

一邸の高い塀《へい》に、沈光は背をあてた。三方をかこむ黒々とした影の一群に、不敵な笑みをむける。

「その猫をわたせ、さもなくば生命はないぞ、とでもいいたいのであろうが、無益だぞ。脅《おど》されるほどに、おれはものわかりが悪くなるのだ」

沈光は機先《きせん》を制した。猫一匹を救ったことで危険にさらされることになった自分の立場を楽しんでいる。もっとも、先方にしてみれば、沈光のほうこそ危険な男と思えたにちがいない。

おしころした声をひとりが発した。

「浅慮《せんりょ》のかぎりよな。猫一匹のために生命を軽《かろ》んじるか。不孝もきわまるというものだぞ」

「よいではないか。女ひとりのために国が亡びる例もあることだ」

口先で戯《たわむ》れながら、敵の人数を確認する。八人。それと彼らの後方にひとり、闇に溶《と》けている。

沈光は武勇と義侠《ぎきょう》をもって後世に名を遺《のこ》す人である。このていどの人数では敵として不足なほどであったが、傷ついた猫を抱いているのでは戦いづらい。

彼を包囲した剣の円陣《えんじん》は、音もなく半径をちぢめてきた。だが沈光は恐れる色もない。むしろ悠然《ゆうぜん》として白刃の輪を見まわしている。

月が雲に隠れた瞬間、剣士たちの殺気が炸裂《さくれつ》し、沈光にむかって数本の白刃が振りおろされた。彼らは大きくよろめき、地を踏み鳴らした。全員が空《くう》を斬ったのである。沈光の姿が消えている。狼狽《ろうばい》した剣士たちは、周囲の闇を見まわしたが、ふたたび雲が切れると、「あっ」と声を洩《も》らしてひとりが上方を指さした。

猫を抱いたまま、沈光は六尺余の高さを跳《と》んで、塀の上に立っていたのである。

おどろきあわてる剣士たちを見おろして、沈光は一笑し、そのまま塀の上を走りだした。平地を行くような、危《あや》うげのない足どりであった。

剣士たちの狼狽は頂点に達した。もはや他の方策をめぐらすだけの余裕もない。沈光を追って地上を走りだす。後方から鋭い声が彼らを呼びとめようとした。それが人の声ではないことを、沈光は確信した。

一瞬、立ちどまって闇をすかし見ようとしたとき、一条の光が声の方角から走って、沈光を打った。目に見えぬ何かに強くはたかれて、沈光は塀から足を踏みはずした。落ちる。同時に、駆けよったふたりの剣士が、白刃をかざしておそいかかった。

だが鈍い音とともに転倒したのは剣士ふたりのほうであった。地上に飛びおりると同時に沈光は片手で猫を抱いたまま片手で倒立《さかだち》し、はねあげた両足を回転させて、一瞬でふたりを撃ちたおしたのだ。

倒立もまた沈光の特技であったことは、「隋書《ずいしょ》・沈光伝《しんこうでん》」に記述がある。

もともと沈家は江南《こうなん》の出身である。沈光の父沈君道《しんくんどう》は陳《ちん》の宮廷につかえて吏部侍郎《りぶじろう》にまで出世した。陳が滅亡して後は隋につかえ、煬帝の弟である漢王《かんおう》・楊諒《ようりょう》の幕府《ばくふ》で書記官となった。漢王が叛乱をおこして敗滅《はいめつ》したので、当時、幕府は廃され、沈君道は追放されて失意のうちに死去した。

遺《のこ》された妻子は、たちまち困窮《こんきゅう》するはずであったが、そうはならなかった。沈光はまだほんの少年であったが、その武芸は尋常なものではなかった。ただ一本の棍《ぼう》をもって、商家を苦しめる無頼漢《ぶらいかん》や盗賊を打ちのめし、多額の謝礼をえて母を養った。魏《ぎ》の曹植《そうしょく》の詩を好み、笙《しょう》を吹き、瀟洒《しょうしゃ》な美少年であったから、女たちにも騒がれた。

禅定寺《ぜんていじ》という大きな寺院が建立《こんりゅう》されたとき、高位の貴族から庶民まで数万人が集まって一大法会《ほうえ》がもよおされた。このとき、十五丈《じょう》の高さを持つ幡竿《はたざお》が立てられていたが、どういうわけか頂点で紐《ひも》が切れ落ちてしまった。このままでは旗をかかげることができない。

人々は騒ぐだけで何もできなかったが、ひとりの少年があたらしい紐をたばねて口にくわえ、まるで猿《ましら》のように幡竿の龍頭《てっぺん》まであがって紐を結びなおした。そして両手を離して跳躍したかと見ると、空中で数回転して地上に両手をついて着地した。人間業《わざ》と思えぬ身軽さに、人々は熱狂的な拍手を送った。

「肉飛仙《にくひせん》」という外号《あだな》が彼につけられたのはこのときである。そして十二年後、その外号は彼に刃をむける者たちの口からも発せられた。沈光の神技を見て、彼の正体を知ったのである。

「肉飛仙か」

その声には、おどろきだけでなく、これはまずいといいたげな響きがあった。誰が命じたわけでもなく、彼らはいっせいに剣を引き、身をひるがえした。倒れたふたりの同志をかかえおこしていったのは感心なことである。

追いたいところだが、傷ついた猫のほうが気にかかった。沈光の腕のなかで、猫は身じろぎもせず、ごくわずかな呼吸音がするだけである。沈光を信頼したというより、抵抗する気力も体力もないのであろう。

猫をかかえて沈光は急ぎ帰宅した。独身で、別棟に従僕の老夫婦がいるだけだから、家族を騒がせる気づかいはない。

「どうもおおげさなことになってしまったが、これも縁というものだろう。何とか助かってほしいものだが……」

沈光は大きな竹の籃《かご》に綿いれの衣を敷いて猫を寝かせ、傷口を洗い、薬を塗ってやった。何年も戦場を往来《おうらい》してきた沈光には、すくなからず医薬の知識と技術があった。さらに掌《てのひら》に薬を塗って猫になめさせると、猫は楽になったとみえて眠りに落ちた。

奇妙な夜だった、と思いつつ、沈光は枕頭《ちんとう》に剣をおいて自分も眠った。

翌朝、籃をのぞいてみると、猫は死んではおらず、沈光の顔を見て弱々しく鳴いた。沈光は猫の頭をなでてやり、厨房にはいって粥《かゆ》をつくった。浅い皿に粥を盛り、吹いてさましてから猫に食べさせようとした。だが猫は目を閉じて、食事に関心をしめそうとはしない。沈光は困惑した。

ふと気づくと、窓の外に人影がたたずんでいる。室内をのぞきこむ態度は悠然たるもので、あやしげではなかったが、沈光は愕然《がくぜん》とした。彼に察知されず、ここまで接近してくる者がいようとは思わなかった。

青い袍《ほう》をまとった、恰幅《かっぷく》のよい白髯《はくぜん》の老人であった。沈光が立ちあがって近づいても、動じる色もない。若い主人が何かいうより早く、老人はやはり悠然と口を開いた。

「あの猫を助けたいかな」

「……さよう、何とか助けてやりたい」

「では籃を窓の近くに移すがよい。よく月の光をあびられるようにな。夜まで何とか保《も》たせることじゃ」

そういうと、老人は沈光に背を向けた。ゆったりした足どりであったのに、沈光がいそいで屋外へ出てみたとき、すでに姿は見えなくなっていた。

老人の言が不審ではあったが、他に方法もない。沈光は籃を窓辺に移し、夜になるまでつきそって、水をやったり傷薬を塗りかえたりした。妓楼の女たちがこのことを知ったら、さぞこの猫に嫉妬したことであろう。

日が暮れると、またいつの間にか、朝方の老人が窓の外にたたずんでいた。無言で夜空を指《さ》すと、銀色の半月が空にかがやいている。と、猫が弱々しく鳴いて身じろぎした。身をささえてやると、空を見あげて口を開く。

老人が満足げにうなずいた。

「ほれ、月に向かって大きく口を開《あ》けておろう。これは月の精気を吸っておるのじゃよ」

「これで助かりましょうか」

老人が凡者《ただもの》でないと悟ったので、沈光は鄭重《ていちょう》に尋ねた。老人は目を和《なご》ませてうなずくと、沈光が名を問うより早く、夜気に溶《と》けこむように姿を消してしまった。

猫が鳴いた。つい先刻までの弱々しさが薄れ、活力がそそぎこまれたかのようだった。沈光は安心し、籃に敷く衣服をあたらしいものに替え、掌《てのひら》に水をためて猫になめさせた。

猫がやがて眠りに落ちたので、沈光も寝ることにした。まる一日、猫にかまけていたので、食事も従僕がととのえた簡素なものを口にしただけである。酒を口にしなかったのも、非番の月になって最初のことだった。それに気づくと、沈光は苦笑せずにいられなかったが、たまにはよかろうと思った。

夢を見た。黒っぽい服を着た若い女が、沈光にむかって拝礼している。顔はよくわからないが、美しいにちがいない、と、沈光は夢のなかで確信していた。

女はつぎのようにいった。

「このたびは言葉につくせぬほどの御恩をこうむりました。このうえ申しあげるのは身のちぢむ思いでございますが、左道《さどう》の徒に殺されたわが子らを供養《くよう》してやっていただければ幸いでございます」

さらに女は、子供の屍体がある場所を告げ、拝礼をくりかえして消えていった。

目をさました沈光は、起きて籃をのぞきこんだが、猫の姿はすでになかった。事のついでと思い、夢で女が告げた正應寺《せいおうじ》に出かけることにした。猫の死骸をさがすことが、酒と女にふけるより無意味なこととは思えなかった。

夢で告げられた寺の北西の竹林に、それは見つかった。血と泥にまみれた仔猫《こねこ》の死骸が三つ。

「ああ、これは哀れな」

沈光は仔猫たちの屍体を布につつみ、僧たちに供養《くよう》を頼んだ。

人ならぬものを供養することに、僧たちは当初、難色《なんしょく》を示したが、沈光は百万の説教にまさるもので彼らの意思を変えさせた。銀子《ぎんす》を受けとった僧たちは、仏の慈悲が禽《きん》獣《じゅう》におよぶ旨《むね》をくどくどと述べたて、埋葬《まいそう》と読経《どきょう》を型どおりにすませた。

「俗界ばかりか、仏界もあまり清浄とはいえぬようだ」

そう思いつつも、仔猫たちの死骸を野ざらしのままにしておかずにすみ、多少は沈光も気が安まった。

寺を出るとき、沈光がさりげなく竹林の方角へ視線をやると、靄《もや》にかすむような女性の姿が見えた。黒っぽい服をまとい、両手をあわせて沈光を拝《はい》している。沈光が足をとめて身体ごとそちらをむくと、女の姿はかすれて消え去った。心に沈光はうなずき、家に帰った。

するとまたあの老人が来訪した。もはや慣れてしまった沈光が、老人を客庁《きゃくま》にまねきいれて夢の話をし、仔猫を供養したことを語ると、老人はすべてを承知した風《ふう》で教えてくれた。

「あれはな、金華《きんか》の猫じゃ」

金華とは土地の名である。梁《りょう》の時代には郡であったが、隋の世になって婺州《ぶしゅう》と改称され、その下に金華県がおかれた。理由はさだかではないが、金華の地に生まれた猫は、他の土地の猫にくらべて妖異《ようい》の力が強く、変化《へんげ》して人をまどわすという。

「金華猫は男の前では美女となり、女の前では美男に化けるそうな」

沈光には、思いあたる点があった。だが口には出さず、老人の話に聞きいった。この老人の正体にも、むろん興味があったが、やがて口にしたのはべつのことである。

「金華猫とは人を害するものでござるか」

「怪異をなすものではあるが、人を害するとはかぎらぬ。人家で三年飼われると、そのふるまいが尋常《ふつう》の猫と異《こと》なってくる」

夜の間ずっと屋根の上にうずくまり、月にむかって口を開くようになる。月の精を吸いこみ、生命力と妖力をたくわえるのだ。充分にたくわえると、深山幽谷《しんざんゆうこく》、あるいは仏教寺院にはいりこみ、巣をつくる。なるべく俗世とかかわらないためだというが、必要とあらば妖力を用いて人をたぶらかす。その金華猫を猫鬼《びょうき》として使えば、人を害する力はおそろしいものとなる。そう老人は語った。

「猫鬼とは？」

「人は死ねば鬼《ゆうれい》となる。猫も同じことで、それを猫鬼という」

「祟《たた》るのでござるか」

「祟るのではない、呪《のろ》うのだ」

老人は訂正した。

目に見えぬ猫鬼が、呪いをかけられた者にとりつき、歯と爪を内臓に突きたてる。その人は内臓をえぐられ、嚙《か》み裂かれ、もだえ苦しんでついには死ぬ、というのである。

隋の時代、独孤陁《どつこだ》という男がいた。独孤とは奇妙な姓だが、南北朝以来の名門で、煬帝の母である独孤皇后の生家である。つまり隋王朝にとっては外戚《がいせき》にあたる。

独孤陁は字《あざな》を黎邪《れいや》という。大将軍に叙《じょ》せられ、延州刺史《えんしゆうし》を兼ねて権勢をふるったが、「隋書・外戚伝」によれば左道《さどう》を好んだ。左道とは、西方世界でいう黒魔術のことである。蠱毒《こどく》と呼ぶこともある。

独孤陁の家には阿尼《あに》という名の侍女がおり、「常に猫鬼を事《こと》とす」と「隋書」に記されている。専属の黒魔女をかかえていたわけである。

猫鬼の術を用いるのは、人を苦しめて殺すだけでなく、その財産をも手にいれるのが目的であったという。独孤陁はしばしば阿尼に命じて富豪を殺し、財産を奪った。

ほどほどにしておけばよいものを、ついに独孤陁は自分の異母姉《いぼし》である独孤皇后を呪殺《じゆさつ》して財産を奪おうとたくらんだ。当時の宰相である高熲《こうけい》がその陰謀を察知した。以前から独孤陁が横暴無法《おうぼうむほう》であったうえ、財産の増えように不審な点が多すぎるので、ひそかに監視していたのだ。

宰相の命を受けた将軍楊義臣《ようぎしん》によって、独孤陁はとらえられ、呪殺の証拠が発見されたので、死刑の判決が下った。だが一族あげて必死に助命《じょめい》を願ったので、罪一等を減じられ、官職と財産のすべてを没収されて追放された。ほどなく死んだが、死因は不明である。

この事件は先代の文帝《ぶんてい》の御宇《みよ》におこったことだが、文帝が死去して煬帝《ようだい》が即位すると、独孤陁の名誉は回復され、銀青光禄大夫《ぎんせいこうろくたいふ》という栄誉ある称号まで贈られた。奇妙なことだが、裏面《りめん》に何かあったのだろう。呪法が宮廷内の権力闘争と深くかかわりあう、という例は、古来めずらしくない。

「猫鬼の術は、多くの猫の死を必要とする。死なねば鬼になれぬという道理じゃな。先夜、あの金華猫がおそわれた理由はそれにちがいないが、宮廷の重臣で、昨今《さっこん》、原因不明の重病にとりつかれている者はおらぬかな」

「調べてみましょう」

さほど困難な調査でもなかった。許国公《きょこくこう》の地位にある宇文述《うぶんじゅつ》という老貴族が、病のため宮廷に姿を見せなくなっている。まるで針で心臓や肺を突き刺されるような苦痛におそわれ、急速に衰弱しているというのであった。煬帝も心配して医師をさしむけ、治療にあたらせているが、病因がつかめず、医師も困惑するばかりである、と。

「許国公がな……」

許国公・宇文述は朝廷で最有力の重臣である。門閥貴族の出身で、煬帝にとっては少年時代からの友人であった。武将としても宰相としても、いちおうの手腕はあったが、後世の評価は厳しい。煬帝の失政《しっせい》や苛政《かせい》をいさめるべき地位にあったのに、そうしなかった。むしろ煬帝の意を迎えるのに汲々《きゅうきゅう》として、すすんで協力した。煬帝が江都に玉座をうつしたのは、むろん彼自身の意思によるものだが、熱心に賛同したのは許国公であった。積極的に悪をなすという型の人物ではなかったが、公人としての気骨《きこつ》と識見《しきけん》に欠けていたことは事実のようである。

「許国公の陰謀によって族滅《ぞくめつ》された一家もある。あるいはその残党が、猫鬼を用いて復讐しようとしているのだろうか」

思案《しあん》しつつ、沈光は、老人に事情を報告した。老人はうなずいた。意外そうなようすは見られない。

「おそらく許国公は猫鬼にとりつかれておること疑いない。それでどうなさるおつもりかな」

「許国公を恨む者は多い。それはしかたないことだが、蠱毒《こどく》やら左道やらを用いて人を害するというのは、こころよいことではござらんな」

さらに重大な疑惑がある。許国公は、いわば被験者《ひけん》であるにすぎず、呪殺が成功したとき、つぎの標的となるのは皇上《こうじょう》ではないか。

「医師もほどこす術《すべ》がないとすれば、猫鬼とやらをしりぞけるには、いかがすればよろしいでしょうか」

沈光が問うと、老人は興味をこめて沈光を見やった。

「許国公を救いたいとお考えかな」

「左道によって人が害されるのも、国政が動かされるのも、こころよしと申せませぬ」

沈光の若々しい顔から視線を離して、老人はふいに歎息《たんそく》した。

「許国公に、せめて渤海郡公《ぼっかいぐんこう》の半分も気骨があればのう、民の災禍《わざわい》は半減《はんげん》したであろうに」

渤海郡公とは、文帝の宰相であった高熲《こうけい》のことである。剛直な正論の人であったが、すでに世を去っている。煬帝を正面からいさめて、死を賜《たま》わったのであった。

「渤海郡公と知己《ちき》でいらしたのか」

やや探りをいれる心算《つもり》もあって沈光が問いかける。老人は口を開いたが、答えたのは最初の問いに対してであった。

「左道から逃《のが》れるには、その術をおこなう者を斃《たお》せばよいのじゃ。猫鬼とて同じこと。術者を探しだしてこれを討てば、おのずと術は解け、病人は救われよう」

「ではそういたします」

あっさり応じながら、沈光は思った。金華猫にどれほど妖力があろうとも、それを殺して呪術に利用する人間のほうが、よほどに恐ろしいではないか。古来《こらい》、国は人間によって亡びるもの、妖異によって亡びたという例を聞かぬ、と。

「そうする、とはいうても、どうやって術者の所在を突きとめるつもりかの」

「ご老人に甘えたいと思うております」

さらりといって沈光は笑った。老人も苦笑した。

「意外とずうずうしい男じゃの」

「御礼はさせていただきます。今後とも猫を見るとき心安らかでありたいゆえ、お力ぞえいただきたい」

「ほしくもないものを提供したところで、謝礼にはならんぞ。だが、まあよい、乗りかけた舟というものじゃ」

最初から、拒否する気はなかったにちがいない。老人は沈光に命じて、先日、傷ついた猫を寝かせておいた籃を持って来させた。猫が寝ていた布を手にとって、血の染《し》みと毛とを確認し、小さな陶器の瓶をとりだして、なかの香ばしい液体を布に四、五滴ふりかける。

「独孤陁《どっこだ》は官爵《かんしゃく》を剝奪《はくだつ》されて死に、妻は仏門《ぶつもん》にはいった。独孤陁の家は絶えて、すべては終わったかに思えた。二十年以上も前のことじゃ。ところが、実際に猫鬼の術を用いていた阿尼《あに》なる女は、その終わる所を知らずという」

「逃げたのですか、それとも……」

何者かが口を封じるために密殺《みっさつ》したのか。

「ま、すぐにわかろう。わしの考えているとおりならな。この術を使えるようになるまで、わしにも歳月が必要じゃった」

老人は口を閉ざした。感傷《かんしょう》にとらわれかけた自分を引きもどしたようであった。さらにもう一種、今度は粉薬をふって呪文を誦《しょう》す。

ある気配に、沈光は窓辺をかえりみた。

翡翠色の瞳を持つ黒い猫が、窓の縁にうずくまって、老人と若者を見つめていた。沈光が立ちあがると、老人がいった。

「猫についていくがよい。屋根を走り、塀を跳《と》ぶであろう。天下でおぬしひとりにそれができるはずじゃ」

「不敏《ふびん》なる身に、ひとつだけ教えていただきたい。犯人は阿尼なる女性《にょしょう》でござるか」

「さて、人間の女といえるかな。金華猫を害しうる者は金華猫しかおらず、金華猫は恩も怨《うら》みも千年にわたって忘れぬとか」

それ以上は聞けなかった。窓から庭へ、跳びおりる猫を追って、沈光は走り出さねばならなかった。

老人の推測は完全に的中して、沈光は屋根を走り、塀を跳び、月光の青白い池のなかで躍った。途中、地上にいる官兵《かんぺい》たちに姿を見られたこともあるが、夜、しかも一瞬のことで、正体には気づかれずにすんだようだ。

猫が沈光をみちびいたのは、安国寺《あんこくじ》という寺であった。すでに廃寺《はいじ》となっており、僧たちの姿は見えない。金華猫は寺を好むという。沈光は確信した。阿尼という女は金華猫の化身であり、自分の同族を殺してまで猫鬼の術を用いたのだ。主家である独孤一族の復讐をとげるためであろうか。

月光の下、沈光は本堂に忍びより、しばし内部の気配をさぐった。

音をたてずに剣の鞘《さや》をはらう。

彼が広間に躍りこんだとき、灯火をかこんで呪詛《じゅそ》の行をおこなっていた者たちは仰天して立ち騒いだ。皿が割れて猫の血が飛散し、人骨を焼いた灰や、屍毒を浸《し》みこませた土などが散乱した。

ほとんど一瞬で、沈光は、躍りかかってくる敵をふたりまで逆に斬ってすてた。たじろぐ者たちにおだやかな声をかける。

「全員を斬るつもりはない。左道に与《くみ》するをやめて疾《と》く立ち去れ」

沈光がただひとりとは思わなかったにちがいない。「事成《ことな》らず」と口々に叫ぶと、彼らは先を争って逃げだした。

灯火の傍にいた人物だけが逃げなかった。それは白い服を着た老女で、無礼な侵入者をにらみすえる目に業火《ごうか》が燃えていた。見る間に口が左右に裂け、指がちぢんで爪が飛び出し、肌に白毛が密生しはじめる。

沈光は無言で床を蹴り、強烈な斬撃《ざんげき》を送りこんだ。したたかな手ごたえがあった。音をたてて灯火が倒れ、血まみれの白衣が彼の頭上に落ちかかる。

一瞬の空隙《くうげき》に沈光は見た。人身ほどもある大きな白い猫が、血の糸を何十本も曳《ひ》きながら天井へと躍りあがるのを。そして大猫は天窓をくぐり、屋根へと逃《のが》れ出た。

さすがに高さ三丈もの天井にとびつくことはできず、沈光は床に倒れた灯火を踏み消してから、外へ走り出る。

屋根の上で、激しい争闘《そうとう》のひびきがおこった。たけだけしい闘気が膨張し、炸裂する。

沈光は、自分が手を出せるような闘いではないことを悟り、声をのんで立ちつくした。

ほどなく、ひときわ高い絶叫がおこり、沈光の眼前に何かが落下してきた。

それは咽喉《のど》を嚙み裂かれた、年老《お》いた猫の死骸であった。沈光は、怪猫《かいびょう》が完全に息たえていることを確認すると、視線を上方に転じた。屋根瓦《がわら》の上に、半ば瓦の色に溶けこんだような猫の姿があった。

「子供らの仇を討ったか」

沈光が声をかけると、猫は翡翠色の瞳で彼を見おろして低く鳴いた。剣をおさめて、沈光はさらに語りかけた。

「おぬしが人であれば一献《いっこん》を楽しみたいところだが、金華猫は俗界を忌《い》むそうな。世の乱れや濁《にご》りから遠ざかり、どこぞの深山《しんざん》で平穏に暮らすがよい」

猫はもうひと声鳴くと、屋根の上を音もなく走って沈光の視界から消えさった。沈光も怪猫の姿が灰と化するのを見とどけてから踵《きびす》を返した。歩きながら朗唱《ろうしょう》したのは、曹植《そうしょく》の詩だが、いくつかの字句が変えてある。

門に万里《ばんり》の客有《あ》り
君に問う　何《いず》れの郷《くに》の人ぞと
本《もと》は是《こ》れ金華の産《うまれ》なるに

今は江都の猫と為《な》る
行き行きて将《まさ》に復《ま》た行かんとし
去り去りて故郷に返《かえ》らん

許国公の死が伝えられたのは数日の後であった。剽然《ひょうぜん》とあらわれた老人に、沈光がそのことを告げると、老人は考えるように白髯をなでた。

「すると猫鬼を用いた者どもは、結局、目的を達したということになるのかな」

「人は呪法などによっては死なぬもの。許国公は命数《めいすう》がつきて亡くなったのでござろう。死因について他人が口をはさむべきものでもござるまい」

「善哉善哉《よきかなよきかな》」

おだやかに老人は笑い、ことさら別離のあいさつをするでもなく背をむけて歩きさった。沈光はあえて声をかけず、見送って一礼すると、部屋にもどって官服に着かえた。彼は朝廷の臣であり、さぞ盛大であるだろう許国公の葬儀に参列せねばならなかった。

二年後、煬帝が許国公の遺児たちによって弑逆《しいぎゃく》されると、沈光は主君に殉《じゅん》じて死んだ。江都の妓女たちは、多く沈光のために泣いた。彼女たちが碧水楼《へきすいろう》という妓楼の高閣《たかどの》に集まって故人《こじん》を偲《しの》んでいると、ひときわ悲しげな声が屋根の上でひびいた。見あげると、月にむかって一匹の猫が鳴いていたが、女たちの視線に気づくと、身をひるがえしていずこともなく消えていったという。

右は「江北春夢録《こうほくしゅんむろく》」に見える話である。真偽のほどはさだかではない。「子不語拾遺《しふごしゅうい》」にも同様の話があり、それによると、沈光に猫鬼のことを教えた老人は楊義臣《ようぎしん》であるという。楊義臣は隋の名将で、盛名《せいめい》を忌《い》まれて宮廷を追われ、仙人になったとも僧になったとも伝えられる人だ。彼を惜しむ人々が、歴史から消えた人物を説話の世界によみがえらせたものであろう。

たしかなことは、猫鬼の術がその後、正史《せいし》にはあらわれなくなったということである。ゆえに一般的に、猫鬼の術は隋の独孤《どっこ》一族をもって絶えたといわれ、前掲の諸書《しょしょ》に術の具体的な描写が欠けているのはやむをえぬ仕儀《しぎ》ということになろうか。なお、独孤陁および阿尼の実在性について疑う人は、「隋書・外戚伝」をご一読いただければ幸いである。

寒泉亭《かんせんちん》の殺人（唐・盛唐）

大唐玄宗皇帝《だいとうげんそう》の天宝《てんぽう》二載《さい》六月のことである。

宰相の位に上った詩人王維《おうい》、字《あざな》は摩詰《まきつ》が、「長安《ちょうあん》の客舎、熱、煮るが如《ごと》し」と嘆じたように、この年の夏も長安は耐えがたい炎暑《えんしょ》のなかにあった。

豪商鄭従徳《ていじゅうとく》の邸内では、庭師の李彪《りひょう》が、楡《にれ》の巨木がつくる影のなかにすわりこんで、瞳を灼《や》くような白い輝きに満ちた昼下りの庭園を、疲れきった表情で眺めていた。彼の視線は、ともすれば一点にそそがれがちだった。広大な庭園の隅に小さな建物がある。屋根と柱だけで壁のない亭《ちん》であったが、内部は李彪の目には見えない。彼の視線をさえぎるのは銀色にきらめく水の幕である。屋根の上に水が引いてあり、それが四方の簷《のき》から流れ落ちて雨のように亭全体を包んでいるのだ。どういう工夫《くふう》になっているのか精《くわ》しいことは李彪は知らない。

この亭が建てられたのは昨年の晩春だったが、そのとき大工が、大食《アラビア》渡りの工夫だということだけ教えてくれた。李彪が知っているのはそれだけである。ただ効用のほどは、文字どおり身に沁《し》みている。一度だけなかを見せてもらったことがあるのだ。なかにはいると外界の炎暑が嘘のような涼しさで、しまいには肌寒く感じたほどだった。それだけに外に出たときの暑さはひとしおだったが。

夏の間あの亭で寝起きできたらどんなにいいかと李彪は思う。どうせ主人の鄭従徳は夏の間、城外の杜曲《ときょく》の別業《べっそう》へ避暑に出かけて長安にはいないのである。五月には出かけて、もどってくるのは涼秋八月の声を聞いてからなのだから、何も大金をかけてあんな物を建てる必要はないのだ。

しかしそこは金持の見栄《みえ》である。宰相だった王鉷《おうこう》は邸内にこの種の亭を建てて自雨亭《じうてい》と称している、豪商劉逸《りゅういつ》なども同じものを築いて、盛夏といえども暑熱《しょねつ》を知らずと豪語しているそうだ、また宮中にもこれを大規模にした涼殿という建物があるとか、といった話を聞くと、自邸にそれがないのは沽券《こけん》にかかわる気がしたのだ。さすがに鄭従徳だ、豪勢なものじゃないか、という評判が立つだけでもむだにはならないという考えだった。

夏を除く季節には水を流すのをやめて普通の亭として使用している。そして夏は汪群《おうぐん》が占領して書院に使っていた。

汪群は鄭家の居候《いそうろう》である。もっともただの居候ではない。彼の生家は揚州《ようしゅう》で五指にはいる豪商である。国子監《こくしかん》を受験するため、多額の生活費とともに長安に送りこまれてきたのだ。

李彪は汪群が嫌いだった。とにかく意地の悪い男なのだ。年齢は二十そこそこで李彪より五、六歳下なのだが、学問のない下男風情《ふぜい》がという表情を隠そうともしない。昨日も昨日で、やはり暑さにうだった李彪が楡の木影で涼んでいると、傍《そば》を通りかかって声をかけてきた。

「おい、あんまりなまけてばかりいるなよ」

この野郎、と思ったが、非礼なまねはできない。おとなしく答えた。

「陽が翳《かげ》るまで少し休もうと思っただけです」

「雲ひとつない碧空《あおぞら》だ。陽が翳るまで休むというのは、陽が沈むまでなまけっぱなしということにならないかね」

言うだけ言うと、さっさと歩き去った。単なる皮肉ではなく、言うことに毒があった。李彪がその後すぐ炎熱の庭に出て仕事を始めたのは汪群の言葉に服したからではなく、汪群のまき散らした毒気が木影に立ちこめているような気がしていたたまれなくなったからである。毒気にあてられるより、暑さを怺《こら》えるほうがましというものだ。

その汪群は今、李彪が視線を向けている亭の中で午睡をむさぼっている。その亭は寒泉《かんせん》

亭《ちん》と名づけられていた。名づけたのは汪群自身である。つまり彼は昨春から鄭家に居ついているのだが、国子監にはいまだに合格していないのだ。何が寒泉亭だ、毒泉亭《どくせんちん》とでも名づけるがいい、と汪群と仲の悪い文人が言ったという話は李彪を喜ばせた。汪群を嫌っているのは、何も李彪ひとりに限ったことではなかったのである。

李彪は溜息をついて大儀《たいぎ》そうに立ち上がった。そういつまでも休んではいられない。今日も雲ひとつない碧空で、陽が翳るのを待っていたら、昨日の汪群が言ったように、じっさい夕方になってしまう。

そのとき李彪に声をかけた者があった。やはり鄭家の居候で、汪群と同い年の趙広《ちょうこう》である。これは成都《せいと》の産で、これまた国子監受験のために今春長安に出てきているのだ。受験生としては汪群より後輩だが、人間はこちらのほうがよほどできている、というのが李彪の意見だった。

「汪君はやはり寒泉亭かい？」

趙広はそうたずねた。物言いが汪群のそれと比べて格段におだやかである。

「はい。でもお昼寝中だと思いますが」

「かまわないさ。呼ばれたのは私のほうなんだから。何でも詩のことで議論を闘わせたいと彼が言うのでね」

趙広は手ぶらだった。強烈な陽光に目を細めながら、

「暑いのに御苦労さま」

微笑して言うと、寒泉亭にはいって行った。

寒泉亭の出入口にはむろん水の幕はかかっていないが、羅帷《らい》が二重にかかって直射日光をさえぎり、また左右に氷柱が置かれて、外の熱気を入れないようになっている。なお亭の四囲には幅二尺ほどの小さな堀がめぐらされていて、屋根から流れ落ちる水を受けていた。

李彪は、趙広が寒泉亭のなかに姿を消したのを見とどけてから、庭の草むしりを始めた。ときおり、楡の木影に逃げこんでは涼みながらであったが。

一刻も経ったであろうか、むしられた雑草が両腕に余るほどの小高い山になった頃、趙広が寒泉亭から出てきた。やはり手ぶらのままである。

「汪君が、冷えた瓜《うり》を持ってきてくれと言っているよ」

と彼は李彪に告げた。

「お話はもうおすみで？」

「ああ、すんだ。すんだとたんに、もう用はないから帰ってくれと追い出されたよ」

失敬な男だ、と李彪は趙広のために汪群に対して腹を立てた。

「趙さまは瓜はお要《い》りではありませんか？」

「私は要らない。ここでしばらく涼んでいくよ。ああ、いい風だな。これがほんとうの涼しさというやつだ。あの亭のなかは寒いくらいで、かえって心地《ここち》悪い」

趙広は楡の幹によりかかって立ち、頰《ほお》をなぶる風が快さそうに目を閉じた。

李彪は厨房《ちゅうぼう》に行って、そこの係の老人に氷室から氷と瓜を出してもらった。厨房には大きな窓があって、そこからは楡の木とそれによりかかった趙広の姿が見える。

老人は鑿《のみ》で氷を砕きながら李彪に話しかけた。

「汪さまはいつまでこの邸にいるつもりなのかね？」

「さあね、おれには見当がつかない」

「国子監に合格なさるまでじゃろうか」

「だとすれば、永久にこの邸にいるかもしれないな。去年も今年もだめだった。来年だって合格するとは限らない」

「わしはあの人は好かん」

老人は気短にいって、氷片の山を深皿に空《あ》けた。今度は瓜を包丁で割《さ》きながら、

「どうもあの人には毒気がある。わしは好かん。好きになれんのじゃよ」

「おれだってあの人は嫌いだよ。でも旦那さまの友人のお子さんだというし、第一、おれ

たちがいくら嫌ったところで仕方ない」

悟ったような言い方をしたが、むろんこれは李彪の本心ではない。感情を露骨《ろこつ》に出せないのが雇い人の辛いところである。自然、李彪の顔は苦《にが》くなった。

するとお老人は包丁の手を休め、声をひそめて言った。

「お前さん、知ってるかね」

「何を？」

「汪さまが趙さまの女を取ったという話さ」

李彪は思わず眉《まゆ》を上げた。

「ほんとうかい、それは」

「ほんとうだともさ」

老人は李彪の反応に満足したらしい。窓越しに趙広の姿を見やり、悦《えっ》に入った声で、

「平康坊《へいこうぼう》の歌妓《かぎ》なんじゃよ、二人が争った女というのは。この春、趙さまが上京して来なさったとき、汪さまが無理に遊里《ゆうり》につれて行きなさった。趙さまはそこでひとりの歌妓に一目惚れなさってな。汪さまの紹介でせっせとその女のもとに通いなさったんじゃ」

「というと、汪さまはもとからその女を知っていなさったのかい？」

「それそれ、そこじゃよ。それまで汪さまはその女に大した興味は持っていなさらなんだ

のに、趙さまが夢中になると邪魔をしてやろうという気になりなさったのさ。あの人には毒があるとわしがいったのはそこじゃよ。で、つまるところ邪魔だては成功した。遊里の女なんて大体が浮気もんじゃし、見た目は、そら、汪さまのほうが女好きがするしな」

「ひどい奴だな」

李彪はうめくようにいって腕を組んだ。彼の表情と言葉の烈《はげ》しさに、老人はいいすぎたと思ったのか、なだめるような口調になった。

「まあ、ものは考えようさ。そんな薄っぺらな女に深入りせずにすんで、趙さまはむしろ運がよかったかもしれんて」

そして、氷片と割いた瓜をのせた深皿を李彪に手渡した。冷たい感触が李彪の掌にひろがった。

長安城内の治安をあずかる金吾衛《きんごえい》は左右に分かれている。鄭従徳邸は昭国坊《しょうこくぼう》にあり、ここは左金吾衛の管轄だった。

派遣されてきた役人は二十二、三歳の、いかにも駆け出しといった印象を与える若者だった。名は淳于賢《じゅんうけん》といった。この若者は、呉煥《ごかん》という副官格の部下を、殺人現場である寒泉亭の検証にやり、十人ばかりの下っぱは邸内の各処に見張に立たせておいて、自分は邸の主人鄭従徳の書院に陣どり、訊問を始めた。

単に訊問といっても、三十人からの人数が相手だから、なかなか大変なのである。それでも鄭従徳が家族全員と雇い人の大半を避暑先へ引きつれていったからこの人数ですんだので、他の季節であったら淳于賢は百人以上の男女を訊問しなければならなかったろう。

広い書院も三十人の男女でいっぱいになった。涼をとるためすえられた数本の氷柱も、あまり役に立たない。興奮した人間たちの体から発散される熱気にあてられて、淳于賢は辟易《へきえき》したようすで額の汗をぬぐった。

「鄭大人が留守の間の責任者は誰かね？」

彼の問に、額のはげあがった初老の男がおずおずと答えた。

「私です」

「殺された汪群という人は、ここの御主人とどういう関係だったのかね？」

大して重要でない質問がいくつかすんだところへ、呉煥がはいってきて検証を終えたことを告げた。

淳于賢は次の間に移って報告をくわしく聞いた。

「死体のようすはどうだった？」

「床にうつ伏せに倒れており、鼻から薄く血が流れていました。その他はまったく外傷はありません」

「頸《くび》に索《つな》か指の痕《あと》は？」

「それもまったくありません」

「ふむ。索の痕があれば、死体を発見した李彪が怪しくなるのだがな。この邸に着いてすぐ李彪の身体をあらためさせたら、袂《たもと》からかなりの長さの紐が出てきた」

「そのことは私も知っています。なかなか事はうまく運ばないものですな」

呉煥の声には、年少でもあり経験もすくない上司をあざけるような響きが含まれていた。淳于賢はそれに気づかないようすで、

「当人は、そんな物には覚えがないといいはっている。自分の知らない間に誰かが袂のなかに放りこんだのだ、とね。その申し立てが正しいとすれば……」

「どのみち大したことでもないでしょう。少なくとも汪群は頸を絞《し》められて死んだのではないことはたしかなのですから」

「そりゃそうだが」

「刺殺でも斬殺でもない。すると残るのは撲殺か毒殺です」

「撲殺といったって、外傷はなかったのだろう？」

「そうです。しかしたとえば砂嚢《さのう》のように、重くても柔らかな物なら、外傷を作らずに撲殺できます」

「しかし砂嚢なんか現場になかった。そうだね？」

「たとえばの話です」

「最後は毒殺か。しかしこれはちょっと手におえないな。我々の知っている毒薬の種類なんて数えるほどだ。大食《アラビア》や波斯《ペルシア》あたりから、どんな効果を持つ未知の毒薬が流れこんでいるか見当もつかない。世の中、少し広くなりすぎたよ」

淳于賢はぼやいたが、呉煥は取りあわずに、

「訊問で何かわかりましたか？」

「そうだな。まず汪群という男は程度の差こそあれ、接する人間のほとんどに嫌われていたらしい。それとつい先日、趙広の女を取ったそうだ。感心しない話だね」

「それは聞きずてなりませんな」

「そう思うだろう？　実にけしからん」

「私がいっているのは、それが趙広の犯行を証明する鍵になるかもしれない、ということです。徳義《とくぎ》上の問題ではありません」

「しかし趙広は寒泉亭にはいるときも、そこから出るときも手ぶらだったということだ。

李彪と、厨房の係の老人、二人の証言がある。李彪はともかくとして、もう一方の証言を疑う理由はないね」

「死体が発見されたときのようすはどうだったのです?」

「李彪と趙広の話を総合するとこうだ。李彪は瓜をのせた深皿を両手にかかえて寒泉亭にはいった。すると床の上に汪群が長々と伸びている。最初は寝ているのかと思って、深皿を卓の上に置いてそっと出ようとした。ところが汪群の鼻から血が流れ出しているのに気づいて、体にさわってみた。死んでいるとわかってからしばらくその場に呆然としていた。それから我に返って、亭をよろめき出た。その顔が土色になっているのを見て、趙広がおどろいて駆け寄り、どうしたのかと訊ねた。李彪は答えようとしたが声にならない。趙広は李彪の両肩をつかんで激しく揺さぶった。それで李彪はやっと声を出して汪群が死んでいると告げた。趙広は亭のなかに飛びこんでそれを確認し、亭のなかの物にはいっさい手をつけず、金吾衛に急報した。——以上だ。何か啓発《けいはつ》されるところがあるかね?」

「何もないようですな」

「今のところあやしいのは李彪と趙広だ。何しろ亭に出入りしたのはあの二人だけなんだからな」

「趙広が出て李彪がはいるまでの間に、誰かが出入口の反対側から水の幕を破って侵入したとも考えられます」

「だとすれば侵入者はずぶ濡れになっていたはずだ。床に水が落ちていたかね？」

あんがい鋭いところがあるな、という表情を呉煥はした。

「それはありませんでした。しかし、出て行くときにふいたということも……」

「亭の床には何か敷いてなかったかね？」

「波斯《ペルシア》風の厚い絨毯《じゅうたん》が敷きつめ……」

言いさして呉煥は口を閉じた。絨毯に水が泌みこめば、そう簡単にふき取れるものではない。

呉煥は考えこんだ。ややあって、

「すると犯人は李彪か趙広とお考えで？」

「まだわからない。ここで壁になるのは、殺害方法が不明だということだ。したがって凶器も見当がつかない。畜生、いったいどうやって殺したのだろう。二人とも出てきたときは手ぶらだった。ということは、この二人のうちどちらかが犯人なら、凶器は亭のなかに残っているはずなんだが……」

「亭のなかには、卓がひとつと腰かけが四つあるきりでした。それから卓の上には書物が十数冊と、李彪が運びこんだ瓜の深皿が置いてありました。その他は何にも」

淳于賢は溜息をついた。

「私の観察眼は君におよばない。だから検証は君に頼んだんだが……」

「申しわけありません」

「あやまることはないさ。しかしね、ほんとうにいうことはそれだけしかないのかね？　たとえば、卓上の書物はどんな種類の物だったとか」

「重要なことですか、それは？」

「くだらんことさ。でも、どんなところにきっかけがあるかわからないからね。卓の脚にどんな彫刻がほどこしてあったとか、何でもいいから思い出してくれないか」

「わかりました」

呉煥は目を閉じて亭内のようすを思いおこそうと努力した。そしてそれを次々と口に出した。卓は円形で、脚には亀と蛇の彫刻がしてあったこと、書物は「魏晋南北朝全詩《ぎしんなんぼくちようぜんし》」の第一巻から第十六巻までで、二、三冊めくってみると新しい折り目が何カ所かついていたこと……。

淳于賢が少し首をかしげて問うた。

「その折り目というのはどんな風についていた？」

「どんな風といって——そうですな、ななめに何枚かまとめて折れているのが大部分のようでした」

淳于賢の目が光った。何か思いあたるところがあったように。

「もう少し精《くわ》しく思い出してくれ。それらの書物はこう四隅――じゃない、四辺のなかほどが凹《へこ》んでいなかったかい?」

「はあ、そういわれればたしかに」

「しめた!」

淳于賢は思わず大声をあげ、呉煥があわててそれを制した。書院にいる連中に聞えたら大変だ。

「すまない、つい興奮した」

「何か心当たりでもあるのですか?」

「せくな、せくな」

そういう淳于賢のほうが、よほど落ち着きがない。

「それじゃ、次が一番大事なところなんで、しっかり返事してくれ。書物は、魏晋南北朝全詩の第一巻から第十六巻までだといったね。どういう順序で置かれていた?」

「順序どおりです。第一巻、次に第二巻、と」

「各巻に番号がついていたのかね?」

「そうです」

「それは、一、二、三……という風にかね？　それとも壱、弐、参……という風にか？」

「壱、弐、参のほうです」

「巻壱には誰の詩がのっていた？」

「私は詩には弱いので――しかし表紙に魏武帝《ぶてい》と書いてありました」

「そうだ。それでいいんだ。多分、巻弐は魏文帝《ぶんてい》で、巻参は陳思王《ちんしおう》となっているはずだが」

「そのとおりです」

淳于賢は満足したように、上気した顔でうなずいた。

「最後に知りたいことがある。李彪は文字が読めるだろうか？」

「さあ、気がつきませんでしたな。たぶん読めないと思いますが。そんな教育はうけていないでしょう」

「私もそうだと思うがたしかなところを知りたいんだ」

「方法はいくらでもあります。しかしそんなことを知って、何か利益があるのですか？」

淳于賢は幸福感を抑えきれないような笑い方をした。

「益だって？　益はあるさ、李彪が文字を読めないなら汪群殺害の犯人が趙広だということがはっきりする」

「まだ私にはよくわかりませんな」

夜光杯《やこうはい》を手にしたまま呉煥がぼやいた。

「わからないって、何が？」

一息に飲み干した葡萄酒《ぶどうしゅ》の酔がまわってきたのか、淳于賢は赤くなった頬を掌《てのひら》でたたきながら陽気にいった。

二人は宣陽坊《せんようぼう》のとある酒場にいた。趙広を汪群殺害の犯人として収監《しゅうかん》してから、まだ半刻もたっていない。

「何もかもですよ。そもそも、趙広はどうやって汪群を殺したのです？」

「撲殺したのさ」

「何を使ってですか？」

「書物。あそこにあった詩集を使ってだよ」

呉煥は唖然《あぜん》として若い上司の顔を見つめた。淳于賢は楽しそうに体をゆすって、

「信じられないらしいね」

「いや——しかし——書物なんかで人間を撲殺できるものでしょうかね」

「ある程度の重ささえあればね。それとやはり勢いというか圧力だな。十六冊の書物を紐でひとつにくくり、その紐の端を持って振り回せば、これは相当な物になる。一撃では昏《こん》倒《とう》するだけだろうが、何度も繰り返せば死に至らしめることができるだろう。現に趙広は成功している。紐と書物、この二つが合体してはじめて凶器となるので、別々になっていれば何の変哲《へんてつ》もない品物だ。書物が殺人に使われるなんて誰も思わないし、絞殺でないことがはっきりしている以上、紐にも注意を払うだけの価値はないしね」

「紐——そうそう、紐といえば李彪の袂から出てきた奴がそれなのですか？」

「そうだ。李彪の両肩をつかんで揺さぶったときに、趙広が彼の袂にすべりこませたのさ。気が動転しているときだし、紐の重さなんて無きに等しい。気づかれる心配はまずない」

「書物の四辺のなかほどに凹みがある、というのは紐で縛った跡だ、ということだったのですね」

「そのとおりさ」

「それにしても、それだけのことでしたら李彪が犯人だともいえるのじゃありませんか？
趙広が犯人だという決め手は何だったのです？」

「それは君のおかげでわかったのさ。君が書物に新しい折り目があるのを思い出してくれたおかげでね。紙が何枚かまとめて斜めに折れている。これは書物が高いところから開きかげんに落ちたことを示している。そうでもなければこんな折り目がつくはずはないんだ。で私は想像した。犯人は書物を縛った紐を卓の端で解いたのだが、あわてていたので、書物をばらばらに床の上に落としてしまったのだとね。さて次が問題だ。ばらばらに落ちた書物を、犯人はどうやって順序どおりに並べ直すことができたのだろうか？　字が読めない者にそんな芸当ができるわけがない——そこで全部わかった」

「趙広にしてみれば、詩集を床に落としたのが千慮《せんりょ》の一失《いっしつ》というわけですか？」

「千慮の一失？　いや、それは趙広を買い被《かぶ》った見方だね。実際のところ、趙広が汪群を殺した手口はかなり雑で幼稚なものだった。たしかに凶器は奇想天外だったが、それでさえ、成熟した頭から生み出されたものとはいえない。書物が人殺しに使えるなんて、まともな人間が考えつくものか」

呉煥はにやりとした。とすると、それを看破した淳于賢の頭はどういう構造になっているのだろう。

するとと淳于賢は酔眼《すいがん》を彼に向けて、

「君のいいたいことはわかっているよ」

といった。

「私の頭は趙広と同様、あまり成熟してないいんだ。だからこそあの謎が解けたんだが」

「私は何もそんなつもりは……」

「ま、いいから、いいから。今、私は自慢とも自嘲ともつかないことをいったがね、何もむきになってあんな謎に取り組まなくとも、犯人は挙《あ》げられるんだ。何せ趙広は人を殺すのにあんな時間と場所を選んで、みずから犯人の範囲を限定してしまったんだから。怪《かい》力乱神《りょくらんしん》を信じるなら別だが、そうでないかぎり犯人は李彪か趙広の他にはあり得ない。とにかく彼は、やたらと小細工は弄《ろう》するくせに、肝腎《かんじん》なところは抜けているんだ。まったらない男だよ。運のない男、と同情してやってもいいがね」

「運のない、というのは、あなたがこの事件を担当したことですか?」

「いや、汪群のような男と知り合ったことがさ」

沈黙が降りて、二人は杯を重ねた。

再び呉煥が口を切った。

「寒泉亭は取りこわされるでしょうかね?」

「たぶんね」

「何のために建てられたかわからん亭でしたな」

　淳于賢は夜光杯を目の高さに上げて、血の色をした液体ごしに呉煥を見つめた。そして奇妙な微笑を浮かべていった。

「なに、我々の俸給が上がるくらいの役には立ったさ。世の中、完全なむだということはないよ」

黒道兇日《こくどうきょうじつ》の女（唐・中唐）

唐《とう》の李愬《りそ》は字《あざな》を元直《げんちょく》といい、李晟《りせい》の息子である。父子《ふし》ともに唐王朝に忠誠をつくした名将として知られるが、父が偉大であるため、「旧唐書《くとうじょ》」においても「新唐書《しんとうじょ》」においても子は独立した伝をたてられず、父の伝に付記された形となっている。

元直はおさないころ生母と死別し、口数のすくない少年として育った。父親の李晟は吐蕃《チベット》の大軍と戦ってこれを撃破し、国内の叛乱をいくつも平定するなど武勲かず知れず、西平郡王《せいへいぐんのう》に封じられた。この時代、父親が栄達《えいたつ》すれば子も出世するものだが、元直は任官《にんかん》すらしなかった。李晟は潔癖《けっぺき》な人で、重臣の子が何の功績もないのに父親の名声によって出世する、ということを嫌ったのである。朝廷のほうで気を使い、元直に銀青光禄大夫《ぎんせいこうろくたいふ》という地位をあたえた。

元直が二十一歳のときに父が死去した。そのころ彼はしばしば長安の都を離れて各地を旅している。それがいずれも藩鎮《はんちん》の所在地である。藩鎮というのは、朝廷が各地においた軍団司令部であるが、強大な兵力を擁《よう》して朝廷の命令をきかず、しばしば民衆に虐政《ぎゃくせい》をもってのぞみ、叛乱をおこして天下を騒がせた。半独立の、地方的な軍事独裁政権といえばわかりやすいであろう。藩鎮の横暴をおさえるために李晟は力をつくしたが、あるいは息子に命じて各地の藩鎮のようすを探らせたという想像をしてもよさそうである。

徳宗《とくそう》皇帝の貞元《ていげん》十七年（西暦八〇一年）のこと。二十九歳の元直は黄河下流の北岸を騎《き》行《こう》していた。

西に青く山脈がかすむだけで、他にさえぎるもののない平原地帯は、魏博《ぎはく》の藩鎮の支配地である。名高い安禄山《あんろくさん》の叛乱から五十年近くを経《へ》て、この一帯は朝廷の威令《いれい》がおよばぬままに、無法地帯となりはてていた。

魏博の藩鎮は七万という大兵力を擁しており、勢力はひときわ強い。朝廷がこれを討伐するには最低でも十万の兵力を必要とした。兵力は何とか集まるにしても、それを指揮する人材がいない。天下の藩鎮に畏《おそ》れられていた名将李晟はすでに世を去り、以後、官軍には将器《しょうき》が不在とされていた。

河岸に楊柳《ようりゅう》の広大な林があり、元直はそこで馬を休めようとした。だが馬を林にいれた瞬間、休息と無縁の光景に出あった。十人ほどの兵士が林間の空地にむらがっている。藩鎮に所属し、法を守らず、民を害することで「驕兵《きょうへい》」と呼ばれる者たちであることが、見ただけでわかった。

ひとりの少女が驕兵に包囲されていた。年齢は十五、六歳であろうか、旅装《りょそう》しており、左手には何やら丸い大きな包みをさげている。驕兵たちは気まぐれに旅の少女をおそい、よからぬ目的をとげようとしているものと見られた。

元直は父ゆずりの義俠《ぎきょう》の人である。弱者や女性の危難を見すごしてはおけなかった。十対一でも戦う覚悟をして近づこうとしたとき、野獣の咆哮《ほうこう》が林のなかにひびきわたった。

虎ほどの力感はないが、鋭い威圧的な声は、驕兵たちを一瞬すくませるに充分だった。元直も、いきなり背後からおそわれてはたまらないので、周囲を見わたした。まったくためらいなく動いたのは少女だった。白い繊手《せんしゅ》が襟《えり》もとに走る。

少女の手に短剣があった。それが白く閃光を描いたと見ると、賊のひとりが絶叫をあげて倒れた。宙に血の花びらが散り、それを少女は軽々と避けて後方へ跳《と》んでいる。

少女をのぞく全員が凝然《ぎょうぜん》として立ちすくんだが、我に返ると驕兵たちは怒声を発して少女に躍りかかった。ふたたび短剣がひらめいて血が飛散する。

少女の身体が今度は上方へ跳ぶ。樹の枝に両手をかけ、一回転して枝の上に立つ。猿《ましら》もおよばぬほどの軽捷《けいしょう》さだった。

騎兵たちは憤怒《ふんぬ》と狼狽にはさみうたれながら、弓をとり、樹上へ矢を放とうとした。元直は馬に飛び乗った。もはや見物している余裕はない。

元直は騎射《きしゃ》の達人でもあった。馬を走らせつつ、弓をとり、矢をつがえ、引きしぼって射放すと、弦《げん》のひびきに応じて男のひとりが倒れた。少女も騎兵たちも、斉《ひと》しく、矢の飛来した方角へと視線を向ける。

その間にも元直は馬を駆り、あらたな矢をつがえ、またしてもひとりを射倒した。樹々の枝や葉に視界をさえぎられながらの妙技《みょうぎ》であった。

騎兵たちは怯《ひる》んだ。少女ひとりでももてあましていたものを、さらに強力な助勢《じょせい》があらわれては、怯まざるをえない。それでもなお決断がつかずにいたようだが、突然、樹々の間を縫って躍り出て来た一匹の豹《ひょう》が兵士のひとりを引きずり倒すと、ついに悲鳴をあげて逃げ出した。

元直も豹も彼らの後を追わなかった。少女が上った樹の下で、人と野獣は睨《にら》みあう形になる。

元直が第三矢をつがえ、豹が跳躍の姿勢をとったとき、樹上から叱咤《しった》の声が降ってきた。豹が緊張を解いて地にすわりこむと、ふわりと鳥が舞うように少女がその傍に降り立った。

弓をおろした元直があらためて見ると、少女は美しかった。唐代は豊麗な女性がもてはやされ、楊貴妃《ようきひ》がその代表とされるが、この少女はむしろすらりとした繊細な美しさで、いわば六朝《りくちょう》型の佳人《かじん》であった。眉《まゆ》や鼻の輪郭《りんかく》がくっきりして、両眼は光彩《こうさい》に満ちている。自分のほうが年長であるのに、元直は何やら圧倒された。いささかは豹のことを気にしながら、自分の姓名と官位を名乗り、少女の姓名と身分をたずねた。

一礼して少女はきびきびと答える。

「わたくしは姓を聶《じょう》、名を隠《いん》と申します。父の姓名は聶鋒《じょうほう》と申しまして、魏博の都知兵《とちへい》馬使《ばし》をつとめておりました」

都知兵馬使といえば藩鎮でも最高級の武官で、数千人から数万人の兵力を指揮する身である。内心、警戒しながら、元直は問わずにいられなかった。そのように有力な士人《しじん》の家の娘が、従者もつれず、こんな場所で何をしているのか。

「家に帰ります、五年ぶりに」

奇妙な話というしかない。元直は好奇心を禁じえず、少女に話をうながす形となった。豹がうずくまる傍で、少女は語りはじめた。

聶隠は地方の大官である父の家で生まれ育ち、たいせつにあつかわれて、おだやかで平凡な幼少期をすごした。

　聶隠が十歳のとき、ひとりの年老いた尼《あま》が邸第《やしき》を訪れた。埃《ほこり》にまみれた貧しげな服装の尼で、父親の聶鋒は当惑しつつも、いくばくかの銀子《かね》をあたえて立ち去らせようとした。ところが尼は老顔に奇妙な微笑をたたえて、銀子は不要である、という。

「では何か食物か衣類でも進《しん》ぜよう」

「せっかくですが、ほしいものは他にございます」

「それはいったい何かな」

「お宅のお嬢さまです。すぐれた資質がおありで、ぜひ手もとにおいて育てたく思いましてね」

　聶鋒はおどろき、ついで激怒した。家僕《かぼく》を呼んで尼を邸第から追い出させたが、翌朝になってみると少女の姿は消えていた。夜間に拐《さら》われたものと思われ、大さわぎして探し求めたが、ついに見つからなかった。

　聶隠は尼に手をとられ、風と雲のなかを走って、尼の住居につれていかれたのである。

「どこか山の奥でした。半年ほどは、旅人や猟師の姿さえ見ませんでした」

　そう聶隠はいう。松や蔦《つた》が生《お》い茂った山中に谷川が流れ、大きな石の洞窟《どうくつ》があって、尼はそこに住んでいた。人の姿はなく、猿や鹿を見かけるだけであった。尼は隠娘にさまざまな秘薬《ひやく》を服《の》ませ、武芸を教え、さらに仙術《せんじゅつ》を修《おさ》めさせた。聶隠は逃げようとは思わなかった。修業は厳しかったが、それ以上に楽しかったのだ。

秘薬の効果か、一日ごとに身が軽くなり、猿《ましら》より迅《はや》く樹に登り、枝から枝へと苦もなく飛びうつれるようになった。短剣は、手に持って揮《ふる》っても、投げても、一撃で虎や熊の急所を刺して斃《たお》せるようになった。豹《ひょう》や隼《はやぶさ》と語りあい、意思を通じあえるようにもなった。薬草や毒物もあつかえるし、仙術を駆使して、人の眼前を横切りながら姿に気づかれないようにもなった。

四年が過ぎると、尼は彼女に向かっていった。

「もうお前に教えることは何もない。じつはお前に武芸をしこんだのは、虎や熊より有害な猛獣を討たせるためだったのだよ」

「虎や熊より有害な猛獣と申しますと？」

「人の皮をかぶって冠を着けた奴らだよ」

尼は彼女に命じ、清河《せいが》郡に住むある大官《たいかん》の名を告げた。公金《こうきん》を横領し、民を苦しめて栄《えい》耀栄華《ようえいが》をほしいままにしているその男の首を取っておいで、と命じたのである。

聶隠は清河郡におもむき、その大官がたしかに民を苦しめているのを確認した上で、邸第《やしき》に忍びこんで、一刀で首を打ち落とした。邸第を守る三百人の私兵《しへい》は、彼女を妨《さまた》げることも擒《とら》えることもできなかった。

聶隠が持ち帰った首級を確認すると、尼はうなずいて「合格だよ」といい、彼女に珠《しゅ》玉《ぎょく》で飾った宝剣《ほうけん》を渡し、家に帰るように命じた。ただ、帰る前にもうひとり民を害する大官の首を取ること。成功すれば世が騒ぐから報告の必要はないこと。もはや聶隠に他の生きる方途《みち》はないから、これからは人の皮をかぶった猛獣どもを討ち、彼らが不正に奪った財貨《ざいか》の一部を得て生活の資《し》とすること。それらを告げて、尼は彼女を人里へ送り出した。聶隠は、尼の命令を受けてその大官を殺し、いま故郷への道をたどっているのだという……。

「ではあなたは刺客《しかく》となったのか」

信じられぬ思いで元直が問うと、隠娘は黙然とうなずいて、豹をかえりみた。豹はいったん歩み去り、ほどなくもどってくると、くわえてきた布の包みを地に落とした。

聶隠は、丸いものを包んだ布の端を持つと、勢いよく振った。転がり出たのは人間の生首であった。半白《はんぱく》の髪が乱れ、充血《じゅうけつ》した眼を見開き、口もとを引きつらせた男の首であったのだ。

「淮西《わいせい》節度使・呉少誠《ごしょうせい》の首」

「……何と」

元直は息をのんだ。

呉少誠といえば先年、公然と朝廷に叛旗《はんき》をひるがえし、武力を恃《たの》んで横暴のかぎりをつくしてきた男だ。つい数日前、彼の陣営で何やら異様な騒ぎがおこり、その後あわてて軍が本拠地の蔡州《さいしゅう》城へ引き返したといわれている。事情が判明した。呉少誠は陣中でこの少女によって殺害されたのだ。

「あなたは朝廷に大功を立てたのだ。よければ私とともに長安の都へ赴《ゆ》かぬか。きっと恩賞を下されよう」

「興味がございません」

口調はやわらかいが、いっていることは辛辣《しんらつ》で容赦がなかった。

「森のなかにおりますと、朝廷のことなど、吹き去った風よりも遠いものとしか思えませぬ。まして藩鎮や驕兵が横暴のかぎりをつくし、民を害しているときに、朝廷は何をしておられるのでしょう。世に悪がはびこるのは、結局は朝廷の罪ではないのですか」

「それは……」

元直は返答に窮《きゅう》した。朝廷の臣としては聶隠の放言《ほうげん》に怒るべきだが、正論と認めざるをえなかった。

「朝廷も手をつかねているわけではない。いずれ将を育て兵を養って、藩鎮を抑制《よくせい》なさるだろう。すこし時間をもらいたい」

「ではそれまで、わたくしたちがすこしでも人の世の猛獣を取りのぞくしかございませんね」

少女はそういい、元直の顔をまっすぐ見つめた。表情が木洩陽《こもれび》をあびて甘くやわらいだ。

「師母《しぼ》にいわれました。家に帰るまでに好もしい男に出会ったら逃《のが》してはならぬ、と。永《なが》くつれそうことはかなわぬからこそ出会いをたいせつにせよ、と。わたくしを受けいれていただけますか」

大胆で唐突《とうとつ》な求愛であった。しかも女から男へ。幾重《いくえ》にも儒教の礼法《れいほう》に背《そむ》いている。だが最初から元直はこの不思議な少女に惹《ひ》かれていた。少女が差し伸べた手を取って、彼は我ながら滑稽《こっけい》な台詞《せりふ》を口にした。

「馬が豹に食べられるようなことはないかな」

少女は笑い出した。明るい笑声が大輪の牡丹《ぼたん》のようにひろがって元直をつつんだ……。

翌朝、めざめてみると少女の姿はすでになかった。豹もいない。あるていど予期してはいたので驚きはしなかったが、一陣の風によって夢をさまされたような、おぼつかない気分が元直をとらえた。

ふたたび会うことはあるまい、と思いつつ、元直は馬に乗り、長安への道をたどっていった。

十六年が経過した。

憲宗《けんそう》皇帝の元和《げんな》十二年（西暦八一七年）、元直《げんちょく》は四十五歳の壮年となっていた。官職は左散騎常侍《ささんきじょうじ》、鄧州刺史《とうしゅうしし》。朝廷の高官であると同時に、最前線の司令官であった。

元直は淮西節度使《わいせいしどし》呉元済《ごげんせい》の討伐に来ていた。淮西とは、黄河の南で長江の北、淮河《わいが》の上流を占める一帯で、東都洛陽《らくよう》にも近い。呉元済もその父親も、朝廷から許可を受けずに節度使を自称し、強大な軍隊を持ってかってにふるまっていた。何しろ三十年にわたって官軍は淮西の地を踏むことができずにいるのである。

呉元済は民衆から税を取りたててそれを着服《ちゃくふく》し、地方から長安へ送られる物資を強奪し、四方に兵を出して土地を併合《へいごう》し、掠奪や殺人をほしいままにする。呉元済の討伐を決定した宰相の武元衡《ぶげんこう》は、呉元済の盟友である李師道《りしどう》の放った刺客によって暗殺されてしまった。自分の邸第《やしき》を出て皇宮へ参上する途中で、毒矢を射こまれたのである。

こうなると朝廷としては絶対に呉元済を放置してはおけない。放置しておけば呉元済や李師道はさらに増長《ぞうちょう》する。これまで比較的、朝廷に対して従順であった他の藩鎮《はんちん》も、朝廷をないがしろにするようになるであろう。妥協も譲歩も、もはやありえない。大唐帝国の瓦解《がかい》を防ぐため、呉元済を討つしかなかった。かくして元直が勅命を受けるにいたったのである。

元直のおもな部下は、李佑《りゆう》、李忠義《りちゆうぎ》、丁士良《ていしりよう》、呉秀琳《ごしゆうりん》、田進誠《でんしんせい》、牛元翼《ぎゆうげんよく》などである。このうち李佑、李忠義、丁士良、呉秀琳はもともと叛乱軍の武将であったが、元直の奇略によって生擒《いけどり》にされた。彼らは死を覚悟したが、元直は彼らの罪を赦《ゆる》しただけでなく、武器を返し、兵をあたえ、武将として遇した。彼らは感激し、元直に忠誠を誓ったのである。

元直は彼らと相談し、着々と呉元済を討つ準備をすすめていた。だが呉元済の兵力は元直の十倍、しかも彼の居城蔡州《さいしゆう》は天下の堅城《けんじよう》である。これを陥落させることは容易ではなかった。

元直が最前線に着任したのは、この年一月。すでに十月となっていた。旧暦であるから冬にはいっている。しかもこの年、ことのほか寒気《かんき》が厳しかった。連日、雪が鉛《なまり》色の空から降りしきり、沼や池は凍結し、戦争などできる状態ではなくなりつつある。

「このまま年を越すわけにいかぬ。年内に呉元済を討つつもりで準備をすすめていたのに……」

十カ月にわたる苦労を、元直は想いおこした。いくつかの戦闘に勝ち、有能な敵将を幾人もとらえて味方にし、なおかつ呉元済に油断させる。奇術めいたことだが、元直はそれをやらなくてはならなかった。

「李愬《りそ》という男は無能者で、亡父李晟《りせい》の名声によって出世しただけだ。たまたま戦いに勝ったのも運がよかっただけだ。将兵の主力は投降した者たちで戦意はなく、呉元済が陣頭に立てば恐れて逃げ散るだろう。官軍など恐るるにたりず」

そのような噂を流し、戦略的に意義のない戦闘では敗走もしてみせた。何より重要なのは民衆を味方につけることであった。呉元済は武力に驕《おご》る無慈悲《むじひ》な男で、民衆を支配と搾取《さくしゅ》の対象としてしか考えていなかったから、民衆は官軍の勝利を望んでいた。呉元済の部下の兵士たちすら酷使《こくし》と虐待に耐えかねているという。それらの点ではすでに戦機《せんき》は到来しているのだが、天候は呉元済に味方するようであった。

攻撃が春まで延《の》びれば、その間、蔡州城の守りはますます堅くなるであろう。呉元済に味方する他の藩鎮、たとえば李師道などは図に乗って何か企《たくら》むかもしれぬ。朝廷の命運《めいうん》は、元直が呉元済に勝利をおさめうるか否か、その一点にかかっているとさえいえた。元直としても胃が痛くなる思いである。

半日、自室にこもって地図をにらんでいた元直は、寒気をおぼえて首をすくめた。窓が開いて雪まじりの風が吹きこんで来たのだ。立ちあがって窓を閉めようとした元直の歩みがとまった。

　窓際に女が立っている。足もとに豹《ひょう》がうずくまり、黄金色の瞳で元直を見あげていた。名を問う必要はなかった。

　聶隠《じょういん》は三十一歳になっているはずだが、二十五歳以上には見えなかった。六朝《りくちょう》様式でつくられた象牙《ぞうげ》の彫刻さながら、繊細で優雅で、微笑はあでやかだった。傍にいる豹は、十六年前に彼女とともにいた豹であるかどうか、元直には判断できなかった。

「ひさしくお会いしませんでしたな」

　ようやく元直がそれだけいうと、聶隠はうやうやしく礼をほどこした。

「李将軍には、このたび官軍をひきいて淮西の呉元済を討伐なさるとか。それをうかがって、招かれもせぬのに馳《は》せ参じました。お役に立てればと思いまして」

　思いもかけぬ聶隠の言葉だった。

「十六年前、わたくしは呉少誠を討ちとりましたが、結果として彼の地位は弟たる呉《ご》少陽《しょうよう》に引きつがれました。呉元済は呉少陽の子。今日《こんにち》、呉元済が暴威をふるうにいたった原因の一半《いっぱん》はわたくしにございます」

「志《こころざし》はありがたいが、これは官軍のなすべきこと。あなたは朝廷のために功を立てることはなさらぬはずだと思ったが、お考えを変えられたのか」

「以前も申しあげましたが、わたくしは朝廷に対してとくに忠誠の念はありませぬ。官軍の旗を立てていようとも、民を害する者たちには刃を向けて、逆賊となりましょう」

事もなげにいわれて、元直は返答できぬ。

聶隠はさらに語をつづけた。

「あなたさまは仁将《じんしょう》というお噂です。民衆に食糧をあたえ、傷病兵《しょうびょうへい》にはご自分で薬をつくって治療をほどこされるとか。感服《かんぷく》いたしております」

「それは過大な評価だ」

ようやく応《こた》えた元直の声に苦《にが》みがある。

「負傷や病気が癒《い》えた兵を、どうせ私は戦場につれていって死なせることになるのだ。かえって罪深いかもしれぬ。兵の家族らは私を恨《うら》むだろう」

聶隠が声もなく笑ったようであった。

「お言葉ですが、それはちがいましょう。どうせ死ぬのだから無慈悲にあつかってよい、ということになれば、人の世に善政も仁慈《じんじ》も必要ないということになります」

「それはそうだが……」

「それとも、あなたさまは聖人になりたいとお思いなのですか、武将ではなく？」

聶隠の口調が少女のころと変わらぬので、元直は不快ではなく、中断された夢のつづきを見るような幻妙《げんみょう》な気分を味わった。

　彼はひとつ頭を振った。兵の家族に恨まれることを恐れるようで、将軍の職がつとまるはずはなかった。彼は表情をあらため、この不思議な女に事情を説明し、軍事上の相談を持ちかけた。

「あらゆる策《て》を打ってきた。あとは一挙に蔡州城を衝《つ》くのみだ。だが今年の冬の早さはどうだ。雪が溶けるのを待っていては、攻撃は百日も将来《さき》のことになってしまう」

「呉元済もそう思っておりましょうね、きっと」

　と胸を突かれたように、元直は聶隠を見なおした。彼女が示唆《しさ》したのは、誰も予想しないこの時期に、思いきって奇襲を断行せよ、ということではないか。

「そうだ、しかも今日は黒道兇日《こくどうきょうじつ》だった」

　黒道兇日とは黄道吉日《こうどうきちじつ》の反対で、最悪の厄日《やくび》である。息をひそめて一日が終わるのを待つべき日とされていた。それはまさしく敵の意表をついて行動するに値する日ではなかろうか。元直は降りしきる雪を眺め、大きくうなずいた。

　振り向いたとき、音も気配もなく、聶隠の姿は豹とともに消えている。もはや時を浪費するつもりは元直にはなかった。彼は声をあげて部将たちを呼び、駆けつけた彼らに、兵士たちを武装させ集合させるよう指示した。部将たちは驚いた。

「ですが今日は黒道兇日でございますぞ」

元直より千年後の人々ですら、日の吉兇《きっきょう》を気にする。ましてこの時代、兇日に事を起こすなどあってはならぬことであった。だが元直は意に介せず、ただちに全軍の出動を命じた。十月十五日のことである。

官軍の総兵力は九千。これを元直は前・中・後の三軍に分けた。前軍三千の主将は李《り》佑《ゆう》、副将は李忠義《りちゆうぎ》。後軍三千の主将は田進誠《でんしんせい》、副将は牛元翼《ぎゆうげんよく》。中軍三千は元直が自身で指揮し、副将は丁士良《ていしりよう》、そして全軍の参謀は呉秀琳《ごしゆうりん》。充分に防寒衣を着用させ、身体を温めるために酒も持たせた。

いったいどちらの方面へ進軍するのか、不審そうな将兵に向かって元直はただこう告げた。

「東へ進むのだ」

元直はこれまで十カ月にわたって将兵との信頼関係を築きあげて来た。何か考えがあるのだろう、あるいは他の官軍と合流するのかもしれぬ。将兵はそう思い、降りしきる雪のなかを黙々《もくもく》と進軍した。

一糸みだれぬ行軍ぶりで、夕刻、第一の目的地に到着する。

そこは張柴村《ちようさいそん》と呼ばれる土地であった。もとはありふれた農村であったが、官軍が蔡州城を攻撃するときにはかならず通過する場所だというので、住民は追い出され、呉元済の部隊が柵《さく》と狼煙《のろし》台を築いて守備している。彼らに気づかれることなく、官軍は雪のなかを至近距離に迫った。

「一兵も逃すな」

非情ともいえる命令を、元直は下した。敵兵をひとりでも逃せば、蔡州城に急報がもたらされ、奇襲は失敗する。官軍は完全に村を包囲し、李佑が先頭に立って突入した。まず狼煙台を襲い、そこを守る敵兵をことごとく殺した。雪が血に溶けて泥濘《でいねい》となるほどの惨《さん》烈《れつ》な闘いとなり、そこから離脱しようとする者はすべて包囲網にかかって斬られた。元直の命令は完全に遂行《すいこう》され、逃れた敵兵はひとりもなかった。

闘いが終わると、元直は将兵に休息と食事の時間を与え、夜になったら進発してさらに東へ向かう旨を告げた。

李佑、李忠義、田進誠、丁士良らはたがいに低声《こごえ》で語りあっていたが、ついに全員がそろって元直の前に行き、目的地を明らかにするよう願った。元直ははじめて答えた。

「このまま蔡州城を直撃し、叛将呉元済を生擒《いけど》る」

元直の一言で、「諸将、色を失う」と「旧唐書《くとうじょ》」にある。勇猛な彼らさえ、主将がそれほど大胆なことを考えているとは思わなかったのだ。

色を失った彼らは、だが、すぐに覚悟を決めた。この吹雪のなか、もはや引き返すのは不可能である。それに元直によって救われた自分たちの生命ではないか。

「呉元済を討つべし！」

李佑が叫ぶと、諸将もそれに和《わ》した。

さらに雪と風が強まり、音をたてて荒れ狂うなかを、九千の官軍はふたたび前進した。官軍がこれほど決死の覚悟で行動するのは、信望あつい名将李晟の死後はじめてのことであった。

田進誠は古くからの元直の部下である。雪中の行軍をはじめたとき、もしや李佑が呉元済の間者として官軍を無謀な行動に誘い出したのではないか、と疑った。そのように後年、述懐《じゅっかい》している。これはむしろ自然な疑惑であったろう。だがその田進誠も元直と生死を共にする覚悟を決めており、兵を励《はげ》まして前進する。

ほどなく不思議なことがおこった。幻覚かと思えたが、官軍の前方に、豹に乗った女の姿があらわれ、しきりにさし招くのである。前軍を指揮する李佑は判断に苦しみ、使いの兵士を中軍に走らせて元直の指示をあおいだ。

「その女性《にょしょう》についていけ。かならず蔡州城に着く」

元直の指示を疑う余裕はない。李佑や李忠義は、豹に乗った美女をめがけて馬を進め

た。全軍がそれにしたがい、雪を踏んで進む。何かに憑《つ》かれたかのような進軍は、夜を徹してつづいた。

「新唐書《しんとうじょ》」によれば、「凜風《りんぷう》は旗を偃《ふ》せ肌を裂く」というありさまで、軍旗を立てることもできぬほどの強風が雪を舞い狂わせる。馬が倒れ、人も倒れ、それを助ける余裕もなく、ひたすら部隊は進んだ。全軍の一割から二割が脱落し、そのほぼ全員が凍死したものと思われる。行軍の苛烈《かれつ》さもさることながら、将も兵もついに不満を口にせず、総帥《そうすい》を怨むこともなかったという事実は、元直が統率者として成功したことを証明するであろう。

官軍のすさまじい執念は、ついに報われた。風が弱まり、雪もやみ、夜も明けかけたころ、前方に蔡州城の城壁が姿をあらわしたのである。

凍りついた睫毛《まつげ》を溶かすように、将兵の眼から涙があふれた。自分たちが戦史に類のない行軍を成功させたのだ、と思うと、疲労は陽光を受けた薄氷《はくひょう》のように消え去り、戦意はいちじるしく昂揚《こうよう》した。

元直は呉秀琳と丁士良をともない、湖水とみまごうほど広大な濠《ほり》の岸に立って城を偵察した。

濠は何らかの理由で水温が高く、凍結していなかった。その水面は黒々とした影におおわれている。その影が、眠りこんでいる鴨《かも》の群だということに気づくまで、いくばくかの時間を必要とした。おそらく数万羽にのぼるであろう。

丁士良や呉秀琳は危惧《きぐ》した。ひそかに攻撃せねば奇襲は成功しがたいのに、この鴨たちが騒ぎだせば敵に気づかれるのではないか、と。だがむしろ元直は喜んだ。奇策を思いついたのである。

「鴨たちには気の毒だが、濠に石を投げこめ。いっせいに舞いたたせるのだ」

命令は即座に実行された。兵士たちの手から、石や雪玉が濠へと投げこまれる。最初はわずかな水音がたつだけだったが、眠りをさまされた鴨が動きはじめると、数瞬のうちに状況は激変した。

形容しがたい音が炸裂《さくれつ》して、百羽、千羽、一万羽と鴨の群が宙へ舞いあがる。白と灰色だけの世界に、無数の黒い斑点が乱舞し、それが渦を巻いて人間たちの視界をおおいつくしていった。

数万の鴨の羽ばたきと鳴声は天地の間にとどろきわたり、城壁を守る兵士たちは耳をおおった。馬蹄《ばてい》のひびきも甲冑の音も聴《き》こえようはずがない。耳をおおいながら、視線は、乱舞する鴨の群に向けられたままで、突堤《とってい》上を殺到する官軍の姿にはなかなか気づかなかった。気づいたときには、数十の梯子《はしご》が城壁にかけられ、官兵たちが決死の形相で躍りこんで来ている。

呆然自失《ぼうぜんじしつ》のうちに乱刃《らんじん》をあびて、城兵たちは雪と氷の上に斬り倒されていった。

「敵だ、官軍だ！」

城兵の叫び声もまた鴨の羽ばたきにかき消される。狼狽しつつ剣をとって立ちむかおうとするが、準備にも戦意にも大差があった。雪をとかし、氷を彩《いろど》るのは、ほとんどが城兵の血であった。

暴風にまさる羽ばたきの音で、城内の住民たちもとび起きた。最初は不安に駆られていた彼らも、事情を知ると、官軍に呼応した。暴君である呉元済を倒すべき日が来たのだ。彼らは城兵に石や雪玉を投げつけ、官軍に道を教えた。

血と雪を蹴りたて、官軍は呉元済の居館《きょかん》へと殺到する。

呉元済は三十五歳、勇猛で覇気《はき》もあったが粗雑な男でもあった。官軍に急襲されるなど想像もせず、暖かな閨房《けいぼう》で女たちを相手に歓楽に耽《ふけ》っていた。そこへ駆けこんで来た部将との会話が「新唐書」に記録されているが、記述者は舞台劇的な効果をねらっているようにも感じられる。

「閣下、敵が攻めてまいりました」

「ばかなことをいうな。敵がこの雪中《せっちゅう》を来られるわけがない。住民どもが喧嘩《けんか》でもしているのだろう。朝になったら見せしめに幾人か首を斬ってやる」

「閣下、敵が城内に侵入いたしました」

「うるさいな。おおかた新参《しんざん》の兵士どもが酒や毛皮を支給しろとでもいって騒いでいるのだろう。放っておけ」

酒瓶《さけびん》を投げつけられて、部将は逃げ出した。主君に殉じる気はなく、いずこかへ行方をくらましたようである。

呉元済は帳《とばり》のなかでなお甘美な夢をむさぼろうとしたが、不意にその帳が斬って落とされた。寒気が吹きこんで来て、酒色《しゅしょく》に濁った呉元済の脳を冷《さ》ます。

彼が帳の外に見出したのは、北方の胡人《こじん》のように防寒用の戎衣《じゅうい》を着こんだ女の姿だった。後方に一匹の豹がしたがっている。女の美しさが呉元済の目を奪った。だが紅唇《こうしん》から走り出た声に柔媚《じゅうび》さはなく、鋭い厳しい言葉が呉元済を鞭《むち》うった。

「朝廷に背《そむ》くのはかまわないけど、お前が権勢をにぎったら民の災禍《さいか》はさらに大きくなるだろう。この三年、ほしいままに甘美な夢を見て来たお前だ。そろそろ牀《ねどこ》から起きる刻《とき》が来たとお思い」

「ほざくな！　舌の長い女め」

怒号すると、呉元済は枕頭《まくらもと》に置かれた大剣をつかみ、鞘《さや》を払った。ここ数日、酒色におぼれていても、危地に立って闘志を失いはしなかった。

帳から躍り出し、半裸の女たちが泣き騒ぐのを無視して、戎衣の女に斬りつけた。女の姿が消え、大剣は空を斬り裂いた。影のようなものが呉元済の身をかすめる。にわかに左足が激痛を発し、彼は床に横転した。

女の剣は、呉元済の左踵《かかと》の腱《けん》を一閃に断《た》ち切っていた。床に倒れた呉元済は起ちあがることができず、苦痛と屈辱にまみれて転げまわる。ひややかに女は呉元済を見おろし、剣を鞘におさめた。

「どうせ死罪となる身、ここで殺したほうが後のめんどうがなくてよいけれど、正式な裁判を、と、お望みの方がおいでだからね」

女の声に、青い煙がかさなってきた。ものの焦《こ》げる臭いが流れこんでくる。居館に火が放たれたのだ。

この火は田進誠が放ったものであることを、史書は明記している。いつまでも呉元済が居館から出て来ないものだから、燻《いぶ》りだそうとしたのである。そのままでいれば呉元済は焼け死ぬところであったが、女が彼の襟首《えりくび》をつかんで閨房の外に放り出したので、その姿を発見した田進誠が兵士たちとともに駆け寄って縛りあげた。

そのときすでに女の姿はない。

三十年にわたり、朝廷を無視して横暴のかぎりをつくしてきた淮西《わいせい》の藩鎮、呉一族はここに滅亡したのである。元直の作戦行動は、いくつもの点で中世の軍事常識を破った。黒道兇日に事をおこしたこと、夜間の雪中行軍を強行したこと、奇襲に際して積極的に大きな音をたてたこと。この劇的な勝利をもって、元直は奇略の人として史上に名を残すことになったが、「あれは一度きりのこと」と語り、その後ついに奇襲戦法を用いることはなかった。

蔡州城外にはなお呉元済の軍二万がいたが、官軍の武威《ぶい》を恐れ、戦わずして降伏した。呉元済をのぞく全員に、元直は寛大な処置をもってのぞんだ。呉元済をとらえて以後、ひとりの敵兵も殺さなかった、ということが「旧唐書」に特筆《とくひつ》されている。

すべての戦後処理を終えた元直が、蔡州城を去る直前、ひとりで城内を見てまわり、「今度こそもう会えぬだろうな」とつぶやいたことは、忠実な部将たちの誰も知らぬことであった。

「淮西の呉元済、滅亡す」

その報は天下にひろまり、驕りたかぶっていた各地の藩鎮に冷水《れいすい》をあびせた。朝廷の決意と官軍の強さを思い知らされたのである。

さらに元直が兵をひきいて平盧《へいろ》の藩鎮李師道《りしどう》を亡ぼし、暗殺された宰相武元衡《ぶげんこう》の仇を討つと、各地の藩鎮は反抗をあきらめた。生命がけで朝廷と戦う気骨などなく、武力を恃《たの》んで朝廷にさからい、民衆から搾取《さくしゅ》していただけの無法者たちである。つぎつぎと朝廷に降伏を申しこみ、一時的ではあったが朝廷の威信は回復された。

元直は唐王朝の中興《ちゅうこう》の名将として絶讃《ぜっさん》され、出世して同中書門下平章事《どうちゅうしょもんかへいしょうじ》となった。宰相である。

宰相となっても元直の生活は以前と変わらなかった。質素で読書を好み、外出するときはひとりで随従《とも》もつれなかった。書斎も飾りけのないものであったが、ただ東の壁に、宮廷画家の手をわずらわせたという一幅《いっぷく》の大きな絵がかかっていた。それは豹に乗り、短剣を手にした美女の絵で、人目を惹《ひ》くのに充分であった。

何者の絵か、と問われても元直は答えなかったが、かさねて問われると、黒道兇日を絵にしたものだ、と答えた。問うた人は呆《あき》れて、それは不吉である、と意見した。

人々が何といおうと、元直は笑って取りあわなかった。豹に乗った美女の絵は、元直の死にいたるまで書斎に飾られていた。彼が死去した翌日、家人が書斎にはいってみると、絵から美女の姿が消えていた、とも伝えられるが、最後の挿話《そうわ》はいささか蛇足《だそく》のようである。

騎豹女俠《きひょうじょきょう》（唐・中唐）

I

唐《とう》の憲宗《けんそう》皇帝の御宇《みよ》である。

安禄山《あんろくさん》の大乱より約五十年をへて、朝廷の権威はおとろえ、諸方の軍隊が半ば自立して横暴をきわめていた。これら割拠《かっきょ》した軍隊を藩鎮《はんちん》といい、憲宗の治世は外なる藩鎮と内なる宦官《かんがん》との戦いに終始したのである。

元和《げんな》元年（西暦八〇六年）のこと。この前年はまことにあわただしい年で、一月に徳宗《とくそう》皇帝が死去して順宗《じゅんそう》皇帝が即位した。ところが順宗皇帝は風疾《ふうしつ》（脳出血による全身不随《ふずい》）で病床にあり、その間に重臣と宦官が朝廷で抗争をくりひろげた。八月にいたって順宗は退位し、太上皇《たいじょうこう》となる。長子が立って憲宗皇帝となり、このとき年号が貞元《ていげん》から永貞《えいてい》へとあらたまった。二十八歳の青年皇帝は鋭意《えいい》、朝廷の粛正に乗り出し、奸臣《かんしん》たちを一掃する。年があけて年号を元和とし、ようやく朝廷内はおさまった。

だがまだおさまっていないどころか、まさにこれから乱れようとする土地があった。蜀《しょく》、または剣南《けんなん》と呼ばれる地方で、後世の四川《しせん》省一帯である。

一月、剣南西川節度使《けんなんせいせんせつどし》の職にある劉闢《りゅうへき》という男が兵をあげて朝廷に背《そむ》いた。「蜀は劉姓の者が支配することになっているのだ」と広言したのは、自分が三国時代の劉備《りゅうび》の再来だといいたかったらしい。もともと謀叛気《むほんぎ》のある男であると知れていたので、唐の京師《みやこ》長安《ちょうあん》に上ったとき、いっそ斬ってしまえ、という声も朝廷にはあった。だが反対する者もおり、意見がまとまらないでいるうちに、劉闢は長安を脱出して蜀の成都《せいと》へと逃げ帰り、そこではじめて公然と叛旗《はんき》をひるがえしたのである。

ここにいたって憲宗皇帝も決断し、劉闢を斬ることに反対した高官たちを更迭《こうてつ》した上で、討伐の官軍を派遣することとした。それより双方の攻防や交渉があって、九月となり、官軍は成都の北方にせまっている。

二十代で科挙《かきょ》に合格し、四十代で節度使となった男だけに、劉闢は優秀な官僚ではあった。だが、「どことなく薄気味悪いお人だ」と、成都を中心とする蜀の民には思われている。麾下《きか》の将兵はともかく、民は喜んで彼にしたがっているわけではなかった。だが公然と反抗することもできず、内心、一日も早く官軍が来て劉闢をとらえてくれるよう願っている。朝廷の徳を慕《した》っているわけではないが、劉闢よりはましだろう、というのであった。

「酉陽雑俎《ゆうようざつそ》」によれば、このころ、劉闢の本拠地である蜀の成都に、姓は陳《ちん》、名は昭《しょう》という男がいた。年齢は三十代半ば、職は成都府《せいとふ》の孔目典《こうもくてん》、つまり文書担当官であった。劉闢の部下ではあっても家臣ではないから、叛乱に加担《かたん》して生死をともにしようとは思わない。毎日、土地や租税《そぜい》や訴訟《そしょう》に関する書類を整理しながら、暴風がすぎさるのを、首をすくめて待っていた。

ある日、勤務をすませて宿舎に帰ろうとすると、上司に呼びとめられた。その日のうちに決裁《けっさい》が必要な書類があるので、節度使の内衙《ないが》（一家の住居）へ行って署名をもらってこい、というのであった。

すでに夜になりかけた時刻で、むろん陳昭にとってはありがたいことではなかった。そもそも今日のようなご時世《じせい》で、節度使の署名などもらっても有効なのかどうか。そう思っても拒絶はできず、陳昭はしぶしぶ書類を持って劉闢の内衙へと向かった。

このところ奇妙な噂が成都城内を飛びかっている。世情《せじょう》の混乱と人心の動揺を反映しているのであろうが、豹《ひょう》に騎《の》った女が夜道を駆けぬけていったとか、劉闢の内衙を訪れたまま帰らぬ客が十人以上いるとか、陳昭にとっては気味の悪い噂ばかりであった。ようやく目的地に着き、ためらったあげく門前で案内を乞《こ》う。先客があるとのことで、長い曲がりくねった回廊を先導され、竹林をひかえて独立した書院《しょいん》へとみちびかれた。

案内の兵士が去ると、陳昭は扉を敲《たた》こうとしてやめ、横あいの円窓《まるまど》をそっと覗《のぞ》いた。客人らしい男が、劉闢と対座《たいざ》しているのが見えた。灯火がゆらゆらとふたりの影を床に落としている。

奇妙な予感がはたらいて、陳昭は左手で口をおさえた。声をあげるようなことがあってはまずい、と思ったのだ。そのまま息をこらして室内の光景を窃《ぬす》み視《み》ていると、客人が身体を揺らしながら座から立ちあがった。その視線は劉闢の顔から離れない。劉闢の両眼が客の両眼を吸いつけているようであった。

客は身体を前方に倒し、床に両手をついた。客は声をあげた。市場に曳《ひ》かれていく羊を想《おも》わせる声であった。

その奇怪な姿勢のまま、客は劉闢の前へと進んでいく。左手で口をおさえたまま、陳昭は右手で眼をこすった。劉闢の口が上下にひろがった。顎《あご》が下へ下へとさがり、腰のあたりにまでとどいたのだ。その口へ、客の頭がはいっていく。頭が消え、頸《くび》が消え、腕が消え、客はまるまる劉闢の口にのみこまれていった。

大蛇が兎《うさぎ》をのみこむように、劉闢は人ひとりをのみこんでしまうと、妊婦《にんぷ》のように膨《ふく》らんだ腹をなで、顎を閉ざした。満足の吐息《といき》がやみ、劉闢の顔がゆっくりと動いて、正面から陳昭を見すえた。

「見たな！」

劉闢がほんとうにそういったのかどうかはわからない。勢いよく口が開閉《かいへい》されただけかもしれない。だが雷のような声を、陳昭は聴《き》いたと思った。彼の勇気と忍耐力とは、一瞬で霧消《むしょう》した。自分のものとも思えぬ悲鳴を放って、陳昭は逃げ出した。

こけつまろびつ回廊を走る陳昭に、立哨《りっしょう》の兵士が不審と奇異《きい》の目を向ける。陳昭の背後で書院の扉が開き、劉闢が姿をあらわした。その腹部はすでにわずかな膨らみしか示していない。餌食《えじき》を消化し終えたのであろうか。

「あの者を逃がすな！　糾問《きゅうもん》の必要はないゆえ殺してしまえ」

劉闢の命令を受けた兵士たちが、弾《はじ》かれたように動き出す。戈《ほこ》が灯火を受けて青く光り、怒声《どせい》が陳昭の背中をたたいた。

とまれ、という声に、むろん陳昭はしたがわない。回廊を走りつづける。その前方に、戈をかまえた兵士が数名、躍り出た。つんのめるように停止し、陳昭は身をひるがえす。追ってきた兵士たちがすでに肉薄《にくはく》している。夢中で欄干《らんかん》を乗りこえ、回廊から夜の庭へところげ出た。

大小の岩石に樹木が配され、泉水《せんすい》もある。暗闇にまぎれて逃がすのを恐れたのであろう、松明《たいまつ》を持ってくるよう指示する声が聞えた。いつか両手両足で這《は》っていた陳昭は、岩の蔭《かげ》から樹の蔭へと移動しながら、建物から塀のほうへ進んだ。あとは塀さえこえれば何とか逃げのびることができるかもしれない。

そう思いかけたとき、眼前に二本の肢《あし》がそびえたった。唾《つば》をのみこみ、そっと見あげる眼に映ったのは、まさに戈を突きおろそうとする兵士の姿である。陳昭は首をすくめ、眼を閉じた。未経験の激痛が落ちかかってくる一瞬を待つ。

すさまじい叫びがおこり、ふたたび見あげる陳昭の視線の先で、顎の下に短剣を突き刺して兵士が大きくのけぞっていた。地ひびきをたてて兵士は倒れる。

うろたえて陳昭が半ば立ちあがる。いくつもの松明の灯が揺れ、怒声と沓音《くつおと》が殺到してきた。

ちがう、殺したのはおれじゃない。そう喚《わめ》きかけた陳昭めがけて、数本の戈が同時に突き出された。かわいた刃音が連鎖し、へし折られた戈の刃が夜空に乱舞する。

地上ではひとつの影が舞っていた。剣を持った人影だ。剣光が地上の流星さながらにひらめくつど、戈が折れ、松明が斬り飛ばされ、苦痛の叫びがあがる。血の臭いが陳昭の鼻をついて、彼はふたたび地にへたりこんだ。

不意にその襟元《えりもと》をつかまれて、陳昭は必死でもがこうとしたが、手も足も思いどおりに動かない。

「こちらへ！　あまり世話をやかせるな」

低く声をころした叱咤《しった》とともに、陳昭は引きずられた。ただひとりの侵入者に斬り散らされて、兵士たちは応援を求めるために走り去っている。その隙に侵入者は陳昭を引きずり、塀にかかった縄をつたって脱出させたのであった。

Ⅱ

内衙《ないが》から二里ほどをへだてた竹林のなかで、ようやく陳昭《ちんしょう》は彼を救ってくれた人物の姿をまともに見ることができた。

「怯《おび》えずともよい、無辜《むこ》の者に害は加えぬ」

若い女の声であった。

必死で呼吸をととのえながら、陳昭は声の主を見た。たしかに若い女だ。しかも、冬の月さながらに冴《さ》えわたる硬質の美貌であった。二十歳ほどであろうか、男の陳昭と同じほど背が高い。頭部を布でつつみ、男装して、頸《くび》に領巾《スカーフ》を巻いていた。長剣をせおい、弾弓《だんきゅう》もたずさえている。

半月の下でそれらを確認すると、陳昭はあらたな当惑をおぼえた。この女は何者で、なぜ彼を救ったのか。ただただ平穏が望みであったのに、とんでもないことに巻きこまれた。そう思いつつ、陳昭はとりあえず自分の姓名を名乗り、相手のそれを問うてみた。

「姓は聶《じょう》、名は隠《いん》」

そう答えた女の声には、自分の姓名を誇りに思っているひびきがあった。ただ、蜀に生まれ育った陳昭には、やや聞きとりづらい訛《なま》りがある。どこか北方の産だろう、と、陳昭は思った。

「生命を救っていただいてありがたいが、いったい何でまたこのようなところにいらしたのか」

「劉闢《りゅうへき》を殺しにきた」

「りゅ、劉使君《しくん》を⁉」

使君とは節度使《せつどし》に対する敬称だが、聶隠と名乗った女は冷淡に指摘した。

「叛逆と同時に、劉闢はあらゆる官位を剝奪《はくだつ》されたはず。使君などと呼ぶ必要はあるまい」

「何にしても殺すなど……」

「おや、ではお前が殺されていたほうがよかったのか。お前がどう考えているかは知らぬが、劉闢のほうでは生きているかぎりお前を見逃《みのが》しはせぬぞ」

陳昭はむなしく口を開閉させた。

もはや宿舎へは帰れない。帰ればまちがいなく殺される。不幸中の幸いであるのは、陳昭の妻子が漢州《かんしゅう》という土地におり、劉闢の手がすぐにはおよばぬことであった。

「これからどうしたらよかろうか」

「どうにかしたいのか？」

「も、もちろん」

「では、わたくしのいうとおりにするか」

女はいう。劉闢ひとりを殺しても、その麾下《きか》にある大軍を放置しておけば、いずれまた不逞《ふてい》の野心家があらわれて事をおこしかねない。無用な戦火によって害されるのは民であるから、この際、劉闢ともどもその軍をたたきつぶす必要がある。よければそれを手伝ってほしい……。

おそるおそる陳昭は問いかけた。

「あなたは朝廷のお味方なのか」

「朝廷の味方ではない。劉闢の敵だ」

女の口詞は厳格で、異論を許す余地がない。それでも陳昭はべつの疑問を口にせずにいられなかった。劉闢のように大軍に守られた実力者を殺すことは容易ではあるまい。

「昨年には韋皐《いこう》を殺したぞ」

あっさり答えられて、陳昭は声をのんだ。

韋皐は劉闢の前任者で、二十一年の長きにわたって蜀《しょく》を統治し、すぐれた用兵によって吐蕃《チベット》の侵攻をふせぎつづけた。その功績によって南康王《なんこうおう》に封ぜられ、朝廷に重んじられたが、その統治は苛政《かせい》といってよかった。長安にいる宦官《かんがん》たちに賄賂《わいろ》を贈るため、また部下の将兵に贅沢《ぜいたく》をさせるために、重税を課して民衆を苦しめたので、彼が急死したとき、ひそかに喜び祝う者が多かったといわれている。なお韋皐が死んだのは、この前年のことである。六十一歳であった。死因は公表されていない。

「な、南康王を殺した……朝廷の重臣を」

陳昭は身体の慄《ふる》えがとまらなかった。

「王だろうと公だろうと、民を害する者は生かしておかぬ。あの老人は殺されるだけのことをしたのだ」

「だ、誰の許しをえてそんな所業《まね》を」

「韋皐は誰の許しをえて民を苦しめたのだ、朝廷か？」

女の声は痛烈なひびきをおびた。

「だとしたら朝廷は民を害する賊だ。存在する意義などない」

いかに下っぱでも陳昭は官吏《かんり》である。この聶隠という女のほうが、劉闢よりよほど危険な謀叛人《むほんにん》であるように思われた。むろんそんな感想を口には出さない。

「わたくしは韋皐を苦しませず、一刀で地下《あのよ》へ送りこんでやったぞ。感謝されてもよいくらいだ。だが、こうなるとは思わなかった。後任があのような人妖《ばけもの》とはな」

女の声に苦々《にがにが》しさが加わった。陳昭は先刻の記憶をあらたにして、さらに慄えだした。人のものとも思われず赤黒く開かれた劉闢の口。この女が救ってくれなければ、あの巨大な口に頭からのみこまれ、腹中《ふくちゆう》におさまっていたかもしれない。聶隠という女がいかに朝廷に対して不逞な言を吐こうとも、陳昭にとってはまちがいなく生命の恩人であった。とはいえ、うかつにてつだったりすれば、後日どんなことに巻きこまれるか知れたものではない。

「も、もし劉使君が官軍に勝ったら？」

陳昭が疑念を呈《てい》すると、聶隠はこともなげに一笑《いつしよう》した。

「古来、妖術によって国が亡びたことはあっても、国が興《おこ》った例はない。そもそも劉闢は創業《そうぎよう》の大道《だいどう》を歩んでおらぬ。一時の勝利を得ても永続《えいぞく》するはずがあろうか」

「…………」

「で、どうする？　わたくしをてつだうか」

「いや……それは……あの……」

「そう、ではしかたない」

女の声にも表情にも、べつに変化はなかった。

「わたくしはこれで別れる。後はお前のかってにするがよい」

女が二本の指を淡紅色《たんこうしょく》の唇にあてて鋭く吹き鳴らすと、風のかたまりが一陣、夜を裂いたかに思われた。何か人体よりひとまわり大きなものが、聶隠と陳昭との間に躍りこんできたのだ。

黄金色の毛皮に黒い斑点。それが豹であることを知って、この夜何度めのことであろう、陳昭は腰をぬかした。成都の城市《まち》を流れていた噂は正しかった。豹に騎《の》って駆ける女とは聶隠のことであったのだ。むろん劉闢をつけねらっていたのであろう。

まるで羽毛《うもう》が舞うような軽やかさで、聶隠は豹の背に飛び騎った。もはや陳昭に一瞥《いちべつ》もくれず、まさに走り出そうとする寸前、陳昭は悲鳴を発した。

「待ってくれ、私を見放すのか⁉」

豹の背で、聶隠は陳昭をかえりみた。

「わたくしはすでに一度お前を助けてやったではないか。それなのに、お前はわたくしのてつだいをせぬという。これ以上なぜ、お前を助けてやらねばならぬ？」

意地悪でいっているのではない。心から不思議そうに女は問うのであった。陳昭は返答に窮《きゅう》した。たしかに聶隠には陳昭を助ける義務などない。無力な幼児や病人でもないのに、何ひとつ彼女の役に立たずに、助けてくれだの守ってほしいだのいうのは、あつかましいことではないか。

「わかった。いわれたとおりにする」

「本心だろうな」

「信じてくれ、こうなったら私も必死だ」

そういう陳昭の顔を凝視《ぎょうし》すると、聶隠は微笑してうなずいた。

おりから馬蹄《ばてい》のひびきが近づいて、ふたりは竹林に身をひそめた。甲冑《かっちゅう》をまとった黒髯《こくぜん》の牙将《がしょう》（士官）が劉闢の内衙へと向かっている。その牙将が李燕《りえん》という名であることを陳昭から聞くと、聶隠はつぶやいた。

「ふむ、あの男がよさそうだな、たいして大男というでもないし」

Ⅲ

劉闢《りゅうへき》を討伐するために長安を発した二万の官軍は、南下して秦嶺《しんれい》山脈をこえた。そこは古来、漢中《かんちゅう》と呼ばれている地域で、この時代、東川節度使《とうせんせつどし》の支配下にあった。もともと朝廷から東川節度使に任命されていたのは李康《りこう》という人であったが、劉闢の軍に敗れて捕虜となっていた。

東川に攻めこんだ官軍は、劉闢の腹心である盧文若《ろぶんじゃく》を撃破した。盧文若は成都《せいと》へ逃げて劉闢と合流した。李康は救出されたが、気の毒なことに、敗戦の罪を問われて味方の手で斬られてしまった。

このとき官軍を指揮していたのは高崇文《こうすうぶん》という人物で、官名は神策行営《しんさくこうえい》節度使である。副将は李元奕《りげんえき》で、このふたりが二万の軍をひきいて、いよいよ蜀《しょく》に進攻してきたのであったが、迎撃する劉闢は傲然《ごうぜん》として恐れる色もなかった。

「わが軍は三万、しかも地理に精通《せいつう》しておるし、南康王《なんこうおう》以来の厚遇《こうぐう》に恩を感じて善戦するであろう」

たしかに南康王韋皐《いこう》は将兵を厚遇してきた。兵士が結婚するときも死亡したときも、多くの金銀や絹や錦《にしき》を与え、酒や肉をふるまった。それらはすべて蜀の民から収奪《しゅうだつ》したものである。韋皐のもとで、蜀の官軍は彼の私兵《しへい》と化し、民を貪《むさぼ》る寄生虫となった。蜀軍を見送る民衆の眼には、「負けてしまえばいい、負けてくれ」という期待があらわだった。

官軍は北方の山間部をぬけて平野部にはいっていた。蜀の盆地は、野に立って四方を見わたしても山影など見えぬほどに広い。土壌《どじょう》は肥え、水は豊かに、一国を成立せしめるほどの沃野《よくや》である。官軍は小規模ながらすでに四度にわたって劉闢の蜀軍を破り、六つの塁《とりで》を陥《おと》し、意気さかんに成都へとせまった。そこへ、官吏の服を埃《ほこり》にまみれさせた男があらわれたのである。

「卑職《わたくし》は成都府の孔目典《こうもくてん》にて陳昭《ちんしょう》と申しまする。叛賊《はんぞく》劉闢について節度使閣下に申しあげたきことこれあり、何とぞ謁見《えつけん》をお許しくだされますよう」

　かなり長いあいだ待たされたあげく、陳昭はようやく高崇文に面会できた。高崇文は最初から期待などしていないようすであったが、劉闢の内衙《ないが》で目撃したことを陳昭が語りはじめると、舌打ちして彼の話をさえぎった。

「何と、狂人であったか。古来、喫人《ひとくい》の話はさまざまに聞くが、ひとくちで大の男をのみこむなど、幻想か虚言《きょげん》か、いずれにしても信じるにたりぬ。斬ってしまえ」

　敗戦の罪によって李康を処刑してしまったほどの男だから、高崇文には苛烈《かれつ》なところがある。座を立って怒号するのを、副将の李元奕がなだめて、ひとまず陳昭は後陣にとどめおかれた。

　かくして成都の東北方約五十里の平野で、官軍二万と蜀軍三万とが対峙《たいじ》した。太陽が中天《ちゅうてん》にある時刻だが、厚い雲が全天をおおっている。両軍布陣《ふじん》していよいよ開戦というまさにそのとき、蜀軍の陣頭《じんとう》で奇妙な動きが生じた。

　劉闢が左右の兵士に命じると、巨大な竹籠《たけかご》が十ほども持ち出されてきた。いずれも白く丸いものが溢《あふ》れるほどに詰めこんである。兵士たちがそれを籠から取りだし、つぎつぎと地に並べはじめた。事情《わけ》もわからずその光景を眺めていた官軍の兵士たちが、やがて恐怖と嫌悪《けんお》の呻《うめ》き声をあげた。白く丸いものの正体がわかったのだ。それは人間の頭蓋骨《ずがいこつ》であった。

高崇文も李元奕も、兵を叱咤《しった》しようとして声が出ず、馬上で呆然と見守るばかりである。やがて蜀軍は地上に頭蓋骨を並べ終えた。その数は九の九倍の九倍、すなわち七百二十九個あった。

おりしも空中では雲が薄れて太陽があらわれた。だが完全に晴れあがることはなく、まるで空一面を灰白色《かいはくしょく》の紗《しゃ》がおおいつくしたかに見える。中天の太陽は白銀色に鈍く円《まる》く光って、満月のようであった。雲や霧の多い蜀では、このような光景は珍しくないが、長安から来た官軍の将兵にとっては異様で不気味なものに思われた。

その太陽の下で、馬に騎《の》った劉闢が冑《かぶと》を地に放りすて、右手を上下左右に動かしながら呪文《じゅもん》をとなえる。と、どうであろう。地に並べられた七百二十九の頭蓋骨が音もなく浮きあがりはじめた。浮きあがる頭蓋骨は、下に何かを引きずっていた。頸骨《けいこつ》があらわれ、胸《きょう》骨《こつ》があらわれ、ついに全身の骨格が地上にあらわれた。しかもその手には、矛《ほこ》や剣といったさまざまな武器が握られていた。

劉闢が髪を風にはためかせて絶叫一声《ぜつきょういっせい》すると、七百二十九体の白骨は武器をふるい、官軍めがけて駆け寄ってきた。官軍の将兵ことごとく麻痺《まひ》したように立ちすくんでいたが、誰かが悲鳴をあげて逃げだすと、全員がそれに倣《なら》った。高崇文や李元奕はかろうじて声を発し、逃げるな、戦え、と叫んだが効果はなかった。

白骨の後から蜀軍三万が槍先をそろえて突進する。一方的な追撃戦となって、官軍は日没までに五十里も敗走した。

蜀軍が勝ち誇って帰陣《きじん》した後、高崇文と李元奕は馬で駆けまわって残兵《ざんぺい》をかき集めた。夜半までかかって一万五千が集まってきた。戦死者は二千人ほどであったが、戦場からそのまま逃げ出して帰営《きえい》しない者がかなりいたのだ。

「明日、同じことをくりかえしたら、全軍四散《しさん》して、再建はできまいぞ。どうするか」

高崇文と李元奕は相談したが、用兵でどうにかなるという問題ではない。良案《りょうあん》も浮かばぬまま、ついに陳昭を呼びつけた。

「其方《そのほう》には失礼なことをした。あの妖術を破る方策《ほうさく》があるなら教えてくれぬか」

いまや高崇文と李元奕は、陳昭にとりすがらんばかりである。このとき陳昭は、功績を自分のものにしようと思えばそうできたのだが、愚直《ぐちょく》な男だったので、正直に、これは他の人から授《さず》けられた策だ、と述べた。高崇文と李元奕は、もともと無能ではない。陳昭から聞いた策の正しさを認め、採用したのである。

「よく申してくれた。叛賊を誅滅《ちゅうめつ》したあかつきには、其方を長安《ちょうあん》に呼んで厚く酬《むく》いようぞ」

「いえ、とんでもございませぬ。卑職《わたくし》は故郷で妻子と平穏に生活できればよろしいので」

なまじ出世して政争や叛乱に巻きこまれてはたまらない。陳昭が心からそういっているのを知ると、高崇文と李元奕はうなずいた。つまり功績を自分たちのものにできるわけだから、彼らにとってまことにつごうがよいのであった。

劉闢《りゅうへき》のもとへ、李燕《りえん》という牙将《がしょう》から報告がもたらされた。官軍は先日の惨敗のために内部分裂を生じている。半数は、もはや勝算《しょうさん》がないから撤退して長安へ帰還しよう、と主張している。残る半数は、撤退などもってのほか、至急、長安へ使者を出して援軍を求め、その間は陣営にこもって持久《じきゅう》すべきである、と唱《とな》えている。両者の対立は激しく、混乱が生じているが、持久派は近日中にも長安へ使者を送る気らしい……。

成都城内でその話を聞いた劉闢は、腹心の盧文若《ろぶんじゃく》を見て、口の両端を吊《つ》りあげるような笑いかたをしたといわれる。彼はひそかに兵を派遣して官軍の陣営を監視させた。

一夜、一騎の影が陣営を出て、北方、長安の方角へ向かった。平野から山岳部へはいるあたりで、十騎ほどの騎影《きえい》が追いすがり、白刃をきらめかせておそいかかる。

「劉使君《りゅうしくん》が牙将、李燕である。密書をよこせ」

その叫びに、仰天した官軍の使者は馬腹《ばふく》を蹴ってさらに奔《はし》った。李燕を先頭として、蜀軍の騎兵が追いすがる。

月下の山道を、使者は逃げまわったが、ついにあきらめたか、懐中の文書をつかんで崖《がけ》下へ放りだした。そして自分はなお馬を奔らせる。

「おぬしらは密書を探せ。おれは奴を追う、生かしてはおけぬ」

部下にそう命じて、李燕は自分ひとり使者を追っていった。一刻ほどが経過し、ようやく官軍の密書を見つけて兵士たちが喜んでいると、李燕がもどってきた。使者を斬り殺し、屍体《したい》を谷に棄《す》ててきた、という。

こうして密書は劉闢のもとにとどけられた。一読《いちどく》して劉闢は舌打ちした。

「なに、あらたな官軍がすでに梁州《りょうしゅう》まで進出しておったのか。五日もかからぬ距離ではないか。合流されれば危ういところであったが、これで策《て》がうてるというものだ」

その場で劉闢は筆をとり、書信《てがみ》を書きあげた。梁州に進出してきた官軍の主将をよそおい、高崇文に宛《あ》てたもので、九月二十五日に合流する予定だからそれまでけっして動くな、という内容である。その書信を、先ほどの密書を奪いとってきた李燕に持たせ、官軍の使者をよそおって高崇文のもとへとどけさせた。もどってきた李燕は、たしかにとどけた旨《むね》を報告し、劉闢は満足そうにうなずいた。

そして九月二十四日の夜、劉闢は全軍をこぞって成都城を出た。翌日の合流を期して寝静まっている官軍に夜襲をかけようというのだ。

例の白骨部隊を先頭に立て、全軍、喊声《かんせい》をあげて陣に突入する。だが陣は空《から》であった。うろたえるところに、突然、四方が松明《たいまつ》の海となった。官軍は陣の外にひそみ、蜀軍を包囲網のなかに誘いこんだのである。

白骨部隊も狼狽《ろうばい》して立ちさわいだ。官軍の将兵がよく見ると、それは白骨の絵を描いた服を着こんだ蜀軍の兵士たちであるにすぎなかった。劉闢の妖術はただ官軍に幻視《げんし》させるのみで、ほんものの白骨をあやつることなどできなかったのである。

あまりのばかばかしさに哄笑《こうしょう》した官軍の将兵は、それをおさめると、だまされていた怒りをこめて、たけだけしく蜀軍におそいかかっていった。

Ⅳ

「おのれ、謀《はか》りおったな」

絶叫する劉闢《りゅうへき》の左右で血煙があがり、怒号と刃鳴《はな》りがひびく。戦闘はたちまち一方的な殺戮《さつりく》となり、蜀《しょく》軍は地に薙《な》ぎ倒された。

韋皐《いこう》に甘やかされ、暖衣飽食《だんいほうしょく》してきた蜀の兵士たちに、生命をすてて戦う気力などなかった。武器を棄《す》て、甲冑まで脱ぎ棄てて身軽になり、八方へと逃げ散っていく。

蜀軍三万のうち、戦死は五千、投降者一万五千、他は逃亡し、劉闢のもとに残ったのは、腹心の盧文若《ろぶんじやく》ら千名ほどにすぎなかった。とりあえず成都《せいと》城へ逃げこもうと馬を走らせたが、官軍の追撃は急であった。四度にわたって追いつかれ、そのつど討ち減らされて、成都の城門前にたどりついたときには、わずかに五十余騎となっていた。

まだ夜が明けていないので、城門はかたく閉ざされている。大声で開門を叫んでいると、後方に馬蹄《ばてい》のとどろきが湧《わ》きおこって、官軍の尖兵《せんぺい》が肉薄《にくはく》してきた。やむをえず入城を断念して門前から駆け去る。城門が開くと、そのまま官軍は成都城内へなだれこんだ。一滴の血も流すことなく、成都は官軍に占領されてしまった。

成都に入城できず、劉闢は西へ奔《はし》った。彼はまだ抗戦の意志をすててはいない。

「三城《さんじょう》のいずれかへ逃げこみさえすれば」

三城とは、成都の西方にある松城《しょうじょう》・維城《いじょう》・堡城《ほじょう》の三城塞である。吐蕃《チベット》との境界に位置し、蜀の辺境を防衛する要害であった。この三城のいずれかにたてこもって他の二城と連係し、吐蕃と同盟すれば、充分に官軍と対抗できる。劉闢はそう考えた。必要とあれば吐蕃に降《くだ》って臣と称し、その東方総督になればよいのである。勝負はこれからだ。

陰暦《いんれき》九月のことで、秋はすでに深い。成都の西、吐蕃へとつづく山嶺《さんれい》は白く雪をいただいている。かつて杜甫《とほ》が「西山《せいざん》、白雪、三城の戍《まもり》」と謳《うた》った光景である。

夜が明け放たれ、人馬ともに白く息を吐きながら駆けていったが、洋灌田《ようかんでん》という地まで来たとき、突然、一騎の士官が叫喚《きょうかん》をあげてのけぞった。宙に血をまきながら落馬する。騎手を失った馬はそのまま他の馬とともに駆けつづけた。さらに一騎が血煙とともに斬り落とされた。血ぬれた剣を手に、牙将の李燕《りえん》が盧文若めがけて馬を躍らせる。

「やっ、何をするか」

大声をあげた盧文若は、剣の平《ひら》でしたたかに頸《くび》を打たれて目がくらみ、馬上から転落してしまった。その光景を目撃した劉闢が、すさまじい形相《ぎょうそう》で喚《わめ》いた。

「李燕、わが恩を忘れたか！」

「汝《なんじ》に恩などない」

答える李燕の声が一変している。若い女の声であった。右手に剣を持ったまま、髯《ひげ》と眉をむしりとると、不敵な表情をたたえる美しい女の顔があらわれた。

「ほんものの李燕はすでに地下《あのよ》に行って汝が来るのを待ち受けておるぞ。あまり長く待たせるな」

「おのれ、官軍の細作《しのび》か」

「ちがう、死すとも官の粟《ぞく》など喰わぬ。わが姓名は聶隠《じょういん》。先年、韋皐に誅罰《ちゅうばつ》の一刀を与えしは我《われ》ぞ」

いうなり聶隠は馬の鞍《くら》を蹴って宙に飛んだ。馬を躍らせて斬りつけた劉闢の一刀は空を裂いただけである。

兵士たちがどよめいたのは、聶隠が地に落下する寸前、一転《いってん》して、何かの背にまたがったからであった。冑《かぶと》が飛び、黒髪を揺らす聶隠が騎《の》っているのは豹《ひょう》である。何処《いずこ》から出現したのか、烈《はげ》しい咆哮《ほうこう》で馬たちをすくませると、豹は聶隠を騎せたまま劉闢めがけて駆け寄った。

馬のほうが豹より体高《たいこう》がある。鞍上《あんじょう》で劉闢は女を見おろし、剣をふるって斬りおろした。女の剣がそれを受ける。三合、四合、青く赤く火花が散乱した。上から斬りおろすほうが剣勢《けんせい》からいって有利なのだが、女が手首をひるがえすと、劉闢の剣は所有者の手を離れて宙を飛んだ。

白手《すで》となった劉闢は、かっと口を開いた。人間の限界をこえて開かれた口が、聶隠を頭からのみこもうとする。兵士たちが恐怖の叫びを発して馬首をめぐらした。

聶隠は左手を懐《ふところ》に突っこむと、長さ一尺ほどの鉄の棒を取りだし、せまる口に左手を突き出した。棒は限界まで開いた劉闢の上顎《うわあご》と下顎との間に、柱となって立った。

半刻後、追いついた官軍の一隊が見たものは、地上で背中あわせに縛《しば》りあげられた劉闢と盧文若の姿であった。劉闢は鉄棒のために口を閉じることができず、口から涎《よだれ》を垂《た》れ流していた。兵士たちは逃げ散ったのかひとりも見あたらない。

いぶかしく思いながらも、官兵たちは大きな獲物に喜んで、ふたりの叛賊《はんぞく》をひったてた。近くの崖の上から、豹に騎った女がじっと見ていることに、誰も気がつかなかった。

劉闢と盧文若は檻車《かんしゃ》に乗せられて長安へ送られ、そこで斬首《ざんしゅ》された。「劉闢の乱」は一年に満たずして終熄《しゅうそく》し、蜀はひとまず平穏を回復する。高崇文《こうすうぶん》と李元奕《りげんえき》は厚く賞された。とくに高崇文は、叛乱まで劉闢が所持していた官位のすべてを与えられ、郡王《ぐんのう》に封ぜられた。

その後、陳昭《ちんしょう》はとくに出世もしなかったが、蜀の地で平穏に生涯を終えた。一度、酒に酔って、豹に騎った美しい女俠《じょきょう》のことを語ったが、酔いが醒《さ》めた後その件について問われると、頭と両手を同時に振って否定したのであった。

劉闢が妖術を用い、人を喰った話は奇怪きわまるが、「旧唐書《くとうじょ》」巻百四十、「新唐書《しんとうじょ》」巻百五十八の双方に明記されている。有名な話であったらしい。また聶隠という女俠についての伝説は、この時代、唐の各地に残されており、「太平広記《たいへいこうき》」にもおさめられている。民を害する権門《けんもん》の者が数多く彼女の手にかかったといわれているが、事績《じせき》のすべてが史実であるとは断言できない。

風梢将軍《ふうしょう》（宋・南宋）

杭州臨安府《こうしゅうりんあんふ》に大宋《だいそう》の天子が在《ま》しますようになって、今年でちょうど五十年になる。北方の金《きん》国との間にも戦火が絶えてひさしく、世は泰平《たいへい》のきわみだというのに、黄文攸《こうぶんゆう》の家はものものしい雰囲気だった。塀の上には、とがった鉄の棒が植えてあるし、門を中心として三十人ほどの壮漢《そうかん》が棍《こん》や刀を手に巡回している。

私の姿を月下に認めると、たちまち五、六人が駆け寄り、不遜《ふそん》な口調で誰何《すいか》してきた。この家の主人に呼ばれてきた旨《むね》を答えると、門扉《もんぴ》が開いて黄文攸があらわれた。

「やあ、李光遠《りこうえん》どの、よく来て下さった。刻限よりずいぶん早いが、ありがたい」

「自分から呼び出しておきながら、客に対してけっこうな歓待《かんたい》ぶりだな」

「賢弟《けんてい》、まあそう怒らんでくれ。事情があってのことでな」

「どんな事情だ」

「まず書院《しょいん》へ来てくれ。火炉《ひばち》も酒も用意してある。身体を温《あたた》めてくれ」

黄文攸はみずから先に立って私を書院へと案内した。いかに温暖な杭州とはいえ、冬のさなかで、吐く息も白い。屋内にはいっても同様だった。吝嗇《けち》な黄文攸のことだから、暖房の費用を惜しんでいるのだろう。下人《やといにん》たちが寒さに慄《ふる》えていても、そ知らぬ顔である。招き入れられた書院は、そこだけ晩春のように暖かかった。

黄文攸は私に座をすすめた。

「いや、賢弟に来てもらって助かった」

こいつになれなれしく弟分よばわりされる筋合《すじあい》はない。そう思っていると、私の表情を読んだのだろう、黄文攸は姿勢まであらためて声をつくった。

「賢弟、いや、李光遠どの、今日わざわざお呼びたていたしたのは、他でもない」

卓の上には酒肴《しゅこう》が並べられて、よい匂いが暖気とともに吹きつけてくる。だが酒には用心しなくてはならない。

黄文攸は身を乗り出した。

「じつは妖怪にねらわれておるのだ」

「ほほう」

私の声と表情に、不満を感じたらしい。黄文攸は声をいらだたせた。

「真実だ。邪悪な妖怪にねらわれておるのだ。だから杭州で屈指《くっし》の武芸者である李光遠どのに来ていただいたのではないか。親しい旧《ふる》い友でもあるしな」

利用価値のあるときだけ思い出す友、ということだ。

「ま、いちおう話をうかがうとしようか」

私がいうと、黄文攸はひと安心したようすで語りはじめた。

……黄文攸は医師である。もともと権門《けんもん》や富豪ばかりを治療していた裕福な医師のもとに弟子入りし、その長女と結婚して後継者となった。妻も死去すると、遠慮する相手は誰もいなくなり、豊かで気ままな生活を送っていたのである。

杭州臨安府の西の郊外に桐源山《とうげんざん》という山があり、薬草や薬材《やくざい》が豊かなので、季節ごとに黄文攸は二泊ほどかけて採集していた。ひと月ほど前にも、従者をつれて麓《ふもと》の寺に宿泊し、山にはいって薬材を集めた。雪の下から、生命力の強い薬草を探し出し、掘り出すのだ。

一日めは無事にすぎたが、二日め、夢中で作業していると、雪空が震えるような獣の声がした。従者が蒼《あお》ざめる。

「せ、先生、虎でございますよ。どこかに隠れたほうがよろしゅうございます」

「ばかなことをいうな。私はもう十年もこの山で薬材を採《と》っているが、虎が出たことなど一度もないぞ」

「ですが、あの声は犬や猫ではございませんよ。逃げましょう」

「くだらぬことを。さあ、籠《かご》をこちらへよこしなさい。せっかく見つけた貴重な薬材を残していけるものか」

ところが従者は悲鳴をあげると、籠を放り出し、頭をかかえてうずくまってしまった。はっとして振り向いた黄文攸の目に、大きく開かれた虎の口が映った。目を閉じて立ちすくんだ黄文攸は、腰のあたりを強く咥《くわ》えられ、持ちあげられた。

虎は黄文攸を咥えたまま、嶺《みね》を駆け、谷を飛びこえ、森を走りぬけて山の奥深くまで到った。耳もとで風の叫びがやんだと思うと、雲がたなびくような高処《たかみ》にある洞窟《どうくつ》に着いていた。黄文攸はそこに放り出された。

入口には虎がいる。しかたなく洞窟を奥へ進んでいくと、女性の泣声が聞えてきた。目をこらして見ると、若い女がうずくまって泣いている。身なりから見て、良家の息女《じょくじょ》と思われた。

「もし、小姐《おじょうさん》、いったいこんなところで何をしていなさるのかね」

「わたくしは姓を董《とう》と申しまして、湖州《こしゅう》の者でございます。何日か前に虎にさらわれて、この洞窟へつれて来られました。不思議に害は加えられず、鳥や果物を運んでまいりますが、頼んでも帰してはくれません」

「ふむ、妖虎《ようこ》が人間の女をさらって妻にするという話は聞いたことがあるが……それにしてもどこやらお悪いようすですな」

「昨日から胸の奥が痛んでならず、何とかしてくれるよう虎に頼んでおりました」

「私は医者です。診《み》て進ぜよう。思うに虎は小姐の治療をさせるために、私をここまで咥えて来たようだ」

洞窟のその区域には、人が生活できるようにさまざまな道具が置いてあった。寝具や小さな卓《テーブル》もあって、棚には薬材もそろえてある。以前から妖虎はこの洞窟に人をさらって来ていたのかもしれない。さらに奥には人骨が積《つ》まれているのかもしれなかった。

小さな鉢《はち》で薬を調合して、黄文攸は董家の小姐に飲ませた。虎が近づいてきたので怖かったが、小姐が薬を服《の》んで、楽になった、というと、安心したように洞窟の入口へともどっていった。

その後ろ姿を見送って、黄文攸はしばらく考えこんだ。決心をかため、小姐にささやきかける。

「小姐、家へ帰りたくはありませんか」

「もちろん帰りとうございます。父は湖州でも一、二の富豪。先生のお力で帰れましたら、父はかならず先生に厚く酬《むく》いましょう」

「御礼はどうでもよいが、私も家へ帰らねばならん。何とかあの妖虎をやっつけて、人の世界にもどりましょう」

力ずくで勝てるわけがない。医師である黄文攸としては、妖虎に毒を服ませるのが唯一の方法であった。彼は董家の小姐と話しあって計画を樹《た》てた。

小姐は大きな声をあげて妖虎を呼んだ。

「お医者さまのおかげで、ずいぶんと気力が良くなりました。それで、お医者さまがおっしゃるには、虎が人になる薬もつくれるのだそうです。わたくしも虎を夫として実家に紹介するわけにはまいりませんから、あなたに人になっていただきたいですわ」

妖虎は無言で、疑わしそうに黄文攸を見やった。平静をよそおいつつ、黄文攸の背に冷汗が流れた。

「人の姿になっていただけたら、わたしはあなたとともに湖州へ帰ります。虎から救ってくださった恩人として、正式に結婚できましょうし、お医者さまにも多額の謝礼を差しあげられますわ」

根気よく小姐は説得し、妖虎はついに承知した。

黄文攸は調合した薬を鉢に満たして妖虎の前に置いた。

妖虎はその薬をすべて服んだ。甘味をつけておいたのが成功したのかもしれない。すわりこんで薬が効《き》きはじめるのを待つようすだったが、やがて苦しみだした。黄文攸は小姐の手を引いて洞窟の外へと走り出る。だまされたと知った妖虎は、苦痛と怒りにうなりながら彼らを追ったが、当然ながら動作は緩慢《かんまん》だった。それでも、這《は》い、もがき、のたうちながら追って来る。

雪の上を黄文攸たちはころがって逃げたが、ほどなく前方が崖《がけ》になって、逃走路を絶たれてしまった。これまでかと思ったふたりは、崖の縁にへたりこみ、抱きあって慄えていた。

ついに妖虎が追いついてきた。だがすでに妖虎は毒のため眼が見えなくなっていたようだ。咆哮《ほうこう》をあげて躍りかかったが、そのまま空中に飛び出してしまい、深い深い谷底へと石のように落下していった。

黄文攸と小姐が半ば信じられぬ思いで喜んでいると、けたたましい人声がした。黒い小さな蛇《へび》が叢《くさむら》から飛び出して叫びたてたのだ。

「風梢将軍《ふうしょうしょうぐん》が仇《かたき》を討つぞ！　お前に必ず後悔させてやるぞ。来月の満月の夜に気をつけろ！」

黄文攸はそのうるさい蛇の尾をつかみ、頭上で思いきり振りまわして谷底へ放りこんだ。そして小姐をつれ、雪を踏んで、ようやく山をおりることができたのである。

彼はまず湖州《こしゅう》へ行って小姐を董家《とうけ》へ送りとどけた。董家ではたいそう喜び、生命の恩人として黄文攸を歓待した。黄文攸が妻を亡くした身だと知ると、董家では小姐との婚姻《こんいん》を望んだ。黄文攸も悪い気はせず、とりあえず婚約を結び、年が明けて三月の吉日に挙式《きょしき》することになった。

災難が転じて福となり、喜びつつ杭州のわが家にもどってくると、従者たちが出迎えたが、主人の生還にもかかわらず、何かを恐れるようすだ。門扉《もんぴ》を見て、黄文攸は慄然《りつぜん》とした。

風梢将軍於此誅黄文攸《ふうしょうしょうぐんここにおいてこうぶんゆうをちゅうす》

「……そう墨《すみ》で書いてあったので、おぬしはおれを呼んだというわけだな」

「そうなのだ。ばかばかしいとは思うのだが、万一ということがある。旧友としての頼みだ、私を守ってくれ。今晩だけですむことだ。引き受けてくれるな？」

「守ってやってもよいが……」

私はまっすぐ黄文攸を見つめた。

「それには正直に話をしてもらわんとな」

「何をいう、事情はすべて話したではないか。これ以上、何を話せというのだ」

黄文攸は声をとがらせた。彼が正直に話すとは最初から期待などしていない。

「おれは湖州の董家で、小姐《おじょうさん》の生還に関して話を聞いた。おぬしの話とずいぶんちがったぞ」

ぎょっとしたように黄文攸が身じろぎする。私は皮肉な目つきで彼を見つめた。二言三言、黄文攸は弁解じみたことを口にしたが、かまわず私は話しはじめた。

董家の小姐が妖虎《ようこ》にさらわれ、洞窟のなかにつれこまれた。そこまでは黄文攸の話と同じである。彼女は虎が不在《ふざい》の隙に洞窟から忍び出た。たまたま薬材を採取している医師らしき男を見かけて救いを求めた。その男は虎と聞いて恐れをなしたか、小姐を見すてて逃げ出そうとしたが、妖虎がもどって来たのに出くわして、洞窟につれて来られた。むろんこの男が黄文攸である。

黄文攸は呆然としてまったく頼りにならないので、小姐は、何とか自力で脱出するしかない、と心を決めた。だが、どうすればよいのか、方法を考えつかない。

すると、洞窟の奥、岩の割目《われめ》から一匹の黒い小さな蛇があらわれて、人の声で話しかけて来た。

「もし、私は古くからこの山に棲《す》んでいる風梢《ふうしょう》将軍の配下の者です。将軍は妖怪ですが、人に害は加えません。あの妖虎が半年前からこの山で横暴なふるまいをしているので、苦々《にがにが》しく思っておいでです。あなたがたを助けろとのことなので、私のいうとおりにしてください、いいですね?」

何とも奇妙で、しかも頼りない話であったが、他に方法はない。小姐はうなずいて承知した。

妖虎は一日に何度もやって来て、小姐に、自分の妻になるよう迫った。そのつど小姐は、無体《むたい》なまねをされれば死ぬ、といって妖虎の要求をしりぞけ、一方で、黒い小さな蛇の指示にしたがって薬を調合した。黄文攸は医者なので、彼に対して小姐は幾度も協力を求めたが、小姐がさっさと妖虎の妻になれば自分は帰してもらえるのに、と、利己的なことをいうばかりである。

ついに薬ができて、小姐はそれを黄色い瓢《ひょう》簞《たん》に詰めた。

黒い小さな蛇は、その瓢簞の中身を自分の口にそそいでくれるよう頼んだ。小姐がいわれたとおりにすると、蛇はそれを飲んだ。みるみる黒い煙がたちこめ、それが晴れると、粗末《そまつ》な黒い服を着た、筋骨《きんこつ》たくましい大男が立っていた。

小姐がおどろく間もなく、咆哮《ほうこう》がひびいて、妖虎が洞窟のなかへ躍りこんできた。

妖虎と大男とは激しく争ったが、大男は左の拳《こぶし》をかためて虎の口の奥深くへ突っこみ、右手の手刀を何度も虎の頸《くび》すじの血管にたたきつけた。虎がぐったりすると、大男は重い石を運んで来て、虎の頭をたたきつぶし、とどめをさした。そして、小姐のほうを見ると、もう心配ない、と告げた。

「妖虎の死臭《ししゅう》はあらたな妖虎を呼ぶと申します。断崖《だんがい》の下に棄《す》ててしまいましょう」

蛇が化した大男はそういって、妖虎の死骸を洞窟の外へ引きずり出し、断崖からはるか下の谷底へ投げ落とした。

それまで何もしなかった黄文攸がいきなり行動をおこしたのはそのときである。すばやく大男の後ろに忍び寄ると、彼は大男の腰を思いきり突き飛ばした。谷底をのぞきこんでいた大男は、両手をひろげるような形で、深い谷底へ転落していった。

黄文攸は邪悪な笑いを浮かべた。

「ふん、どうせ妖怪だ。妖怪どうし争って共倒《ともだお》れ。小姐を助けた功績は、おれがちょうだいするさ」

すると谷底から声がひびいてきた。

「恩知らずの悪人め、忘れるな、風梢将軍がひと月後、満月の晩におまえを懲《こ》らしめにいくぞ。気をつけるがいいぞ」

「新月だろうと半月だろうと、かってにしろ」

黄文攸は嘲弄《ちょうろう》したが、谷底から強風が吹きあがり、山じゅうの木々が梢《こずえ》をざわめかせると、怖くなって洞窟へ駆けこんだ。黄色い瓢箪をつかむ。大男がどうなったか尋ねる小姐に、考えたばかりのでたらめを教え、強引につれ出す。ようやく湖州にたどり着くと、恩人であることを強調して多額の謝礼を巻きあげ、婚約まで強要《きょうよう》して杭州臨安府《こうしゅうりんあんふ》へと帰って来たのであった……。

私が語り終えると、黄文攸は呻《うめ》いた。

「そ、それこそでたらめだ」

「小姐がすべてを見ていたのだぞ」

「あの女はそのとき洞窟の奥で慄《ふる》えていたんだ。何も見ているものか！」

どなった黄文攸は、声が消えても口を大きく開いたままだった。自分で罪状《ざいじょう》を告白してしまったことに気づいたのだ。

彼はめまぐるしく表情を変えた末、私の予想どおりの行動に出た。開き直ったのだ。

「仮《かり》にそうだとしても、どこが悪い。どのみち私は妖怪を退治して董家の小姐を助け出したのだぞ」

「助けてくれた妖怪をだまし討ちして、功績を横どりしたのではないか」

「するとおぬしは、桐源山の蛇怪《じゃかい》が董家の小姐と結婚してもよいというのか」

「そんなことを言っておるのではない」

不意に書院の外で騒がしい人声がした。沓《くつ》の音もする。

「ばかをいえ、おれは今ここへ来たばかりだ、刻限どおりではないか」

という怒声《どせい》がひびき、荒々しく扉が開いた。

踏みこんできた男は帯剣《たいけん》していたが、私の顔を見るなり、唖然《あぜん》として立ちすくんだ。黄《こう》文攸《ぶんゆう》は無礼な闖入者《ちんにゆうしや》を叱りつけようとして息をのみ、闖入者と私の顔を見較《みくら》べてあえいだ。

「な、何としたことだ、李光遠《りこうえん》がふたり……」

闖入者、つまり真物《ほんもの》の李光遠はうなり声をあげて後ろ手に扉を閉めた。私を逃がさない用心である。おどろきはしても恐れはしないのが、さすがというべきであった。

「きさまは何者だ。おれの名を騙《かた》って何をたくらんでおる？　申せ！」

「おぬしの名を騙ったことは一度もないぞ」

ひややかに私は答え、ついで、苦笑まじりに顔をなでてみせた。

「ただ、顔は無断《むだん》で使わせてもらったがな」

「この妖怪め！」

「たしかに妖怪だが、あくどいのは人間のほうだぞ。こいつは桐源山《とうげんざん》で薬材《やくざい》を採取するにも、根こそぎ荒らしまわるのだ。それでも人の生命を救う医師と思えばこそ、妨害もせず採《と》らせてやっていたのに、こいつは恩を仇《あだ》で返しおった。罰を受けてもらおうではないか」

何か思いあたったように黄文攸が叫んだ。

「そうか、おまえが風梢将軍だな！」

「そうだ、私は風梢将軍だ。黄文攸よ、よくもわが管轄地《かんかつち》たる桐源山において不善《ふぜん》を為《な》してくれたな。覚悟はできておるか」

黄文攸は蛙《かえる》がはねるように、真物の李光遠にしがみついた。

「賢弟《けんてい》！　この妖怪をやっつけてくれ、御礼はいくらでもするから」

御礼はする、の一言だけで、黄文攸がどれほど逆上していたかわかるというものだが、李光遠はうるさげに彼を押しのけた。杭州臨安府でも屈指《くっし》の武芸者だ。妖怪を討ったという名誉のほうがほしいのであろう。

五十年前、将軍解元《かいげん》にはじまるという抜き打ちの技で、李光遠は猛然と斬りつけてきた。だが、抜きあわせた私の剣と激突して、彼の剣は音高く折れ飛んだ。

李光遠は屈せず、白手《すで》でつかみかかろうとしたが、私は足を伸ばして胸の中央を蹴った。李光遠は吹っ飛んで背中から壁に衝突し、白眼をむいて床にくずれ落ちた。

強敵をかたづけて私が振り向くと、黄文攸はひきつった顔で、片手に何やら振りかざしている。剣や槍ではなく、黄色い瓢箪《ひょうたん》であった。

「来るな、来るな、来たらこの仙薬《せんやく》を飲むぞ！」

「ほう、飲んだらどうなるというのだ？」

私の声に揶揄《やゆ》を感じたのだろう、黄文攸は瓢箪を振って液体の音を私に聞かせた。

「これを飲めば怪力無双《かいりきむそう》の巨漢になって、妖怪め、お前など小指の先でひとひねりだ」

「なぜそんなことを知っているのだ。それもまたお前の悪行《あくぎょう》の証拠というわけだな」

私が一歩すすみ出ると、奇声《きせい》をあげた黄文攸は、瓢箪をかたむけ、咽喉《のど》を鳴らすようにしてたちまち飲みほしてしまった。全部を飲みほすとは思わなかったので、私は思わず声をあげた。

黄文攸はまずそうな表情で口もとをぬぐい、空《から》になった瓢箪を床に投げて足で踏み割った。

「さあ、覚悟しろよ、妖怪め」

黄文攸は身がまえ、呼吸をととのえるようすだ。全身に力がみなぎってくるのを待っているのだろう。

私はうんざりした。こいつに較《くら》べれば妖虎のほうがまだましだ。

「ひとつ忘れていた。教えてやろう」

「……何だ？」

「その酒を飲んだら、効力はまる一日保《も》つ、そして弱い蛇は強い人間になり、弱い人間は強い蛇になるのさ」

黄文攸は絶叫しようとしたが、笛を吹きそこねたような音が洩れただけである。全身の輪郭《りんかく》が変わりはじめ、手が縮《ちぢ》み、舌が細く長く伸びる。と、濛々《もうもう》と黒い煙がたちこめ、黄文攸の姿をおおい隠した。それが消えていくと、人の身長の三倍ほどもある大蛇が、頭をもたげ、光る眼で私をにらんだ。

変身が終わった瞬間、私は剣を閃《ひらめ》かせた。ねらいすました一撃で、大蛇の頭部は半ば切断された。大蛇は激しく躍り、頭部は自らの重さのために後方にのけぞって、切口から黒い血を溢《あふ》れさせた。

私はさらに一撃を加え、頭部を床にたたき落とした。大蛇の動きが完全にとまるまで、幾何《いくばく》かの時間を必要とした。

血に濡れた剣を、私は気絶した李光遠の手に握らせた。蛇怪《じやかい》を退治した勇者として、李光遠の名は杭州臨安府にとどろくことになるだろう。私には名声は必要ない。桐源山の平穏が保《たも》たれ、人と妖怪との間にある均衡がくずれなければよいのだ。

やるべきことをすべて終えたとき、書院の扉をたたく音と従者たちの声とが聞えた。同時に私の変身も解けはじめた。何度経験しても奇妙なものだ。手足が縮み、骨が曲がり、体毛がしりぞいていく。服が波うちながら床にかさなり、私の体は服から脱《ぬ》け出した。

従者たちが扉を破って書院にはいって来たとき、私は扉のすぐ傍《そば》、壁ぎわの床の上にいたが、誰も私の姿に気づかなかった。頭部を切断された大蛇と、気絶からさめかけて呻《うめ》き声をもらす李光遠との姿を見て、一同はおどろきの声をあげた。彼らの足もとをすりぬけて廊下へ出た小さな黒い蛇になど、気づく余地《よち》もなかった。

そう、私の正体は黄文攸が山中で見た黒蛇なのだ。うかつにも黄文攸に谷底に突き落とされて、事後処理のために杭州臨安府までやって来なくてはならなかった。こんな失敗は三百年ぶりのことで、当時は唐《とう》の僖宗《きそう》皇帝の御宇《みよ》だった。一度ならず誤りをおかす点、われわれ妖怪も人と異《こと》なるところはない。

みずから風梢将軍と名乗らず、その配下と称したのは、照れくさかったからだ。誇大《こだい》な称号であることは自覚しているが、帝禹《う》以来三千四百年、桐源山の守護者はその名を帯《お》びることになっているのだからしかたがない。

黄文攸の家から道路へ出ると、さえざえとした冬の満月が道を銀色に照らし出していた。西へとつづく道を、人に気づかれぬよう用心しながら、私は自分の旧《ふる》い棲処《すみか》へと帰っ

ていく。つぎにこの華《はな》やかな城市《まち》へ来るとき、ここは宋ではない別の王朝に統治されていることだろう。

阿羅壬《アラジン》の鏡（宋・南宋）

I

南宋《なんそう》は孝宗《こうそう》皇帝の御宇《みよ》に、泉州《せんしゅう》といえば西方世界ではザイトンと呼ばれ、地上で二番めの大貿易港であった。これをしのぐのは同じ南宋の杭州臨安府《こうしゅうりんあんふ》だけといわれたが、何しろ人口五十万のうち十万が異国人といわれるほどで、黄金色の髪も青い眼も黒い肌も、とりたてて珍しくはなかった。

「路上で十人に行きあうと、十一カ国語を聞くことができる」

などといわれたものだ。数が合わないじゃないか、などというのは、比喩というものを知らない田夫野人《いなかもの》だ、とも。

港にはさまざまな形や大きさの船がひしめき、商店には米、魚、果実から象牙《ぞうげ》、真珠、犀角《さいかく》、胡椒《こしょう》、黒檀《こくたん》など珍しい品物が並び、夜も灯火が消えることはなく、繁栄と活気は永遠につづくかのようであった。

「不景気だなあ」

茶館《さかん》の店先で、卓《テーブル》に肘《ひじ》をついてそうつぶやいたのは、張敬《ちょうけい》という男だった。三十代半ばの、定職のない男である。卓の上には、冷やした甘豆湯《ぜんざい》をいれた碗《わん》がおいてあったが、とうにそれは空《から》になっていて、要するに張敬は行くあてもないまま甘豆湯一杯で茶館にねばっているのだった。

呂《りよ》という員外《かねもち》の邸宅に出入りしては、何かと雑務や周旋《しゆうせん》を引き受けて手数料を稼いでいたのだが、主人が死んで代替わりすると、実権をにぎった先代の正夫人に睨《にら》まれて、出入りを禁止されてしまった。主人と妓女《げいしゃ》との連絡役をつとめたりしていたのだから、睨まれるのも無理はないが、重要な収入源を失ったのは痛い。泉州の街は繁栄の極にあるが、張敬はひとりでその影の部分を背負っている気分であった。

「よう、元気がないな、張兄《ちようけい》」

声をかけられて、張敬は視線を動かした。顔見知りの若い男が立っている。

「何だ、お前か」

「何だはないだろう、この阿羅壬《アラジン》さまがせっかくうまい儲《もう》け話を持ってきてやったのに」

「お前の儲け話とやらを頭から信じるほど、まだ落ちぶれてはいねえよ」

阿羅壬というのは漢人としては奇妙な名だが、泉州ではとくに珍しがられることはない。縮れた髪、浅黒い肌、とがったような隆《たか》い鼻など、容貌のすべてが、彼の出白《しゆつじ》を物語っている。彼が張敬を「兄」呼ばわりするのは、三歳ほど下だからだが、多少の恩義があるからでもあった。

阿羅壬はもともと蕃坊《ばんぼう》に住んでいた。蕃人《ばんじん》（異国人）の居住区で、泉州城の南、港のすぐ近くである。だが阿羅壬はそこで失火《しっか》事件をおこしてしまった。さいわい死者は出なかったのだが、三年の期限つきで蕃坊から追放されてしまったのだ。行くあてもない阿羅壬を、何度か会っただけの張敬は気の毒に思い、しばらく家に泊めてやったのである。

蕃坊では住人たちの自治が認められている。波斯《ペルシア》や大食《アラビア》から渡来してきたイスラム教徒の勢力が最大であったから、蕃長《ばんちょう》と呼ばれる指導者もイスラム教徒が多かった。財力と人望をそなえた年長者が選ばれて、蕃坊内部の行政事務をおこない、人々の利害を調整し、よほどの重罪でなければ裁判もおこなった。その蕃坊から、阿羅壬は一時的に追い出されてしまったのだ。

つまり阿羅壬は漢人からも蕃人からも信用されていなかったわけだが、そういう人物でも何とか世渡りできるのが、泉州という大都会のありがたさである。

「じつはすごいお宝を見つけたのさ。それで張兄にもすこしいい目を見させてやろうと思って」

「ふん、何千回も聞いた台詞《せりふ》だな」

「今度はほんとうだって。大きな声じゃいえないが、桃林県《とうりんけん》で、ちょっと、その、古い墓を掘ってきたのさ」

阿羅壬は声をひそめた。

泉州の北にある桃林県といえば、三百年ほど前に怪異が生《しょう》じたことで知られる。「稲がさかさにはえた」というのである。田の表土に稲の株だけがはえ並んでいたので、奇怪に思って人々が株を引きぬいてみると、地中から稲が曳《ひ》き出されてきた。その年、唐《とう》王朝が滅亡し、泉州の地では王審知《おうしんち》なる者が自立して閩《びん》国を建てた。五十年後、ふたたび桃林県で稲が地中にさかさにはえた。まさにその年、閩国は滅亡したのである。

閩国は小さな地方政権にすぎず、命脈《めいみゃく》も長くはなかったが、泉州のような良港をかかえて異国との貿易が盛んであり、財政は豊かであった。隣国の侵攻によって滅亡したとき、王宮の財宝がかなり行方不明になっていたといわれる。亡国に際してありがちな話ではあるが、その財宝の一部をほんとうに阿羅壬は手にいれたのだろうか。

どうにも張敬には信じがたかった。その表情を見て、阿羅壬はにやりと笑う。

「これを見てみろよ、張兄。そして信じる気になったら、ちょっとおれの家に来てくれ」

ほどなく張敬は阿羅壬と肩を並べて雑踏《ざっとう》のなかを歩いていた。卓の上に、古ぼけているとはいえ真物《ほんもの》の翡翠《ひすい》の耳飾りを投げ出されては、信じるしかなかった。むろん全面的にではない。六信四疑というところである。

「で、どんなお宝なんだ」

「古い鏡さ、円形のな。直径一丈近くある」

「鏡？　いつごろのものだ」

「秦鏡《しんきよう》というやつさ」

「秦代のものか。とすると千三、四百年は往古《むかし》のものということになるな」

真実であるとすれば、たしかに骨董《こっとう》としての価値はある。それほど鑑定眼《め》のきかない員外《かね》
外相手《もち》なら、白銀《はくぎん》二百両か三百両ぐらいは吹っかけることもできるだろう。当然、三割ていどは張敬の手数料ということになる。

妥当《だとう》な線だと思ったが、意外にも阿羅壬は首を横に振った。

「これは員外の手なぐさみにしておくのはもったいない秘宝だぞ。朝廷に売りつけるとしたら、白銀一万両、いや、二万両はほしいな」

「意味がわかって、そういうだいそれたことをいってるのか。万というのはな、百の百倍の単位だぞ」

いやみをいいながら、張敬は、一室しかない阿羅壬の家に足を踏みいれた。家と呼ぶのもためらわれるほど粗末《そまつ》な、崩壊寸前の小屋で、窓も小さく内部は薄暗い。おそらく食べ残しだろうが、腐りかけた魚の臭いがする。正面に、直径七尺（宋代の一尺は約三〇・七センチ）ほどの青銅製の円鏡が立てられていた。それを張敬はのぞきこんだ。

一瞬の後、奇声をあげて張敬は跳《と》びすさった。均衡をくずして、土の床に尻もちをつく。鏡の中で同じ姿勢をとったのは張敬ではなく、白々と鏡面に浮きあがる一体の骸骨《がいこつ》であった。

「な、何だ、これは」

「どうだ、おどろいたろう」

得意げに阿羅壬は胸をそらした。たしかにおどろきはしたが、感歎したというより気味が悪い。張敬がようやく立ちあがると、鏡の中で骸骨も立ちあがる。

「ほれ、こうやって鏡に向けて手を振る。すると、見ろや、骸骨も手を振るだろう」

阿羅壬が実演してみせた。張敬はいまいましげに彼を見やり、鏡の周囲をひとまわりしてみた。誰も鏡の裏に隠れてはいなかった。

「つまり、この鏡には人の身体の内部が映るわけだな」

「そうだ、そのとおり、張兄はまったく理解が迅速《はや》い」

阿羅壬は手をたたいたが、張敬はそれにつられなかった。

「それで、これをどうする気だ」

「むろん売るのさ」

愛《いと》しげに、阿羅壬は鏡の表面をなでた。白い骨だけの手が鏡の中でうごめいて、張敬の舌打ちをさそった。彼の態度を、阿羅壬は誤解したらしい。

「心配いらんよ、張兄、古い墓から掘り出したなんていうものか。異国船から買いとったといえばすむことだ」

「だめだな、こいつが売れるわけはない」

「どうしてだ⁉　いま張兄も見たじゃないか」

心外《しんがい》きわまる、といいたげな阿羅壬の声と表情であった。張敬は思いきり冷たくいい放った。

「考えてもみろ、そりゃあ衣服が透《す》けて美女の身体がじかに見えるというのなら、いくらでも需要はあるさ。万金《ばんきん》をはたいて買いとろうという員外《かねもち》だっているだろう。だがな、誰が好きこのんで、美女の骨なんか見たがるんだ」

阿羅壬は口を開いたが、一言も発せずにふたたび閉ざした。秘宝を手にいれた嬉《うれ》しさのあまり、肝腎《かんじん》のことを失念していたようだ。しばらくしてもういちど口を開いたが、つい先刻の元気は消えうせていた。

「世の中には、そういう趣味の奴もいるのではないかなあ」

「どこにだ。黄河の北にでも行ってみるか」

この時代、黄河の流域は女真族《じょしん》の金国《きん》が支配している。張敬や阿羅壬などがのこのこと出かけていけるような土地ではない。

阿羅壬は悲痛な声をあげた。

「努力が報われぬというのは、つらいことだなあ」

「戯言《ざれごと》をほざくのもほどほどにして、まじめに働いたらどうだ。そんなざまだから、いい歳《とし》をして嫁ももらえんのだぞ」

自分のことを棚にあげて、張敬は吐きすてた。落胆の思いを全身にあらわして、阿羅壬は土の上にすわりこむ。それを見るとさすがに気の毒になり、張敬は悪友の手をとって立たせた。とりあえず、安酒でも買って憂《う》さをはらそう、とすすめたものである。

II

二カ月ほど経《た》って、張敬《ちょうけい》はまた阿羅壬《アラジン》の訪問を受けた。ひと目見て、悪友の景気のよさがわかった。阿羅壬は新調したばかりの服を着こみ、顔色もつやつやとして、現在の境遇を語ったのである。

阿羅壬は秦鏡《しんきょう》を利用して医者のまねごとをはじめたのだ。鏡の前に人を立たせると骨格が映るのだが、骨折した箇処《かしょ》が映ると治療がしやすいのは理の当然である。また肋骨《ろっこつ》のあたりに影が出ると、内臓に病気があるということも、経験からわかった。阿羅壬は医術書を一冊買いこみ、もっともらしく病人や家族に説明しながら治療費をせしめ、どうやら成功をおさめたというわけである。

「どうだ、うまくやってるだろう」

大きく胸をそらせる阿羅壬当人ほどには、張敬は感心しなかった。

「お前に医術の心得なんぞないじゃないか。教えた治療法がまちがっていて、病気がもっとひどくなったらどうする気だ」

「そのときは天命《てんめい》でどうしようもなかったというさ。人力のおよばざるところだ」

「相手が納得しなかったらどうする。府庁のお役人にでも訴えられたら、めんどうなことになるぞ」

「それそれ、今日の用件はそれさ」

阿羅壬は袖の中から何やら重そうな綿布《めんぷ》の包みをとりだした。

「ここに白銀で百五十両ある。このうち百両を、府庁のお役人たちにばらまいてくれないか」

「残りの五十両は？」

じつに気前よく阿羅壬は返答した。

「もちろん張兄の手数料さ。いやいや、遠慮はしないでぜひ受けとってくれ」

　張敬は遠慮しなかった。これまで阿羅壬にかけられてきた迷惑のかずかずを思えば、白銀五十両でも安いくらいだ。それにしても、手数料を払うの付届《つけとどけ》をばらまくのと、つい二カ月前の阿羅壬と比較すれば、どこの員外かと思うような景気のよさである。

「誰か、これという人物の心あたりは？」

「そいつは張兄にまかせるが、現場で影響力のある奴でないとだめだぜ」

「林《りん》という押司《おうし》がいる。女房が浪費家なもんで、本人はいつも銭に不自由しているんだ。こいつを味方につけよう」

　押司とは上級書記官のことだが、科挙《かきょ》に合格した知識人官僚と異《こと》なり、地元で採用されたたたきあげの実務家で、現場の実権をにぎっている。彼に睨《にら》まれたら終わりだが、いったん取りこんでしまえば、よほど兇悪な犯罪でないかぎり見逃してもらえるのだ。

　さっそく張敬は林押司のもとへ出かけて白銀五十両を献上し、下っ端《ぱ》たちにも五両、三両とばらまいた。これで阿羅壬は安心して医者稼業に励《はげ》むことができるようになったわけである。

　ほどなく張敬も阿羅壬を手伝うようになった。他にうまい儲《もう》け口があるでもなし、阿羅壬にも助手が必要になっていたのだ。調子に乗りがちな阿羅壬をおさえて、張敬は慎重に行動させた。

　あまり商売が繁盛《はんじよう》しすぎると、他の医者の嫉妬や猜疑《さいぎ》を招くことになるし、林押司に対して支払う賄賂の額も増やさなくてはならない。盗賊にねらわれて秦鏡を失うようなことにでもなったら目もあてられない。ほどほどが一番いいのだ。

　阿羅壬も納得した。四つも房室《へや》のある家を借りて、雑用をする婆さんを雇《やと》い、毎晩の食事に高い酒をつけ、十日に一度は妓楼《ぎろう》にあがれるようになった。新品の衣服に帽子に沓《くつ》。とりあえずこれで充分ではないか。

　そうして百日ほどが満足のうちに過ぎて冬になった。泉州は南方の街で、冬でも暖かい陽光と緑に恵まれている。

　ある日、張敬と阿羅壬は、曹《そう》という員外の邸宅に招かれた。何隻も商船を所有し、異国を相手に商売している富豪である。本来、張敬たちと一生、縁のある家ではないが、長年つとめている総管《そうかん》（支配人）の妻が階段から落ちて足首を負傷し、骨折のようすが正確にわからないので治療がうまくいかない、という事情があったのだ。知人である林押司に相談してみたところ、阿羅壬を紹介された、というわけである。

「曹員外は気前のいい人だ。うまくいったら謝礼をはずんでくれるはずだぞ」

「ありがたいことで。そのときは押司大人《たいじん》に謝礼の三割さしあげますよ」

「ん、そうか。せっかくの厚意だ、ことわるのも悪いな」

林押司とそういう会話をかわした後、ふたりは厚い布につつんだ秦鏡を車にのせて曹員外の邸宅に運びこんだ。

治療のほうは無事にすんで、ふたりは酒食をもてなされ、謝礼を受けとった。出ていく前に門の傍で秦鏡をふたたび車にのせようとして、石づくりの塀にたてかける。と、鏡面に骸骨の姿が映った。張敬と阿羅壬は声をのんだ。映った骸骨には角と牙《きば》がはえていたのだ。

顔を見あわせてからそっと肩ごしに振り向くと、曹家に出入りしている商人かと思われる大男が、家の中にいる誰かと話していた。会話がすむと、男は張敬たちに目もくれず、大股に門を出ていった。張敬はあえいだ。

「見たか、奴の骨格は人のものではなかったぞ」

「で、ではいったい、奴は何者なのだ」

「人ならぬものだ」

これでは返答になっていないが、ふたりは悪寒《おかん》を感じて顔を見あわせた。妖怪が人のふりをして、白昼堂々《はくちゅうどうどう》、泉州の街を歩いているのだ。

「林押司に相談しようか、張兄」

「相談料をふんだくられるぞ。それに、なぜそんなことがわかったか尋《き》かれたらどうする。秦鏡の出処が知れでもしたらまずいだろうが」

「うむ、まずいよなあ」

盗掘の事実が知れたら、刑罰をくらうのは阿羅壬のほうである。役人に知らせるとしても後のことにして、ふたりは、人のふりをした妖怪のあとをつけてみることにした。

妖怪は堂々と街路を歩いていく。あとをつける張敬と阿羅壬のほうが、かえってこそこそしていた。その点に気づいて、張敬は癪《しゃく》にさわったが、この際しかたなかった。

妖怪がはいっていったのは、杉林に囲まれた一軒の家だった。大きいが邸宅というほどではない。この地方には杉が多く、杉嶺《さんれい》だの杉渓《さんけい》だのという地名があるほどだ。

門の前に邪妖《じゃよう》をさえぎるための隔壁もなく、扉には門神《もんしん》の肖像画も貼られていないことに、張敬は注意した。これは妖怪が集合するための家だ、と、張敬は心にうなずく。

うかつに近づけないぞ、と思って門外でためらっていると、はいったばかりの男がまた出てきた。同行者がふたりいる。当然、妖怪の仲間だろう。いったん杉林に身をひそめた張敬と阿羅壬は尾行を再開した。

今度の尾行は酒楼《しゅろう》で終わった。妖怪たちと背中あわせの卓に、張敬たちは座をとることができた。店の男に思いきって白銀一両をにぎらせた甲斐《かい》があったというものだ。

　ひととおり酒と料理を頼んだが、味わうどころではない。いいかげんな会話をかわしながら、背後の声に注意を集中させる。古来、悪党はむしろにぎやかな場所でさりげなく密談するものだというが、妖怪たちもそうなのだろうか。阿羅壬は張敬と向かいあわせにすわり、妖怪たちの唇の動きを読んだ。

「……あとひと月だな、待ちどおしいことだ」

「元宵節《げんしょうせつ》までに、必要な数が集まるのだろうな」

「それはまちがいない。ただ直前にならんとだめだ」

「まあ年が明けて正月十四日まではおとなしくしていることだな」

「人に気づかれぬように、おとなしくな」

「人を喰うのも、しばらくはがまんしろ。この泉州をわれらのものとするまではな」

「それにしても、われらがこうやって白昼堂々と酒をくらっているとは、人どもも気づくまいて」

　妖怪たちは声をそろえて笑った。

　ふたりは慄《ふる》えあがった。正体は不明だが、とにかく人ならぬ者どもが泉州に災厄《さいやく》をもたらそうとしているのだ。

　必死の思いで平静をよそおい、ふたりは酒楼を出た。いったん曹家にもどり、秦鏡をつんだまま放り出してあった車を引きとってから家路をたどる。

暮色《ぼしょく》の濃い街を、車を曳《ひ》きながらふたりはささやきあった。

「お役人に知らせたがいいだろうか」

「しかし、とても信じてはくれんだろうなあ」

阿羅壬にしても張敬にしても、お役人たちの信用を得ているとは、とてもいえない。林押司とつながりはあるにせよ、人格を信用されているわけではないのだ。うかつに妖怪云々《うんぬん》を口にすれば、いたずらに世を騒がす者として拘引《こういん》され、罰棒《ばつぼう》をくらうのが落ちである。

「それでもこのままにはしておけないよ、何とかしなくては」

「おれたちに何ができるというんだ」

「何かできるはずだよ、張兄」

「できもしないことをいうより、泉州を逃げ出したほうが賢明じゃないのか」

「逃げ出す……」

「そうさ、この商売もそろそろ見切り時かもしれんぞ。貯《た》めた金銭《かね》を持って広州《こうしゅう》へでも……」

張敬はおどろいた。車を曳きながら考えこんでしまった阿羅壬が、顔をあげると、決然《けつぜん》としていったのだ。

「いや、逃げ出すなんてできるものか。泉州はおれの生まれ故郷だ。張兄にとってもそうだろう」

「それはそのとおりだが、お前、何を興奮してるんだ」

「つまり、その、男児の志というか、義を見てせざるは勇なきなりというか」

「使い慣れん言葉を使うなよ」

店々の灯火を受けた阿羅壬の顔が、何やら他の人物のものであるように張敬には思えた。

「とにかく泉州から逃げ出すのはいやだ。張兄だって、生まれ故郷があんな妖怪どもの好きなようにされていいのか」

「よくはないが、それではどうしようというんだ。お役人なんて、あてにはならんぞ」

「わかってる。だから張兄とおれとで、あの妖怪どもをやっつけるんだ」

こいつ正気か、と、張敬は悪友の顔をつくづく眺めたが、阿羅壬は真剣そのものの表情で、張敬の目を見た。

「おれたちみたいな者でも、故郷を守るために何かできるってことを見せてやろうや、張兄」

「あ、ああ」

誰に見せるつもりだ、と、内心で張敬は思った。

III

張敬はまず近所の道士《どうし》に一般論として相談してみたが、

「妖怪を封じこめるには、まず犬の血か汚物《おぶつ》をぶっかけることじゃな。その後に、ほれ、わしのつくったありがたい魔よけのお札、これを一枚につき白銀一両で売って進《しん》ぜよう」

との返答である。

「あれじゃだめだ。一両で妖怪が追いはらえるとも思えず、張敬は落胆して家に帰った。もっと実力のある道士か、徳の高い坊さんにでも頼もう。それとも、いっそ清真寺《せいしんじ》にでも行ってみたほうがいいかなあ」

清真寺とはイスラム教の寺院である。

張敬と前後して阿羅壬も帰ってきたが、表情は暗かった。彼はまず清真寺へ行ってみたのだが、日ごろの不品行《ふひんこう》がたたって、寺院内にいれてさえもらえなかったのだ。

「元宵節《げんしょうせつ》まであとひと月ちょっとだ。これじゃどうしようもない。やはり逃げ出すとしようや」

張敬がいうと、阿羅壬は頭《かぶり》を振った。妖怪どもが集まって事をおこすのは元宵節で、つまり逆にいえばそれまでは安全ということだ。その間にできるだけ手をつくし、だめなら二、三日前に泉州を逃げ出せばよい。まだあきらめるのは早すぎる。それが阿羅壬の意見で、たしかに道理であったから、張敬もうなずくしかなかった。

年が暮れ、年が明けた。張敬にとっても阿羅壬にとっても正月どころではなかった。一日一日と元宵節が近づき、いつもにぎやかな泉州の街はひときわはなやかな祝《しゆく》祭《さい》の熱気につつまれた。

うきうきとする人々をよそに、張敬はいよいよ逃げ出す準備をはじめたが、ある日、思いつめた表情で帰宅した阿羅壬が彼にささやいた。

「張兄、とうとう最後の手段を採《と》った。もうすぐ大騒ぎになるが、おれを信じて、万事いうとおりにしてくれ」

阿羅壬のいうとおり、その翌日、大騒ぎになった。三月に、泉州府の刺史《しし》（長官）の長男と結婚することになっていた娘がいる。曹員外の長女なのだが、嫁入りの記念として波《ペル》斯《シア》渡来の万金《ばんきん》の宝玉《ほうぎよく》を持参することにしていた。その宝玉が盗まれたのだ。

林押司《りんおうし》が兵士をひきいて曹家に乗りこみ、あやしいと思われる使用人やら出入りの商人やらいあわせた客やら、男女あわせて八十人ほどを一網《いちもう》打尽《だじん》にした。府庁内の牢獄に放りこみ、きびしく尋問する。そのなかに、阿羅壬や、例の妖怪もいた。

阿羅壬の姿を見た林押司は、日ごろの賄賂に義理だてして、ひそかに張敬を呼んだ。張敬は飛んでくると、すぐ白銀百両を林押司に手渡した。阿羅壬との面会をはたすと、ふたたび林押司に会い、何やらもっともらしく話をしたのである。

張敬の話を聞いて林押司はうなった。

「なるほど、犯人は盗んだ宝玉を呑《の》みこんだというんだな。だが、あやしい奴ら全員の腹を剖《さ》いてみるわけにはいくまい。まあ宝玉が腸に詰《つ》まって苦しみだせば自業自得、その場で罪状が明らかになるわけだが……」

「押司大人、押司大人」

張敬は低声《こごえ》で呼びかけ、さらに何やらささやいた。

「なに、まことであろうな」

林押司は大声をあげ、あわてて口をおさえた。犯人を探し出し、宝玉も無事にとりもどす妙策《みょうさく》がある、と、張敬はいったのである。

「へえ、これで真犯人を見つけ出し、無事に宝玉ももどったとなれば、押司大人のご神察《しんさつ》は泉州の歴史に不滅の名を残すことになりましょうぜ」

「何をねぼけたことを。図に乗ると承知せんぞ」

「おそれいります、ですが真犯人を追いつめる妙策にはちがいありません。もう一度お耳をお貸しくださいませ」

……その翌日である。林押司は二十名の兵士をひきつれ、事件の関係者全員を府庁の内院《なか》《にわ》に集合させた。彼の傍《そば》には大きな円鏡が立ててある。

「これは秦鏡《しんきよう》と申してな、何と人の身体の内部が映し出されるという仙界《せんかい》の秘宝である。真犯人は宝玉を呑みこんで胃のなかに隠したようだが、そのような奸策《かんさく》を弄《ろう》しても、秦鏡の前には無益だ」

林押司が一同を見わたすと、当惑したようなざわめきが生じた。

「これより、ひとりずつこの鏡の前に立つのだ。立つだけでよい。そうすれば体内が映し出される。当然、宝玉も映り、真犯人は明らかとなる。もし鏡の前に立つのを拒《こば》む者がおれば、その者を犯人とみなして、ただちに捕縛《ほばく》するぞ！」

一同の大半は当惑したままだが、納得したような表情の者も数名いた。これは林押司が犯人にしかけた罠《わな》だ、林押司の宣告を聞いて逃げ出す者がいればそれが犯人だ——そう理解したのである。そして林押司自身も、そのように思ったからこそ、張敬の提案を受けいれたのであった。

「まず、お前から立ってみろ」

林押司が指さしたのは張敬だった。あらかじめ打ちあわせたことである。張敬はうろたえたように左右を見まわしてみせた。棍棒を持った兵士が、張敬に歩み寄って睨みつけ、顎《あご》をしゃくってみせる。張敬はおどおどした風《ふう》をよそおい、弱々しい笑顔をつくって鏡の前に立った。

府庁の内院に集められていた人々が、悲鳴まじりの声をあげた。鏡に骸骨が映り、張敬の動作にしたがってゆらゆらと揺れているのだから、おどろくのが当然である。林押司も動揺したようだが、咳《せき》ばらいして平静をよそおうと、張敬をさがらせ、つぎの男を指さした。妖怪が化けた人物である。

「つぎはお前だ。さあ、鏡の前に立て」

妖怪は明らかに狼狽《ろうばい》した。人界に秦鏡のようなものが存在するとは知らなかったにちがいない。ただの罠でないことがわかって、妖怪はいそがしく左右の眼球を動かしながら、身体は動こうとしなかった。

「こら、なぜ動かぬ」

兵士が棍棒の先で妖怪をつついた。妖怪がうなり声をあげ、血走った目で兵士を睨む。その瞬間、誰かが叫んだ。

「そいつだ、そいつが真犯人だ。鏡に映ると宝玉を呑みこんだことがばれるんで、いやがってるんだ。そいつが犯人だぞ！」

阿羅壬の声だ。思いきり大声で張敬は和した。

「そいつが犯人だ、つかまえろ！」

林押司も何やらどなったが、その声は、わきかえる人声にかき消されてしまった。

妖怪はいきなり宙返りした。ふたたび地に立ったとき、その姿は人のものではなくなっていた。青黒い皮膚、額の角、巨大な二本の牙、鉤爪《かぎづめ》のついた手、八尺の身長。真の姿を見せると、妖怪はひとつ咆哮《ほうこう》して、兵士の棍棒をひったくった。兵士を突きとばし、大きく跳躍すると、秦鏡に向けて棍棒を振りおろす。

棍棒はへし折れた。同時に秦鏡も音高く撃ちくだかれていた。青銅の破片が四方に飛散する。

「残念、あと五日あれば、この街は我らのものとなったのに。それにしても人の分際《ぶんざい》で我らに冤罪《ぬれぎぬ》を着せるとは憎い奴。汝だけでも異界《いかい》につれていくぞ」

折れた棍棒を放り出すと、妖怪は腕を伸ばした。否《いな》、腕だけが五丈もの長さに伸びて、逃げまどう群衆のひとりをとらえた。悲鳴をあげてもがく姿は阿羅壬であった。

「阿羅壬！」

張敬が叫んだとき、妖怪は雲をめがけて高く高く跳躍していた。その手にわしづかみされた阿羅壬の姿も宙天高く舞いあがる。両者が雲の中に消え、地上の人々がうろたえ騒ぐなか、何かが降ってきた。

林押司の官服に赤い斑点が散る。それが血であることに気づいて、愕然とした林押司が顔をあげた。同時に光りかがやくものが林押司の眉間《みけん》をまともに撃つ。林押司は急所を強打され、声もなく地上に昏倒《こんとう》した。その傍にころがったものを張敬は見た。賊によって盗まれた万金の宝玉が、血とともに地上に落ちてきたのであった。

……それ以後、阿羅壬の姿は泉州の街から消えてしまった。

阿羅壬のことを、ほどなく人々は忘れ去った。惜しむ者もいなかったし、反面、長く忘れられないほどの悪業を積んでいたわけでもなかったからだ。とるにたりぬ小悪党のことなど忘れ去られて、府庁での怪異のみが長く語り伝えられることになった。

張敬はほどなく世をすてて仏門にはいり、身をもって妖怪から街を救った小悪党を弔《とむら》ったといわれている。ただ、不信心ではあっても阿羅壬はいちおうイスラム教徒であったから、仏の教えで魂がなぐさめられたかどうかはわからない。

秦鏡の存在は「酉陽雑俎《ゆうようざつそ》」に明記されており、別名照骨宝《しょうこつほう》という、と書かれている。

これが事実であれば、古代中国においてX線が発見されていたことになるが、むろん単なる説話と解するのも自由であろう。

黒竜潭《こくりゅうたん》異《い》聞《ぶん》（明）

I

劉瑾《りゅうきん》はよろめいた。

首枷《くびかせ》の重さが彼をよろめかせたのだ。その姿がぶざまだったので、彼が死刑になるのを見るために押しよせた北京《ペキン》の庶民のあいだから、潮がみちるように嘲笑《ちょうしょう》がわきおこった。

「いい気味だ、身のほど知らずの宦官《かんがん》野郎！」

「思い知ったか、天罰のおそろしさをよ！」

だが嘲笑は劉瑾の左右の耳を素通りしていった。

「あと一歩だったのに、梯子《はしご》を踏みはずしたばかりに……おれもついてない」

劉瑾の野心が成就《じょうじゅ》していれば、彼は歴史上はじめて、宦官出身の皇帝になっていたはずだった。その寸前に先制攻撃をかけられ、すべては無に帰《き》した。

そびえたつ磔刑《たっけい》の柱が、黒々とした不気味な影を、死刑囚の上に投げかけてくる。明《みん》の正徳《せいとく》五年（西暦一五一〇年）、八月のことである。劉瑾はかわいた唇から、ぼんやりとした声を押し出した。

「ああ、あれからもう十五年になるのか……」

北京は水の都である。

もともとは「苦海幽州《くかいゆうしゅう》」と呼ばれ、水質のよい土地ではなかったのだが、元《げん》の世祖《せいそ》フビライ汗《ハーン》が大運河に直通する巨大な人工湖をつくって以後、風景が一変した。はるか後までその一部がのこって、北海《ほっかい》とか中南海《ちゅうなんかい》とか呼ばれるようになった。だが元や明の時代には、こんなものではなかった、と、北京の庶民はいう。巨大な城壁の内側に、満々と水をたたえた湖がひろがり、百人乗りの舟が悠々《ゆうゆう》と航《ゆ》きかい、人々が釣糸をたれる。周囲に植えられた柳の葉が風にそよぎ、涼しげな影を水面に落とす。

その水系を西へたどって城壁の外に出ると、大きな泉があって、黒竜潭《こくりゅうたん》と呼ばれる。水は清らかだが、底の石が墨のように黒いので、泉から墨汁《ぼくじゅう》が湧《わ》くように見えるのだ。

大明帝国が帝都を北京にさだめるとき、この黒竜潭の主である黒竜が土地のあけわたしをこばみ、都城の建設を妨害した。そこで伝説の大軍師・劉伯温《りゅうはくおん》が黒竜を封じこめ、北京の都は完成した。黒竜は劉伯温を呪《のろ》い、大明帝国への復讐《ふくしゅう》を期して地にひそんだという。

むろん史実ではない。

劉伯温は本名を劉基《りゅうき》といい、明の洪武帝《こうぶてい》をたすけて天下を統一した軍師である。史実においても、民衆伝説のなかでも、中国史上最大の軍師といってよいであろう。北京が帝都にさだめられたときには、劉伯温はすでに死んでいたし、生前にこの土地をおとずれたことすらない。

それでも北京の庶民にとって、劉伯温は時間と空間を超越した半神的な英雄であり、北京の守護者であった。劉伯温の死後、べつの軍師・姚広孝《ようこうこう》（法名が道衍《どうえん》）があらためてもういちど黒竜を封じこめたという伝説もある。姚広孝は北京と深い縁のある人だが、脇役《わきやく》にとどまっているのは、庶民的な人気の差だろう。いずれにせよ、北京が明の帝都となったとき黒竜を封じこめたという話は、北京の庶民にかたく信じられている。

「おれにも守護者がいてくれたらなあ」

うなるような声をあげて、ひとりの若者が黒竜潭の水面に石を投げこんだ。態度といい表情といい、見るからに無頼《ぶらい》の印象である。

若者の名は談瑾《だんきん》といった。

明の第十代の天子、孝宗弘治帝《こうそうこうちてい》の御宇《みよ》である。朝廷の綱紀はひきしめられ、北方から侵攻してきた騎馬遊牧民族はすべて撃退され、民政は充実して、安定した平和な世の中だった。だが、どれほどおだやかな世の中でも、あらゆる人間が成功と満足を得られるわけではない。談瑾の不満は爆発寸前だった。金銭《かね》はない、女には振られる、よい就職先もないし、そもそもはたらくこと自体、好きではないのだ。

「こんな世の中、ひっくりかえしてやりたい。幸福そうな顔をしたやつらも、いまいましい、どいつもこいつも不幸にしてやれたら！」

「では、そうしてみたらどうかな」

声をかけられて、談瑾はとびあがった。よろめく足を踏みしめ、石をつかんで振り向く。借金とりだったら殴《なぐ》りつけて逃げだそうと思ったのだが、背後に立っていたのは、杖《つえ》をついた黒衣の老人だった。異様なほど赤い目をして、顔の下半分は灰色の鬚《ひげ》におおわれている。

談瑾のうろたえようを見て、老人は人の悪そうな表情を浮かべた。

「ほう、よほど追いつめられとると見える」

「うるさい、何だ、てめえは」

「名乗るほどの者でもない。おまえに福をさずけてやろうと思っているだけじゃよ。どうも、このままでは、つきのない人生を送るはめになりそうで気の毒じゃ」

「福をさずけるって、何かいい目でも見せてくれるってのか」

すると老人は、談瑾の顔の前でゆっくり指を折ってみせた。

「富貴《ふうき》、女色、不老長生《ふろうちょうせい》」

「そ、それをみっつともおれにくれるのか」

せきこみ、両眼をぎらつかせる談瑾に、老人は苦笑してみせた。

「残念だが、そうはいかぬ。かなえられるのは、みっつのうちひとつだけじゃ」

「ひとつだけ……」

「そうじゃ、ひとつだけ選ぶがいい。どれがほしい？」

あわただしく、談瑾は思案をめぐらせた。この奇妙な老人は、おおかた狂人であろう。とすれば、うかつにさからわないほうがいい。それに、自分にとって何が一番たいせつかというのを考えるのも一興《いっきょう》に思われた。

「どれにするのじゃ？」

「富貴！」

「不老長生はあきらめるのじゃな」

「あきらめる」

「女色もあきらめるのじゃな」

「…………」

「どうした？」

「……あ、あきらめる」

「さてさて、あきらめにくいようじゃな」

ふたたび老人は苦笑した。談瑾が大きく口をあけて何かいおうとすると、老人は手をあげてそれを制した。

「気の毒じゃが、あきらめてもらわねばならぬ。富貴はたしかに約束した。孫の代には、それが絶頂に達するじゃろう。そのかわり、よいか、それを世のため人のために役だてようなどと思ってはならぬぞ」

「そんなこと、いわれるまでもない。せっかくの富貴を、他人にわけてなぞやるもんか」

「よし、わしが見こんだだけのことはある。ではこれから、わしのいうとおりにするのじゃ」

老人は何かささやくと、談瑾は顔色を変えて一歩後退した。と、声もなく笑った老人の姿は、みるみる薄れ、空中にとけこむように消えてしまったのである。

談瑾は茫然《ぼうぜん》とその場にへたりこんだ。

……それから二カ月後。

「しかたねえ、こうでもしなきゃ、女色を断《た》つなんて、おれにはむりな話だからな」

男性機能を喪失した股間《こかん》のあたりを、かつて談瑾といった若者は、服の上からかるくはたいた。彼は自分からすすんで浄身《じょうしん》（去勢）の手術を受け、宦官となったのである。

「富貴をきわめる」と「女色を断つ」。

このふたつの命題を両立させる方途《ほうと》として、若者が老人から教唆《きょうさ》されたのは、宦官になることだった。

門地はない。学問もない。武勇もない。野心のみありあまる無名の身としては、他に方途がなかったのだが、それにしてもすすんで浄身となるとは、やはり尋常《じんじょう》ではない。

「尋常でない栄華をきわめてみせるさ」

談瑾は男性だけでなく姓も捨てた。宦官になると、劉という先輩宦官の子分になって、おなじ姓を名乗るようになったのだ。

宦官として皇太子につかえるようになったとき、談瑾あらため劉瑾は、自分が魚で皇太子が池であることを感じた。この池のなかで、思うさま泳ぎまくってやろう、と考えたのだ。

彼が教えた遊びのかずかずに、十歳そこそこの皇太子は目をかがやかせてのめりこんでいった。

鷹狩り、闘犬、撃毬《ポロ》、歌舞《かぶ》音曲《おんぎょく》。酒と女はむろんのこと、巷《ちまた》でおこなわれている賭博《とばく》のすべてを、劉瑾は皇太子に教えこんだ。その一方、彼は頼りになりそうな宦官の同志を七人あつめ、徒党《ととう》を組んで権力を独占する計画をすすめた。谷大用《こくたいよう》、馬永成《ばえいせい》、魏彬《ぎひん》、張永《ちょうえい》、邱聚《きゅうしゅう》、高鳳《こうほう》、羅祥《らしょう》がその七人である。劉瑾自身を加え、この徒党を「八虎《はっこ》」と称した。

Ⅱ

武宗正徳帝《ぶそうせいとくてい》は明の第十一代の天子である。

清代になって編纂《へんさん》された「明史」には、「性、聡穎《そうえい》」と記されている。生まれつき頭はよかった。ただ、その頭のよさが、統治者として活用されることはなかった。

「中興の名君」とたたえられる孝宗弘治帝が三十六歳で崩御《ほうぎょ》したので、皇太子であった長男が十五歳で即位し、正徳帝となったのである。在位十六年。その治世ぶりについては、後世の歴史家がつぎのように評している。

「その悪政のため帝の在位中は国内が飢え連年諸地に民乱が起こった」（アジア歴史事典）

「当時、中国は完全なパニック状態に陥っていた」（中国民衆叛乱史）

「秕政百出《ひせいひゃくしゅつ》、叛乱継起」（東洋歴史大辞典）

というわけで、いったいどれほど悪虐無道《あくぎゃくむどう》な暴君かと思われるが、正史《せいし》の記述からは、さびしがり屋のお人よし、権力者の孤独だの統治者の重責などにはとても耐えられず、お気にいりの仲間と遊びくるうことで現実から逃避しつづけた脆弱《ぜいじゃく》な若者の肖像が浮かびあがってくる。先代の弘治帝は、やはり早く死にすぎた。彼があと二十年生きていれば、歴史の歩みはまったくちがっていただろう。

即位後、正徳帝は夏氏《か》を皇后とした。そのときの婚礼の費用は、黄金《おうごん》八千五百二十両、白銀《はくぎん》五十三万三千八百四十両であった。これは当時、大明帝国の年間国家収入のほぼ半分にあたる。

「あまりにも無意味な浪費。これでは将来が思いやられる」

というので、たちまち口うるさい廷臣《ていしん》たちから批判がおこった。批判された正徳帝は、むろん不愉快で、最大限に頬《ほお》をふくらませた。

劉瑾にとって、もっともまずいのは、正徳帝が政治に関心を持ち、地上で最大の権力を正しい方向に行使することである。もともと「性、聡穎」なのだから、そんなことになったら、劉瑾が私欲のために暗躍する余地などなくなってしまう。

だが劉瑾にとってさいわいなことに、正徳帝の政治に対する関心は、ひと月ともたなかった。最初はけっこうはりきって、政治にとりくもうとしたようなのだが、保守的な廷臣たちに、形式や先例や規範や手順についてお説教されると、たちまちいやけがさしたのだ。

「もうやめた！　せっかく朕《ちん》が国政にはげもうというのに、老臣どもは朕の意欲をそぐようなことばかりいいおる。これでは天子になった意味がない。やめたやめた、朕はやめたぞ」

さっそく劉瑾は少年皇帝の短気に迎合《げいごう》してみせた。

「万歳爺《おかみ》、廷臣どもは万歳爺のご意思より形式や先例のほうがだいじなのでございます。すこしこらしめてやったほうが、後々のためにもよろしゅうございますぞ」

「そうだな。で、どうしたらいい？」

「とくに口やかましいおいぼれを、朝廷から追放いたせばよろしいかと……」

すでに劉瑾は、ふたりの重臣にねらいをつけていた。国防を担当する兵部尚書《へいぶしょうしょ》の劉大夏《りゅうたいか》と、文官人事を掌握《しょうあく》する吏部《りぶ》尚書の馬文升《ばぶんしょう》である。

劉大夏は七十歳。無益な対外戦争計画を中止させ、黄河《こうが》の治水に成功し、貧民を救済するなど、名臣の誉《ほまれ》が高い。一方で、宦官に対しては烈《はげ》しい憎悪と軽蔑をいだき、アフリカまで周航した鄭和《ていわ》の業績を、宦官のやったことだという理由からことごとく抹殺してしまった。明帝国の名臣ではあるが、人類史的な視点からは有害な人だったともいえる。

劉瑾から、辞表を出すようほのめかされると、劉大夏は意外にあっさり応じて故郷へ帰ってしまった。宦官にとやかくいわれること自体、耐えがたいことであったらしい。

馬文升は八十歳。「明史」に「貌瓌奇《かいき》」とある。ひとめ見てぎょっとするような怪異な顔だちの人物であったらしいが、眉《まゆ》がやたらと長かったというほかは、具体的なことはわからない。だが「人間は顔じゃない」ことを証明するような人物で、

「文武の才をかねそなえ、誠実で清廉《せいれん》、あらゆる身分の者に敬愛され、外国にも令名がひびいていた」

と、「明史」は絶讃している。何をやらせてもりっぱにこなしたが、とくに十三年にわたって兵部尚書をつとめ、国防に関する識見と行政手腕は比類がなかった。

「いかがです、ご老体、そろそろ引退なさって、後進に道をおゆずりになっては」

表面だけはていねいに、劉瑾はそうすすめた。

八十歳になっても馬文升は知的な衰弱が見られない。長すぎる眉の下の目をじっと劉瑾にすえてだまっている。劉瑾は薄気味悪くなった。この異相《いそう》の老人に、すべてを見すかされているような気がした。もし引退を拒絶されたら殺すしかない。そう思ったとき、馬文升はやや悲しげにうなずいた。

「そうじゃな、わたしの役目は終わったようだ」

馬文升は五年後に死んだが、その直後、「劉六劉七《りゅうろくりゅうしち》の乱」と呼ばれる歴史的な大叛乱が明帝国をゆるがす。叛乱軍が官軍を撃破し、鈞州《きんしゅう》という土地を攻撃しようとしたとき、住民の代表がやってきて懇願《こんがん》した。

「ここは馬太師《たいし》（馬文升）の故郷で、実家とお墓があります。どうか荒らさないでください」

それを聞いた叛乱軍は、鈞州への攻撃をやめ、馬文升の墓の方角を拝礼して他の土地へ去っていった。彼らが心から馬文升を敬愛していたとはかぎらないが、すくなくとも、馬文升の故郷を荒らせば人心《じんしん》を得られない、という認識はあったようだ。

こうして、馬文升と劉大夏、ふたりのうるさがたがいなくなると、劉瑾を掣肘《せいちゅう》できるような者は、もはや朝廷には存在しなかった。

「万歳爺、もううるさくお娯《たの》しみをさまたげる者は朝廷におりませぬ。もしまたそのような偽善者どもがあらわれたら、臣が命令をかけて排除いたします所存《しょぞん》」

「そなたはあっぱれ、忠臣じゃのう」

正徳帝はご満悦《まんえつ》で、さっそく巨額の費用をかけて遊び場をつくらせた。

こうして皇宮の西華門《せいかもん》の外に「豹房《ひょうぼう》」が建てられた。それは「快楽の館」であった。

地上三階ないし四階。地下にもいくつもの部屋がある。外見はイスラム教の寺院のようだが、内部はラマ教（チベット仏教）の寺院を思わせた。極彩色《ごくさいしき》で飾りたてた迷宮めいた館で、見るからに妖美をきわめている。

正徳帝はよろこび、劉瑾の案内ですべての部屋を見てまわった。鏡ばりの部屋や、チベット風の怪異な仏像をならべた部屋がとくにお気に召したようだ。

「館があるからには女もほしいな」

「万歳爺のお望みのままに」

「朕は思うのだが、外国にもさぞ美しい女がいるのではないか」

「もちろんでございます。万歳爺は西域《せいいき》の女をご存じで？」

「見たことがない」

「髪は赤や黄金色、瞳は青や緑、肌は白磁《はくじ》のごとく、歌も踊りも中華の女どもとはひとあじちがうと聞きおよんでおります」

「それは見てみたい、ぜひ見てみたいぞ」

正徳帝が「見てみたい」というのは、むろん「抱いてみたい」という意味である。

西域のウイグル族の豪商を呼んで、劉瑾は何やら命じた。

ウイグル族のえりすぐりの美女十二人が豹房に送りこまれてきた。さらに、ラマ教の僧やら、歌手に曲芸師、奇術師に道化《どうけ》などが正徳帝の前にあらわれた。山海の珍味と西域の葡萄酒《ぶどうしゅ》も運ばれてくる。正徳帝はラマ教の大僧正の服を着こみ、意味もわからずチベット語のお経を読み、極彩色に塗りたくられた仏像の前で美女を抱いて狂喜した。

　そこへ、書類の山をかかえて劉瑾が姿をあらわした。

「ええ、万歳爺、これらの書類をいそいで決裁《けっさい》していただきたいと廷臣どもが中しておりますが」

　正徳帝は怒りの声をあげた。

「なぜいま持ってくるのじゃ。朕はそんなもの見とうない。そなたがかってに処理しておけ」

「かしこまりました」

　劉瑾は若い皇帝の命令にしたがった。かってに国務を処理することにしたのである。といって、劉瑾は政治そのものに関心などない。関心があるのは金銭《かね》をかせぐことと、そのために権力を維持することだけである。

　劉瑾は、新任の吏部尚書である焦芳《しょうほう》を子分にした。文官の人事権をにぎったのだ。単純明快な基準が、大明帝国の朝廷に確立された。司礼太監《しれいたいかん》（宦官長官）の劉瑾に賄賂《わいろ》をおくった者は出世し、そうでない者は失脚する。劉瑾は官位と官職を売る商人となり、そのふところには一日に白銀五万両が流れこんだ。音をたてて滝のごとく。

たった半年で、劉瑾は大明帝国の最高権力者になりおおせた。王侯も大臣も、みずから浄身《じょうしん》となった無知無学な野心家の前にはいつくばった。彼らは大金を投じて官位と官職を買い、投下した資金を回収するため民衆からしぼりあげた。高利で金を貸し、返せない状況にしておいて土地や家をとりあげ、人間そのものを奴隷にしてしまうのである。

こうして半年で大明帝国は腐敗の極におちいり、社会秩序は崩壊してしまった。

Ⅲ

たった半年で国家と社会が一変したことに廷臣《ていしん》たちは恐怖をいだいた。八虎《はっこ》のおよぼす害悪は目にあまるとして、彼らは正徳帝《せいとくてい》に宦官を抑制するよう申し出た。若い皇帝の返答はこうであった。

「世に悪をなすのが宦官ばかりということはあるまい。人が十人あつまれば、そのうち善人はせいぜい三、四人というところだ。そなたらとて例外とも思えぬ。他人を責めるばかりではなく、そなたらもすこしみずからをかえりみてはどうだ」

廷臣たちは顔を見あわせ、しおしおとひきさがった。

廷臣たちを沈黙させるだけの知恵を、正徳帝は持っていた。「性、聡穎《そうえい》」といわれるだけのことはある。ただ、正徳帝がそういったことの結果はというと、廷臣たちが表面上は口をつぐみ、劉瑾《りゅうきん》の暴虐がつのり、民衆がますます苦しむことになっただけであった。

　正徳二年の夏、劉瑾の悪業を弾劾《だんがい》する匿名の文書が朝廷に流れた。激怒した劉瑾は、文武百官を奉天門《ほうてんもん》の前の広場にひざまずかせ、自分は門の上に立って彼らを責めたてた。

「おれを誹謗《ひぼう》した犯人は誰だ⁉　白状せぬかぎり、きさまら、そのまま、何日でもひざまずかせてやるからそう思え！」

　その日はきわだった酷暑で、木蔭《こかげ》ひとつない石畳の広場に、夏の太陽は容赦なく照りつけた。廷臣たちは、ばたばた倒れ、熱射病による死者が続出した。見かねた宦官の李栄《りえい》と黄偉《こうい》が、桶《おけ》に氷とひやした瓜《うり》をいれて廷臣たちに配り、それによって多くの者が助かった。

「こら、おれの許可をえずに、何をしている⁉」

　門の上から劉瑾がどなると、李栄は顔をそむけて答えず、黄偉はおそれる色もなく門の上をにらみつけてどなりかえした。

「あなたこそ、万歳爺《おかみ》のご許可もなしに、廷臣たちを虐待しているではないか！」

　劉瑾は激怒した。ふたりを殺そうとしたが、「八虎」のひとりである張永《ちょうえい》が、「宦官どうしが殺しあってどうする」といって制止したので、北京から追放するにとどめた。

廷臣たちの半数が熱射病で寝こんでしまい、これでもうさからうやつはいないだろうと思っていると、ちゃんといた。堂々と署名いりで劉瑾に対する弾劾文を提出した者がいる、と、吏部尚書の焦芳《しょうほう》が報告してきたのだ。

「誰だ、そのなまいきなやつは」

「王守仁《おうしゅじん》、号を陽明《ようめい》と申しまして、兵部の主事《しゅじ》をしております」

「王陽明というのか。いずれにしろ、小役人のくせにおれにさからうとはいい度胸だ。ほうびとして杖《じょう》をくれてやれ」

王陽明はただちにとらえられ、杖をもって四十回なぐられた。皮膚が裂け、肉がはじけ、血が飛散して、王陽明は意識をうしなった。

「悲鳴ひとつあげんとは、ますますなまいきなやつ。辺境に流してしまえ。いや、流してしまうだけではものたりん」

王陽明は傷だらけの身体で北京を追われ、はるか西南の涯《はて》、貴州《きしゅう》の竜場《りゅうじょう》へと流された。だがそれだけではすまなかった。劉瑾は刺客《しかく》を放ち、途上に王陽明を殺害しようとしたのだ。

やがて刺客が北京に帰ってきて、王陽明の自殺を報告し、証拠として遺書と履《くつ》を提出した。銭塘江《せんとうこう》に身を投げた、というのである。劉瑾は満足した。

　だが、王陽明は死んではいなかった。夜、銭塘江にとびこんで死んだと見せかけ、ひそかに岸に泳ぎついて竜場へ向かったのである。王陽明が復権するのは四年後のことだが、このとき彼が刺客に殺されていれば「陽明学」なるものはこの世に存在しない。

「華北の百姓《ひゃくせい》（人民）、餓《う》えに啼《な》き寒さに泣くもの、十に八、九」

「税を供《きょう》して足《た》らざれば、即《すなわ》ち児《こ》を売り妻を売らざるを得ず」

「樹皮草根を喰《くら》い、泥水をすする」

　と、「明正徳実録《みんせいとくじつろく》」その他に記されるほどの惨状となり、天下に正徳帝と劉瑾を呪う声が満ちた。そのようななかで、劉瑾は、味方の張綵《ちょうすい》という廷臣に語りかけた。

「万歳爺はこれまで何千人の美女をお抱きあそばしたことか。それなのに、妊娠した女がひとりもおらぬ。これはもう、今後、御子ができる可能性はないな」

「けっこうなことではありませんか」

「そう思うか」

「万歳爺に御子がおわさぬということは、つぎの天子として本命《ほんめい》の方が不在ということ。となれば、皇族のなかからどなたかを選んで帝位についていただく、ということになります」

「お選びになるのは万歳爺だ」

「万歳爺はあなたのご意見をおききあそばしましょう。間接的に、あなたがお選びになるわけです」

「ふむ、なるほど」

劉瑾はうなずいた。ことさら幼弱《ようじゃく》の者を天子として、それを背後からあやつれば、劉瑾の栄華と権勢はこれまでと変わらないはずである。

だが、どうも不安をおさえきれなかった。何がどうとはいいがたい、きわめて漠然とした感覚だが、目をそらすとかえって気になるしこりのようなものがある。

ひとり寝室にはいってなお劉瑾は考えこんだ。

女たちの前で、劉瑾はけっして服をぬがない。男性機能を喪失した股間を見られるのがいやなのである。入浴や着替えの世話は、身分の低い宦官たちにやらせるか、自分自身ですませた。

寝室の灯火が微風にゆらぐと、寝室そのものが波うつようにきらめく。床にも牀《しょう》にも黄金と白銀が敷きつめられ、つみあげられ、壁にも天井にもそれらが貼《は》りつけられているのだ。

牀に身体を投げ出す。身体の下で金銀が波うつ感触には、表現しがたいものがあった。一枚の白銀のために児《こ》を売らねばならない民衆の怨《うら》みの声など、劉瑾にはとどかない。こすれあう金銀の音だけが彼の耳をくすぐる。

「女色のほうはまあしかたないとして、この地位と財産を、誰に相続させたらよかろう」

古来、地位と財産を得た宦官は、養子にそれをゆずり、死後は墓を守ってもらうものである。劉瑾としても、実子をもうけることができぬ以上、養子をもらうしかない。

劉瑾は金銀を掌《てのひら》にすくいあげた。

「しかし、これだけの財産を、おれの死後はたして維持できるだろうか。どいつもこいつもおれを憎み、ねたんでいるからな。おれが万歳爺をおさえているかぎりは安心だが、なにせあの昏君《こんくん》、誰かによけいなことを吹きこまれたらすぐにその気になる性質《たち》だし……」

掌にすくいあげた金銀を落とす。ぶつかりあう金銀のひびきが、一段と耳に心地《ここち》よい。

「あの黒衣の老人はいっていたな……おれの孫が生まれたら栄華は頂点に達すると」

劉瑾に実の孫は生まれようがない。劉瑾が養子をもらい、それが子をつくれば劉瑾の孫ということになるのだろう。劉瑾には兄弟が何人かいる。宦官である劉瑾の権勢のおこぼれにあずかっているだけの、たよりない者たちだが、血族《けつぞく》にはちがいない。そのなかから後継者を選べばいいのだ。

「万歳爺が認めてくだされば、すぐにでも手続きをとるとしよう」

黄金と白銀の鳴る音がした。同時に、べつの考えが雷雲《らいうん》のごとくせりあがってきた。

「どうして万歳爺をあてにしなくてはならん。あの昏君、世の中を遊び場としか考えていないおろか者、帝位の重さを知りもしないあやつを、いつまでも主君とあおぐ必要があるだろうか」

興奮が体内にわきおこり、劉瑾は黄金と白銀の上で身体をころがした。熱した肌を貴金属がひやして、それは異様な感触を劉瑾にもたらした。十五年前に喪失した感覚に、それは似ているような気がした。

「禁兵《きんぺい》(近衛兵《このえへい》)の指揮権はおれにあるし、廷臣どもでおれにさからうような者はいない。万歳爺はおれなしでは、ふん、呼吸をすることすらできぬ……おれが皇帝になって何の悪いことがあろう。半年ほど準備して、九月になったら決行するとしようかい」

だが、その年、つまり正徳五年の四月、辺境からの急報が朝廷をゆるがした。

皇族の安化王《あんかおう》が謀叛《むほん》をおこしたのだ。

安化王は黄河上流の安化城に拠《よ》り、北方からの騎馬民族の来襲にそなえて五万の兵を朝廷からあずかっていた。その五万の兵をもって、安化王は叛《はん》した。起兵の口実は、「奸臣《かんしん》劉瑾を討って朝廷を粛正する」というものである。

うろたえた正徳帝は、劉瑾に相談せず、総兵官《そうへいかん》・神英《しんえい》、提督軍務《ていとくぐんむ》・楊一清《ようけいせい》、軍監《ぐんかん》・張永に五万の兵をあたえ、討伐におもむかせた。

Ⅳ

楊一清《よういっせい》、字《あざな》は応寧《おうねい》。

正徳《せいとく》五年に五十七歳である。科挙《かきょ》に合格したのは十八歳のときであったから、よほどの俊才であったらしい。

廷臣となってからは、北京より、地方での勤務が長かった。とくに、陝西《せんせい》とか寧夏《ねいか》とか、中国西北地区に長くいて、「辺事《へんじ》に通暁《つうぎょう》す」といわれた。辺事とは「辺境の事情」ということで、国境防衛、遊牧民族対策などをまとめてそう呼ぶのだが、文官でありながら軍事にもくわしかったのだ。

だからこそ正徳帝によって提督軍務にえらばれたわけである。遠征軍の総参謀長であり、司令部の事務長でもある。

官軍五万が北京の城門を出て一日後、西から疾走してくる流星馬《はやうま》に出会った。楊一清がとりたてた遊撃《ゆうげき》将軍・仇鉞《きゅうえつ》からのもので、すでに安化王《あんかおう》がとらえられたという吉報をもたらしたのである。

「ほう、たった十八日で乱をおさめたか。いったいどのようにして？」

おどろき、またよろこんで事情をたずねてみると、つぎのような次第だった。

安化王が謀叛をおこしたとき、仇鉞は安化城外の玉泉営《ぎよくせんえい》というところに軍を駐屯させていた。謀叛にまきこまれるのをおそれて逃げようとしたが、城内に妻子がいる。自分が逃げれば、妻子は殺されるだろう。

決心した仇鉞は城内にもどった。

「安化王にお味方する所存ですが、病気のため、すぐにはお役にたてません。家で静養することをおゆるしください」

仇鉞の申し出を、安化王は信じた。仇鉞が自分の部隊をすべて安化王に差し出したからである。仇鉞は自宅に帰り、妻子の無事を確認すると、そのまま寝こんでしまった。

数日すると、官軍が安化城へ攻めよせてくる、という噂《うわさ》が城内に流れた。あわてた安化王が、仇鉞の家へ使者を派遣して対策を問うと、答えはこうであった。

「いまは渇水《かつすい》の時季。官軍は黄河を渡って攻めてまいりましょう。殿下の軍を黄河の西岸に配置し、敵の渡河をふせがねばなりません。まず惜しみなく全兵力を投入して、第一戦に勝つのです。そうすれば、天下に殿下のご勝利が喧伝《けんでん》され、劉瑾《りゆうきん》めの悪政にいきどおる各地の軍や民衆がつぎつぎと殿下にお味方いたしましょう。ここでぜひとも思いきったことをなさいますように」

よろこんだ安化王は、麾下《きか》にあった五万の兵をすべて黄河の西岸へと送り出した。出撃していく兵を城壁の上から見送り、満足して城壁からおりてくる――そのとたん、仇鉞と部下の手によってとらえられてしまったのである。

安化王がとらえられたことを知った五万の兵は、たちまち四散《しさん》してしまった。一部の者が仇鉞の軍と戦ったが、あえなく敗れ、乱の首謀者はほとんどとらえられた。こうして「安化王の乱」は十八日で終熄《しゅうそく》したのである。

それでも戦後処理と辺境安定化の必要があるので、北京を発した官軍は、そのまま西へ進んで安化へと向かった。ひと月ほどの旅程である。そのひと月の間に、劉瑾にとって致命的な謀議《ぼうぎ》がおこなわれたのだ。

「ちかごろの地方のようすをどう思われますか」

軍監の張永《ちょうえい》に、馬上でそう問われたとき、楊一清は内心で身がまえた。張永は「八虎」のひとりで、当然ながら劉瑾の与党《よとう》である。うかつなことを答えれば、たちどころに劉瑾に密告され、粛清されてしまうだろう。

あいまいな受け答えをするうち、しだいに楊一清の心の核に触れてくるものがあった。彼は科挙出身の正統派の廷臣であるから、どうしても宦官に対して反感や偏見を抱きがちである。だが、農村の荒廃や、路傍《ろぼう》に倒れた餓死者の姿をなげく張永の発言は、いつわりとは思えなかった。

「なるほど、八虎の徒党はすでに消滅しておるのか。張永は劉瑾の専横《せんおう》にいやけがさしているのだな」

だがなお楊一清は慎重を期した。三日ほど、張永から宮中の情報を聞き出すことに専念したのである。何しろ一般の廷臣は正徳帝に謁見《えっけん》することすらかなわぬ昨今《さっこん》であった。

みきわめた上で、ついに楊一清は発言した。

「このたびの乱はすみやかに平定できました。ですが、朝廷のほうこそ大厄《たいやく》ですな。見すごしえぬ災難がせまっております」

張永は眉をひそめた。

「楊提督、いったい何をおっしゃりたいのです?」

無言で楊一清は、左の掌《てのひら》に右手の指で文字を書いてみせた。「瑾」の一字を。張永は、はっとしたように楊一清の顔を見なおし、ややあって、やはり無言でうなずいた。通じたと、楊一清は思った。

「軍監には、いかがお考えですかな」

「あの者は……」

劉瑾の実名を出すことを、張永ははばかった。

「あの者は日夜、万歳爺のおそばに侍《じ》して、余人《よじん》の近よる隙《すき》はありませぬ。わたしは一度、あの者と口論してなぐりつけたことがございますが、万歳爺おんみずから間へ割っておはいりになりました。あの恩寵《おんちょう》、あの信頼をくつがえすのは容易ではございませんぞ」

「とはいえ、陛下はあなたをもあつく信頼しておいでのはず。だからこそ、今回もあなたに軍監の重任をおあたえになったのでしょう」

「たしかにおっしゃるとおりですが……」

「もはや一日の猶予《ゆうよ》もならぬ、と、わたしは考えております。劉瑾が権勢を得てより、土地を奪われ、奴隷とされて一家離散した良民は数百万人。餓死者もほぼ同数。このままでは国どころか世の中そのものがこわれてしまいます。どうかお力をお貸しいただきたい」

「わかりました。わたしも覚悟を決めます」

こうして、八月に北京に帰るまでに、両者の話しあいは完全にまとまった。

V

張永《ちょうえい》の帰還をむかえて、正徳帝《せいとくてい》はただちに祝宴をもよおした。みずから「威武《いぶ》大将軍」の軍服をまとい、側近をひきつれて北京の城外まで出迎えたのだ。

「そなたのおかげだ、そなたのおかげだ」

よろこびをあらわすことを、正徳帝はけっして惜しまない人だった。感情をかくすことを偽善とみなしていたのかもしれない。

宴がはてて、出席者たちはつぎつぎと退出していった。正徳帝と張永だけがのこった。ほとんど無人と化した宴のあとを見まわしてから、張永は表情をあらためた。もともと彼は正徳帝の十分の一も飲んではいなかった。

「万歳爺《おかみ》、お話がございます」

「ん、何だ、どこぞにいい女がおるのか」

酔いのまわった正徳帝をあいてに、張永は、劉瑾を断罪《だんざい》すべきである、と主張した。

「あの者は不遜《ふそん》にも帝位をねらっております」

「帝位だと？　帝位など、ほしい者にくれてやるさ。かってに持っていけばよい」

このような放言が出るのは、豪邁《ごうまい》なゆえではなく、ものごとの軽重《けいちょう》をわきまえないからだ、と、張永にはわかっている。

「では臣はこれにておいとまつかまつります」

一礼して張永は立ち去るそぶりをした。

「おいおい、もう帰るのか。朕《ちん》はひとりになるのを好まぬ。なあ、もうすこし飲もうぞ」

「残念でございますが、もはや万歳爺とごいっしょに酒宴を楽しませていただく機会はございますまい。臣はただちに帰宅して、遺書をしたためたのち、毒を服《の》みまする」

「え？　いや、おい、何もそこまで……」

さすがに正徳帝は瑠璃《るり》杯をおく。若い天子の酔顔《すいがん》を、張永はにらみつけた。口先だけの正徳帝とちがって、張永は、宮廷内の権力闘争のおそろしさを知っている。ここで退《ひ》けば、自分だけでなく一族すべて殺されてしまうのだ。

「万歳爺、帝位をうしなうというのは即座に死を意味いたします。古来、簒奪《さんだつ》者がそれまでの天子を生かしておいた例など、ごくまれなこと。ほとんどは、それはそれはむごたらしい方法で、廃帝《はいてい》を殺害しております」

「毒殺か？」

「毒殺や絞殺など、もっとも楽な例でございます。耳の穴から溶けて煮えたぎった鉛《なまり》を流しこむとか、餓死とか、生き埋めとか……」

「や、やめてくれ」

「万歳爺、何とぞご決断を！　このままでは大明帝国に明日はございませぬ」

張永がつめより、正徳帝がむなしく口を開閉させる。唾《つば》をのみこむこともできない。そのとき、扉が開いて大声がひびきわたった。

「万歳爺、万歳爺！　たいへんでございます、一大事でございます」

とびこんできたのは、八虎のひとり馬永成《ばえいせい》であった。

肥満した馬永成は、よろめくと、卓のひとつをかかえこむ形で床に横転《おうてん》した。皿や杯、料理の食べのこしなどが宙に舞い、馬永成の全身に降りそそぐ。

「いったい何ごとじゃ、騒々《そうぞう》しい」

「む、謀叛でございまする」

「……何と申した？」

「劉瑾、謀叛！」

馬永成の叫びに、正徳帝は凍結した。張永は、馬永成と視線をあわせて会心の表情をひらめかせる。馬永成はすでに張永に与《くみ》することを誓約した身であった。

「万歳爺、おわかれでございます」

「ま、待て、こら、薄情《はくじよう》な、朕をおいてどこへいくのじゃ」

必死の表情で、正徳帝は張永の袖《そで》をつかんだ。

「万歳爺をお見捨て申しあげるのではございませぬ。この張永、かなわぬまでも万歳爺をお守りして、謀叛人の劉瑾めと一戦まじえる所存にございます。万歳爺は豹房《ひょうぼう》にご避難あそばしませ」

「わ、わかった、そうする」

「あ、その前に、禁兵《きんぺい》の指揮権を一時、臣におゆだねくださいますよう。印綬《いんじゅ》をお借りいたします」

「まかせる、すべてそなたにまかせるぞ」

「では馬太監《ばたいかん》（馬永成）よ、ただちに万歳爺を豹房へおつれするのだ」

「あいわかった。さ、さ、万歳爺、どうぞこちらへ」

馬永成に半ば抱きかかえられて立ち去る正徳帝の後ろ姿を、張永はろくに見送りもしなかった。身をひるがえして反対側の出口から駆けだし、禁兵を呼びあつめる。

そのころ劉瑾は自邸の寝室で夢幻の境《きょう》をたゆたっていた。

「……どうも、そなたには荷が重かったようじゃな」

耳元でひびいたのは忘れかけていた黒衣の老人の声だった。

「荷が重いとは、どういうことだ」

「金銀をあつめることはできても、散《さん》じることはできなかったではないか。それとも、明の国運《こくうん》がまだつきておらんのかのう。いまいましいが、しかたない。おまえよりもっと悪辣《あくらつ》でよこしまな男があらわれるまで、もうしばらく待つとしよう」

「おい、待ってくれ！」

「さらばじゃ。いいところまではいったがのう。やりなおすとしようかい」

老人の姿はみるみる一匹の黒竜に変わった。大きく尻尾《しっぽ》を振って、劉瑾の差しのべた手を振りはらうと、いずこへともなく飛び去っていく。

目がさめたのは、白銀をしきつめた牀《しょう》から床にころげおちたからである。同時に寝室の扉が蝶番《ちょうつがい》ごと吹きとび、甲冑《かっちゅう》をまとった兵士が乱入してきた。劉瑾はおさえつけられ、首と両手に枷《かせ》をはめられた。左右から引きずりおこされ、茫然と正面を見やった劉瑾の目に、楊一清と張永の顔が映った。

劉瑾が引きたてられていった後、楊一清は彼の全財産をあらためた。黄金千二百五万七千八百両、白銀二億五千九百五十八万三千六百両。さらに宝石類があったが、ひとつぶずつ算《かぞ》えてはいられないので枡《ます》で量《はか》ったところ、一升枡に二十杯になった。

「これだけでも、国家の年間収入の十倍にはなろうな。たった五年間で、よくぞここまで貯《た》めこんだものだ」

楊一清はただ溜息をつくしかなかった。

このとき同時に大量の武器や甲冑も発見され、劉瑾の謀叛は疑う余地のないものとされた。報告を受けた正徳帝は、興奮にわななく声で、劉瑾を磔刑《たっけい》に処するよう命じた。

劉瑾の死からちょうど百年をへた万暦《ばんれき》三十八年（西暦一六一〇年）のことである。無頼の若者がひとり、黒竜潭のほとりで黒衣の老人と向かいあっていた。若者は賭博《とばく》で持ち金をすべてうしない、さらに莫大《ばくだい》な借金をつくるはめになった。借金とりに追いまわされ、まさに黒竜潭に身を投げようとしていたところを、老人に声をかけられたのである。

「死んではおしまいじゃ。ひとつ、わしのいうとおりにしてみぬか。福をさずけてやろうゆえ」

老人はそう若者に告げた。

「富貴と女色と不老長生。ただしみっつ全部とはいかん。ひとつだけ選んでもらわねばな」

のちに魏忠賢《ぎちゅうけん》と改名し、「史上最悪の宦官」の座を劉瑾からうばいとることになる無頼の若者は、両眼を光らせてしばらく考えた末、思いきったように答えた。

「富貴」

蛇足《あとがき》

書きおろし長篇を中心として仕事をしており、短篇の数はすくないのだが、それでも何年かの間に書きためた中国ものの作品が一ダース近くになった。掲載先が分散しているため、一冊にまとめるのは困難だったが、各出版社のご厚意により、このたび本書を刊行することができた。関係者の皆様方に心から御礼を申しあげたい。

収録作品は、その作品に描かれた時代の順番にならべた。西晋《せいしん》から明《みん》まで、四世紀から十六世紀まで、千年あまりの期間を描いたことになる。たいていの時代は舞台としてとりあげているが、五代《ごだい》と元《げん》がぬけている。五代については、作品がいくつかあるが、それだけをまとめて『五代群雄伝』とする将来的な計画があるので、今回は割愛した。元については作品そのものがまだない。この時代について描くのは、今後の課題ということになるだろう。『史記』以前の古代にはあまり書き手としての興味をそそられないが、それ以降の時代についてはすべて作品化し、後漢から清までの歴史を物語によって通読できるようにしてみたい、というのが、身の程知らずな作者の野心である。

収録作品中、南宋《なんそう》を舞台とした二篇には歴史上の人物は登場しない。掲載誌の性格もあるが、歴史小説というより志怪《しかい》小説の新種としてお楽しみいただきたい。また盛唐《せいとう》が舞台の一篇は、学生時代に発表したもので、未熟きわまる出来だが、いわば作者の源流的な作品であり、今回もそのまま収録させていただいた。赤面を禁じえないが、「三歳児《みつご》の魂、百までで今日に至ったのか」と笑って許容していただければ幸甚である。

その他の作品について簡単に触れておくと、まず『宛城《えんじょう》の少女』は、他の人によって紹介されたら「ほんとうに史実か」と思いたくなるほどに劇的な歴史上のエピソードで、この話を日本の読者に紹介することができたのは名誉なことである。

『徽音殿《きおんでん》の井戸』と『蕭家《しょうけ》の兄弟』はともに南北朝の、帝位をめぐる血族間の抗争について記したが、どうも作者は成功した偉人よりも挫折した野心家のほうに創作上の興味をおぼえる傾向があるようだ。梁《りょう》の元帝の最期は、有名な史話のようで、武俠《ぶきょう》小説の巨人・金庸《きんよう》にもそれを素材とした作品がある。『匹夫《ひっぷ》の勇《ゆう》』は政治性を欠く武人の悲劇を描いてみたが、主人公の敵手たる人物のほうが、どうやら人間的におもしろいように見えるのは、主人公に対していささか気の毒である。

『猫鬼《びょうき》』は『風よ、万里を翔《か》けよ』という長篇にも登場する沈光のサイドストーリー。『風よ、万里を翔けよ』が台湾で翻訳刊行された際、沈光《しんこう》というキャラクターを歴史から掘り出した点について評価していただいたのには、「やったぜ」という気分であった。

『黒道兇日《こくどうきょうじつ》の女』と『騎豹女俠《きひょうじょきょう》』は、共通するヒロインを持つ、いわば姉妹作。聶隠《じょういん》娘《じょう》は十三妹《シーサンメイ》へとつづく俠勇《きょうゆう》の美女たちの系譜のなかでも、ひときわかがやかしい存在である。彼女の愛剣の名を「飛双燕《ひそうえん》」というそうだが、この二篇を書いたときにはまだそこまで勉強できていなかった。これも赤面の至り。

最後の表題作については、卑小な人間が悪を為《な》しえるという史上の実例に、書き手として皮肉な感興をおぼえた。いずれ『中国悪人伝』や『宦官《かんがん》列伝』が書かれるとしたら、その先駆としての位置を占めることになるだろうが、いまのところまったくの仮定である。素材の量は長江の水のごとく豊かだが、それを汲《く》みあげる作者の手は幼児のごとく小さい。ぜひ多くの人に汲み出しに参加していただきたいと願っている。

今回の刊行にあたり、実業之日本社にはさまざまなわがままをこころよく受け容《い》れていただいた。恐縮と感謝の念にたえない。

また、ご多忙をきわめる伊丹《いたみ》シナ子さんに装画をお引き受けいただいたのも望外の喜びであった。つつしんで御礼を申しあげます。

二〇〇〇年　初秋

田中芳樹

附記

今回、文庫版を上梓するにあたり、加藤徹先生の解説文と伊藤勢さんの装画をあらたに頂戴することができました。
真に幸福な作品集であると思い、厚く御礼申しあげます。

二〇〇八年　初秋

（この作品は、平成十二年十月に四六判、平成十四年十月に新書判で、実業之日本社から刊行されたものです）

解説――歴史に埋もれたキャラクターに命を吹き込む

明治大学教授　加藤《かとう》　徹《とおる》

田中さんは、なぜこのような小説を書けるのか、不思議でたまらない。

今まで何人もの作家に会って、お話しをしたことがある。どんな作家でも、風貌や声に間近に接すると、たいてい「なるほど、こういう方だから、ああいう小説が書けるのだ」と合点がゆくものだ。

例外は、田中芳樹さんである。これほど穏《おだ》やかで優しい人を、私は見たことがない。田中さんの小説に登場するエネルギッシュなキャラたちと、いつも穏やかな笑みをうかべている温厚な田中さん。両者のイメージのギャップが、どうにも埋まらない。

ある日の夕方、東京・中野《なかの》のとある書店で、偶然、田中さんを見かけた。田中さんの事務所と拙宅は、同じく中野にある。田中さんは、灰色の中折れ帽をかぶり、右手に新刊の文庫本をとり、眺めるようにして読んでいらした。

私はご挨拶をしようと近づいて、ハッと足を止めた。何気なく文庫本を立ち読みしている田中さんの姿が、実に決まっていたからである。もし私に絵心があれば、「書店にたたずむ作家」という一幅《いっぷく》の名画を描けたかもしれない。

もちろん、もし私が声をかけたら、田中さんは満面の笑みを浮かべ、「おやおや、とうとうここで偶然にお会いできましたね」とか何とか、独特の穏やかな口調でお答えくださったにちがいない。が、活字を読む田中さんの目は、少年のように澄んでいた。私が声をかければ、森の奥の静かな池に小石をなげこんで透明な水を濁して、絵をこわしてしまう気がした。結局、私はそのまま静かにその場を立ち去った。

本書の短編は、史実をふまえた歴史小説や、フィクションの醍醐《だいご》味《み》を堪能できる伝奇小説など多彩であるが、いずれも長編小説ばりの壮大な世界観と、魅力的なキャラが書き込まれている。

「宛城《えんじょう》の少女」は、数え十三歳、満年齢なら十一か十二の少女が、敵中を突破して城を救った話。本当にあった史実である。

中国の歴史書『晋書《しんじょ》』巻九十六「列女」にある原文では、荀灌《じゅんかん》の活躍は、「灌は時に年十三。すなわち勇士数十人を率いて、城をこえて囲みをついて夜に出《い》づ。賊、追うこと、はなはだ急なり。灌、将士を督厲《とくれい》（督励）して、かつ戦いかつすすむ。魯陽山《ろようさん》に入るを得て、免《まぬか》るるをえたり。みずから覧にいたりて師（軍隊）を乞《こ》う」

と簡潔に記されているにすぎない。田中さんは、小説の特権である想像力を駆使して、荀灌という少女を生き生きとよみがえらせた。

中国では、荀灌の活躍は、京劇（ペキンオペラ）の演目『荀灌娘《じゅんかんじょう》』にもなっているが、日本での知名度はゼロに近かった。日本では中国文学の研究者もあまり知らない荀灌というキャラを発掘した田中さんの眼力は、感服するほかはない。

「徽音殿《きおんでん》の井戸」は、南朝・宋《そう》のお家騒動を描いた歴史短編。

西暦四五一年、日本の「倭《わ》の五王」の三番目の倭王済《せい》（允恭《いんぎょう》天皇か？）は、宋の文帝《ぶんてい》のもとに使節を派遣し、「安東《あんとう》太将軍」の称号をもらった。当時の日本人がはるばる宋に遣使した理由は、朝鮮半島への軍事的進出をにらんでのことであった。本作の主人公・劉《りゅう》劭《しょう》が処刑されたのは、その二年後の西暦四五三年である。五世紀の東アジアは、慢性的な争乱で渾沌《こんとん》としていた。

本作のラスト近く、宦官《かんがん》が「皇太子殿下は、徽音殿の井戸には隠れておられません！」と叫ぶシーンは、思わず笑ってしまう。こういう藪蛇《やぶへび》じみたセリフを口にしてしまうことを、中国語の成語では「此地無銀三百両（この土地には銀三百両を埋めてありませんよ）」と言う。

「蕭家《しょうけ》の兄弟」は、南朝・梁《りょう》の名君であった武帝《ぶてい》の後継者争いの話。梁の武帝は熱心な仏教信者で、インドから中国に渡ってきた達磨《だるま》と対話するなどの逸話も残している。

中国の南朝は「宋、斉、梁、陳《ちん》」の四王朝を指す。が、最後の陳は領土も狭い弱小国家で、北朝と比すべくもなかった。南朝の歴史は、本作で描かれた梁の滅亡で、事実上終わった。この時代は、日本では知名度が低いが、中国史の大きな転換点だったと言える。

「匹夫《ひっぷ》の勇《ゆう》」は、南朝の最後の武人の光芒《こうぼう》を描いた作品。短編ながら、長編なみの読み応えがある歴史小説である。

権謀術数の中国史にあっては、智略がなければ生き残れない。勇猛さだけでは、評価されなかった。前漢の李広《りこう》、陳の蕭摩訶《しょうまか》、北宋の楊業《ようぎょう》のような純粋な武人は、いずれも不遇の最期をとげた。

本作の蘭陵王《らんりょうおう》や楊素《ようそ》といった脇役も、印象深い。日本の雅楽の曲目に「蘭陵王入陣曲」という優雅な舞楽がある。これは、美男子であった蘭陵王が仮面をかぶって出陣した故事にちなむ。

楊素は、本作で描かれているような重厚な政治家であったが、意外にユーモアに富む人物だったらしい。漢文の笑話集には、侯白《こうはく》という人物との漫才のような会話がいろいろ収録されている。楊素も、最後は煬帝《ようだい》から疑われ、失意のうちに死んだ。

「猫鬼《びょうき》」は、沈光《しんこう》はじめ、歴史に実在した人物が登場する伝奇小説。史実でも、隋《ずい》の時代に「猫鬼」の呪法を禁止する詔勅《しょうちょく》が出されている。もともとネコという動物は、夜行性で瞳の形が昼と夜で変わり、またイヌと違って人の命令をきかない野生の部分を残しているため、東洋でも西洋でも、魔法や妖怪と結びつけられた。猫の妖怪としては、日本では鍋島藩《なべしまはん》の化け猫が有名だが、中国では「金華《きんか》ハム」の産地である浙《せっ》江《こう》省金華の妖怪「金華猫」が有名である。

「寒泉亭《かんせんちん》の殺人」は、田中さんが学生時代に書いた推理小説。作家としてプロデビューした後の作品と並べても遜色《そんしょく》がないのは、さすがである。本作は一九七五年、学習院大学の学内雑誌の「輔仁会《ほじんかい》雑誌賞」に入選した。同誌の選考は厳しく、「入選」は優秀賞と同じ快挙だった。学生だった田中さんは懸賞金の一万円を期待したが、雑誌側から「お金がないので八千円で許してください」というむねの手紙が届いた、という逸話も残っている。

「黒道兇日の女《こくどうきようじつ》」「騎豹女俠《きひようじよきよう》」は、史実を取り込んだ伝奇小説。唐代伝奇（唐の時代に書かれた伝奇的な漢文の小説のこと）の一つに「聶隠娘《じよういんじよう》」という作品があり、後世の武《ぶ》俠《きよう》小説に大きな影響を与えた。日本でも、作家の海音寺潮五郎が「蘭陵の夜叉姫」という作品で彼女の話を書いた（『中国妖艶伝』所収）。中国の映画やテレビの俠女ものでは、聶隠娘は今でも人気キャラである。

原作である唐代伝奇の聶隠娘は、夫婦で住み込みで主人に雇われるなど生活臭がただよっている。田中さんはこれをリファインし、唐の時代の史実とからめ、クールで神秘的なヒロインを生み出した。唐代伝記の「聶隠娘」の原話は、書籍やネットで日本語でも読めるので、田中さんの作品と読み比べてみるのも一興かもしれない。

「風梢将軍《ふうしよう》」と「阿羅壬《アラジン》の鏡」は、不気味さのなかに、そこはかとないユーモアを感じる怪奇小説。「風梢将軍」は、主人公「私」の正体が実は——というオチが秀逸。「阿羅壬の鏡」の「秦鏡《しんきよう》」（照骨宝《しようこつほう》）は、中国史では有名な魔鏡である。『西京雑記』によると、秦《しん》の始皇帝《しこうてい》がこれを用いて宮女を映し、胆《きも》が緊張して心臓が動揺していると、心にやましいところがある証拠だとして、即座に殺したという。この故事にちなみ、日本語でも「秦鏡」という語は「人の心の善悪正邪を見抜く眼識」の意味で使われる。

「黒竜潭異聞《こくりゅうたんいぶん》」は、権力をふるった宦官・劉瑾《りゅうきん》の生涯を、黒竜潭の伝説とからめた歴史小説。このまま長編小説にふくらませられるほどの作品である。

宦官は本来、皇帝の私生活の世話をする下僕にすぎない。が、皇帝が暗君である場合、しばしば宦官が国政を乱す事態が起きた。

ラストに登場する魏忠賢《ぎちゅうけん》（一五六八～一六二七）は、宦官となって天啓帝《てんけいてい》にとりいり、自分を生き神さまとして全国の人民に祀《まつ》らせるほど権勢を誇ったが、天啓帝の死とともに失脚し自殺した。

明《みん》の次の清王朝では、劉瑾や魏忠賢が残した苦《にが》い教訓をふまえ、宦官の国政参与を死刑をもって厳禁した。そのため宦官に国政を乱された王朝は、明が最後となった。

田中さんの小説の魅力は、世界観のスケールや該博《がいはく》な知識もさることながら、「人間」を見つめる深いまなざしにあると思う。

宛城の少女は、あれだけの大活躍をしながら、その後の足跡は歴史からプッツリと消える。一瞬の光芒を放つ花火のようで、すがすがしくさえある。『天竺熱風録《てんじくねっぷうろく》』の王玄策《おうげんさく》もそうだったが、田中さんは、歴史に埋もれたキャラクターを発掘して命を吹き込むことに喜びを見いだされているようである。

田中さんが、不遇のヒーローや挫折した野心家に興味をいだく理由も、「人間」にあるのだろう。彼らが失意の最期をとげた一因は、自分の本音を心の底に押しこめきれなかったことにある。世のタテマエに順応した成功者より、本音で生きた挫折者や悪党のほうが、むしろ人間の真実をリアルに体現している側面がある。

小悪党が大きな善をなす「阿羅壬の鏡」と、小悪党が巨悪となる「黒竜潭異聞」は、実は好一対の物語である。劉瑾は、単なる悪役ではない。庶民の目線から見れば、社会の最下層の出身者である劉瑾が、国家のエリートたちを引っかき回したことは、痛快であった。実際、京劇には、劉瑾が、皇太后の行列に直訴した庶民の冤罪《えんざい》事件を裁いてやる「法《ほう》門寺《もんじ》」という芝居もある。劉瑾のダークヒーローとしての側面は、本書でも活写されている。

田中さんは、どうしてこれほど深く「人間」を描けるのか。本書を読み返すたびに、筆者はますます不思議になり、溜息を禁じえないのである。

一〇〇字書評

切り取り線

購買動機（新聞、雑誌名を記入するか、あるいは○をつけてください）	
□（　　　　　　　　）の広告を見て	
□（　　　　　　　　）の書評を見て	
□ 知人のすすめで	□ タイトルに惹かれて
□ カバーがよかったから	□ 内容が面白そうだから
□ 好きな作家だから	□ 好きな分野の本だから

●最近、最も感銘を受けた作品名をお書きください

●あなたのお好きな作家名をお書きください

●その他、ご要望がありましたらお書きください

住所	〒				
氏名		職業		年齢	
Eメール	※携帯には配信できません	新刊情報等のメール配信を希望する・しない			

あなたにお願い

この本の感想を、編集部までお寄せいただけたらありがたく存じます。今後の企画の参考にさせていただきます。Eメールでも結構です。

いただいた「一〇〇字書評」は、新聞・雑誌等に紹介させていただくことがあります。その場合はお礼として特製図書カードを差し上げます。

前ページの原稿用紙に書評をお書きの上、切り取り、左記までお送り下さい。宛先の住所は不要です。

なお、ご記入いただいたお名前、ご住所等は、書評紹介の事前了解、謝礼のお届けのためだけに利用し、そのほかの目的のために利用することはありません。またそのデータを六カ月を超えて保管することもありませんので、ご安心ください。

〒一〇一－八七〇一
祥伝社文庫編集長　加藤　淳
☎〇三（三二六五）二〇八〇
bunko@shodensha.co.jp

祥伝社文庫

上質のエンターテインメントを！　珠玉のエスプリを！

祥伝社文庫は創刊15周年を迎える2000年を機に、ここに新たな宣言をいたします。いつの世にも変わらない価値観、つまり「豊かな心」「深い知恵」「大きな楽しみ」に満ちた作品を厳選し、次代を拓く書下ろし作品を大胆に起用し、読者の皆様の心に響く文庫を目指します。どうぞご意見、ご希望を編集部までお寄せくださるよう、お願いいたします。

2000年1月1日　　祥伝社文庫編集部

黒竜潭《こくりゅうたん》異《い》聞《ぶん》　中国歴史奇譚集

平成20年10月20日　初版第1刷発行

著　者　田《た》中《なか》芳《よし》樹《き》

発行者　深澤健一

発行所　祥《しょう》伝《でん》社《しゃ》
東京都千代田区神田神保町3-6-5
九段尚学ビル　〒101-8701
☎03(3265)2081(販売部)
☎03(3265)2080(編集部)
☎03(3265)3622(業務部)

印刷所　堀内印刷

製本所　明泉堂

造本には十分注意しておりますが、万一、落丁、乱丁などの不良品がありましたら、「業務部」あてにお送り下さい。送料小社負担にてお取り替えいたします。

Printed in Japan

ISBN978-4-396-33460-4　C0193

祥伝社のホームページ・http://www.shodensha.co.jp/

祥伝社文庫・黄金文庫　今月の新刊

佐伯泰英　**眠る絵**
佐伯泰英渾身の国際サスペンス、待望の文庫化。

森村誠一　**恐怖の骨格**
山岳推理の最高峰！　幻の谷に閉じ込められた8人の運命は!?

南　英男　**真犯人《ホンボシ》**　新宿署アウトロー派
新宿で発生する凶悪事件に共通する〝黒幕〟を炙り出す刑事魂

藍川　京　**柔肌まつり**
魔羅不思議！　全国各地飛び回り、美女の悩みを「一発」解決

田中芳樹　**黒竜潭異聞**
田中芳樹が贈る怪奇と幻想の中国歴史奇譚集

鳥羽　亮　**鬼、群れる**　闇の用心棒
父として、愛する者として、老若の〝殺し人〟が鬼となる！

小杉健治　**まやかし**　風烈廻り与力・青柳剣一郎
非道の盗賊団に利用された侍が剣一郎と結んだ約束とは？

藤井邦夫　**逃れ者**　素浪人稼業
その日暮らしの素浪人・矢吹平八郎、貧しくとも義を貫く

睦月影郎　**寝とられ草紙**
「さあ、お前も脱いで。教えて…」純朴な町人が閨の指南役に!?

山村竜也　**本当はもっと面白い新選組**
大河ドラマの時代考証作家が暴く、誰も書けなかった真の姿

小林智子　主婦もかせげる**アフィリエイトで月収50万**
ノウハウだけじゃ、ありません！カリスマ主婦、待望の実践論

R.F.ジョンストン　**完訳　紫禁城の黄昏**（上・下）
「岩波」が封殺した、歴史の真実！日本人の〝中国観〟が、いま覆る